婚約破棄をした令嬢は我慢を止めました

1

登場人物紹介
ベルンハルド
王国の第一王子にして王太子。婚約者であるファウスティーナの態度に戸惑いを感じている。
ファウスティーナ
ヴィトケンシュタイン公爵家令嬢。かつては傲慢な貴族令嬢で、王太子ベルンハルドの婚約者となったが、性格が災いして不遇の人生を送った。あるとき、以前の記憶を持ったまま過去に戻り、人生をやり直していく。

エルヴィラ
ベルンハルドの妃になることを夢見ており、姉のファウスティーナに対抗心を燃やす。
ケイン
ヴィトケンシュタイン公爵家の跡取り。ファウスティーナのことを気遣う優しい兄。
ネージュ
王国の第二王子。病弱な体と愛らしい美貌の奥底に、計り知れぬ思惑を隠し持つ。
アエリア
ラリス侯爵家令嬢。謎めいた態度で、ファウスティーナの行動を見守る。

登場人物紹介

■シトリン
ヴィトケンシュタイン公爵。子供達に分け隔て無い態度で接する。

■リュドミーラ
シトリンの妻。ファウスティーナに厳しく接する一方、エルヴィラには甘い。

■リンスー
ヴィトケンシュタイン公爵家の侍女。ファウスティーナの世話係。

■ヴォルト
ヴィトケンシュタイン公爵家の執事。寡黙で職務に忠実。

■国王
ファウスティーナたちが暮らす王国の主。

■アリス
王妃。フワーリン公爵家出身。穏和な人柄と優れた政治手腕の持ち主。

婚約破棄をした令嬢は我慢を止めました 1

The lady who broking off an engagement stopped patience.

目次

プロローグ

『――まさか、実の妹の殺害を企《くわだ》てるとはな』

愛していた。生まれた時から決められた婚約者の王太子を。ファウスティーナが七歳の時に顔合わせをし、肖像画でしか知らなかった彼に改めて恋心を強くした。

自分を知ってほしかった。平等に子供達を愛してくれる父、跡取りの兄や自分に似た妹だけを可愛がる母。父に不満を抱いたことはない。自分は将来の王太子妃、王妃だからと厳しく接し、優しくしてくれたことが一切ない母に褒めてほしくて、優しくしてほしくて努力してきた。なのに、母が何時《いっ》でも可愛がり、愛おしげに頭を撫でるのは妹だけ。

そんな妹が憎たらしくて仕方なかった。好きになれる筈がなかった。

王太子との顔合わせの日、庭に彼を案内し、自分のことばかり話した。貴族令嬢特有の傲慢《ごうまん》振りが滲《にじ》み出ていたのだろう。最初見た時の微笑みは消え、面倒臭そうな顔を隠しもしない王太子に焦った。更にそこへ、妹が何食わぬ顔でやって来た。折角の王太子との時間を妹に邪魔されては堪《たま》らないと酷い言葉を吐いて追い払った。

涙を瞳にたっぷりと溜めて走り去った妹にいい気味だと溜飲は下がった。だが、代わりに婚約者からは嫌悪と侮蔑の籠《こも》った瑠璃色の瞳で睨まれた。何故妹に対し、そのような態度を取るのかと。

「最初から私は、嫌われる運命だったのね……」

何から何まで自分が悪い。

最初の印象を悪くしてしまったせいで、年月を重ねても王太子からは嫌われ続けた。視界に入ろうものなら嫌悪が多分に含まれた瑠璃色の瞳で睨まれ続け、名前を紡《つむ》ごうものなら殺さんばかりの冷たく鋭い視線を向けられた。

――そしてそんな彼の隣には、何時だって妹がいた。

母に愛され、自分の婚約者である王太子に愛される妹。

憎しみは年々膨れ上がり、抑えることが出来なくなるのは当然だった。

貴族学院卒業間近になっても王太子は自分に振り向いてくれず、いつも妹と仲睦《なかむつ》まじげに行動を共にし、愛していると囁いていた。心底焦った自分は妹を貶《おとし》める計画を企てた。

妹が嫁げない身になってしまえば、私が王太子の寵愛を得られると――有り得ないのに――信じて……。

計画は実行前に王太子に気付かれ見事失敗。流石《さすが》に目に余る行動として王太子との婚約は破棄。王妃の嘆願と父である公爵による恩情で処刑は免《まぬが》れ、公爵家勘当の処分となった。

勘当される前日、母に吐き捨てられた言葉は一生忘れないだろう。

『あなたなんて生まれてこなければ良かったのよっ!!』

お腹を痛めて産んだ娘に対し、母親が放っていい言葉の暴力の範疇《はんちゅう》を越えている。この時悟った。母親にとって、自分は所詮公爵家の駒でしかなかったことに。母親にとっての子は、自分と同じ髪と瞳の色を受け継いだ兄と妹だけだったのだ。更に溺愛している妹の命を奪おうとした自分を蛇蝎《だかつ》の如く嫌うのは当然の成り行きなのだろう。

公爵家を勘当され、兄が用意してくれた安い宿の部屋のベッドで涙を流す。迷惑を掛けてしまった父、兄、幼い頃から仕えてくれた侍女、王妃、そして……。彼等に対する罪悪感、自分が行ってきた愚行の数々への悔恨《かいこん》。

妹と違って、泣いて許される訳じゃない。いや、その領域を越えている。

問題行動を起こし続けたファウスティーナがここに至ってやっと婚約破棄されたのは他でもない、彼女が王国、それもヴィトケンシュタイン公爵家でたった一人しか生まれない【女神の生まれ変わり】だったからだ。この事は王国の全国民にとって周知の事実であった。

王国が崇拝する姉妹神、運命の女神フォルトゥーナと魅力と愛の女神リンナモラート。その姉妹神と同じ空色の髪と薄黄色の瞳を唯一持つ、女性。それがファウスティーナ＝ヴィトケンシュタイン。女神の生まれ変わりは必ず王族に嫁ぐ。大昔、王家と姉妹神が交わした誓約に則《のっと》って。

ベルンハルドがどれだけファウスティーナを嫌おうと、妹のエルヴィラと愛し合おうと、誓約があった為今まで婚約破棄されなかった。また、現国王が頑なにファウスティーナとベルンハルドの婚約を継続させると譲らなかったせいもある。

女神の生まれ変わりという、特別な存在である自分しか王太子の婚約者に相応《ふさわ》しい者はいないと、高を括《くく》ったせいもあるのだろう。

「エルヴィラに王太子妃は務まらないって確信を持っていたのに……関係ないか。あの二人は心の底から愛し合っているから」

七歳から厳しい王妃教育を受けてきたファウスティーナと、泣けば何でも許され、甘く優しい世界に身を浸し続けたエルヴィラ。両者の間には埋められない素質の差はあった。だが、今更何を思ったところで全て終わった。台無しになった。安い宿で後悔しているのが今の自分だ。

やらかした事が重いせいで誰もファウスティーナを最後まで庇い切れなかった。だが本来であれば、正式に法の裁きを受けて罪人になってもおかしくなかったのに、こうして追放と言えど公《おおやけ》には罪に問われなかったのは父である公爵と王妃の力が大きい。

「――――………」

追放された元公爵令嬢ファウスティーナは、最後にある言葉を呟き眠ったのであった。

一　同じ過ちは繰り返さない

〝前の自分〟の記憶、というものはどんな人間に与えられるのだろう。

ヴィトケンシュタイン公爵家令嬢ファウスティーナは、王国の第一王子にして王太子ベルンハルド＝ルイス＝ガルシア殿下との初めての顔合わせで倒れてしまった。その日は、殿下との顔合わせの日でもあった。前触れもなく倒れたファウスティーナに屋敷は騒然となった。一緒にいた公爵夫妻は顔色を変えて使用人にすぐさま医者の手配をと指示を飛ばし、居合わせた王太子一行には頭を下げてこの日は帰ってもらった。

倒れ、謎の高熱を出したファウスティーナを診療した医者は原因が不明な為解熱剤しか処方できないと診断。長く続く様であれば、最悪の事態も覚悟して下さいと夫妻に告げると公爵邸を後にした。

二十四時間体制で侍女達が交代でファウスティーナの看病を始めた。結果から言うとファウスティーナの高熱は数日で何とか治った。その間両親が見舞いに来たかと言うと――……来ていない。父親である公爵は、この週に限って屋敷に戻れない多忙を極める仕事が発生した。母親である夫人は、ファウスティーナが心配ではあるが、もう一人の娘を放っておく訳にはいかないと熱が下がったら知らせてとだけ侍女に言って一度も見舞いに来なかった。侍女達だけではなく、執事や使用人達は夫人に憤りを覚えた。公爵は、多忙の中でも原因不明の高熱に苦しむ娘の為に体を気遣う手紙や、体に良い食べ物や飲み物を贈った。だが、屋敷にいながら夫人はファウスティーナの見舞いに来ないどころか、侍女に様子すら聞かなかった。日頃から跡取りである長男と自分に似た末娘を贔《ひい》屓《き》している節があったが、ここでそれが顕著となった。

ヴィトケンシュタイン公爵家当主シトリンが屋敷に戻ったのは数日後。まだ掛かると思われた仕事を鬼の速さで済ませ、ファウスティーナの様子を執事長に訊ねた時だった。

「旦那様！　ファウスティーナお嬢様の意識が戻りました！」

「何⁉　本当か⁉」

荷物を執事長に押し付けると大急ぎでファウスティーナの部屋へ走った。執事長も慌ててシトリンを追い掛けた。扉の前で足を止め、乱れた襟を正して部屋へ入った。上体を起こしたファウスティーナがぼんやりとした瞳で何もない空間を見つめていた。

「ファウスティーナ！」

ゆっくりと此方《こちら》へ振り向いたファウスティーナに胸が締め付けられた。

「……か……？」

「うん？」

「お父様……ですか？」

「⁉」

――な、何ということだ……！

高熱が何日も続いたせいで脳に異常をきたしてしまったのか？　一番現実になってほしくない予感を抱きつつ、大きなショックを内面に押し込んでシトリンは気丈に振る舞った。

「そうだよファナ」

シトリンの名は、先代公爵と同じ薄黄色の瞳が由来。唯一、自分の瞳と同じ色をした子がファウスティーナだった。

ぼんやりとしていた薄黄色の瞳に徐々に生気が戻る。同時に、涙がポロポロとファウスティーナの瞳から零れ落ちた。泣いて手を伸ばした娘をシトリンは強く抱き締めた。謎の高熱が続いて不安だったのは自分達だけじゃない。苦しんでいたファウスティーナが一番不安だっただろう。

「ファナ！　目が覚めたって聞いたけどどこも……ん？」

使用人から妹ファウスティーナの目覚めを聞いた兄ケインが、飛び込む勢いで部屋に入るとそこに広がった光景に目を丸くした。目が覚めた妹は大泣きして父に抱き付いており、そんな父は妹を涙目で抱き締めている。部屋にいる使用人達も涙ぐんでいる。

「……とりあえず、起きてくれて良かった」

暫《しばら》く、ケインは室内の謎の空気に困惑したのだった。

●○●○●○

目覚めた日の夜。再び医師が呼ばれ、ベッドに座るファウスティーナを診察した。熱も平熱まで下がり、意識も記憶もしっかりとある。最初のあれは、目覚めてすぐで記憶が混乱していたのだろうと判断された。歳の近い侍女リンスーに体を丁寧に拭かれ、新しい衣服に着替えたファウスティーナは磨り下ろしたリンゴを食べた。殆《ほとん》ど何も食べていない胃に、急に固形物を入れては負担となる。様子を見ながら食事内容を変えていくことになり、磨り下ろしたリンゴを食した後は、効果は絶大だが大人でも苦味で飲むのを躊躇《ためら》うような薬を飲んでベッドに横になった。

灯《あか》りも消された暗闇に染まる天井をファウスティーナはじっと見つめていた。

「何がどうなっているのよ……」

高熱を出している間、非常に現実味がある夢を見ていた。

場面は所々で変わっていった。

ある時は、公爵家の庭で微笑み合いながら寄り添うベルンハルドと妹のエルヴィラがいて、二人に鬼の形相をした自分が割り込み、自分という婚約者がいながら妹と一緒にいるベルンハルドに激しく詰め寄った。嫌悪を剥き出しにしたベルンハルドと申し訳なさそうな表情をして縮こまるエルヴィラを見て余計怒りが爆発した。

またある時は、婚約者同伴必須の夜会にて、自分とはファーストダンスも踊らないのに、まだ婚約者のいないエルヴィラと二度も三度も踊り続けるベルンハルドをドレスの裾を掴んで見ているしかない自分がいた。

他にも沢山見た。そのどれにも、ベルンハルドとエルヴィラが本物の恋人の様に寄り添い合い、互いを見つめる瞳には愛が溢れていた。

初めて見る夢なのに、全部既視感があった。夢の中の自分の気持ちがリアルに、第三者として呆然と見ているしかない現実の自分の中に流れ込んできた。そして思い出した。あれは全て、過去の自分だと。婚約者としての顔合わせの日に出会ったベルンハルドを好きになり、彼に相応しい王太子妃となる為に、国を守る王を支える王妃になる為に、厳しい淑女教育も王妃教育も頑張った日々を。……全て、自分が最後にしでかした大きな過ちのせいで台無しになってしまうが。

「今度こそ間違えないわ」

何故、過去の自分の記憶が蘇ったか謎だが、思い出せて良かった。思い出せなかったら、きっとまた同じ過ちを繰り返していたに違いない。

「貴族の結婚に愛はない。分かっていても、最初から別に好きな人がいる人と結婚なんて嫌よ。ましてや、相手は王太子。報われない恋心の為に、もう自分の時間を犠牲にするのは真っ平」

今生《こんじょう》は出来るだけ早くベルンハルドとの婚約を破棄して、前回してみたかった色々な事をするのだと、ベッドの中でファウスティーナは固く誓った。

——翌朝、まだ万全とは言えないファウスティーナだが、食欲の方は少し戻っていた。今朝も磨り下ろしたリンゴを食べたが昨日と比べると量が増えた。薬を飲む時だけ死にそうな顔をしながらも、他は何事もなく過ごした。

「具合はどう？　ファナ」

「お兄様」

一歳上の兄ケインが様子を見に部屋を訪れ、ベッドの側に置いてある椅子に腰かけた。

「少しだけ体が重いですが、寝込む程ではありません」

「そう。治りかけが一番気を付けないといけないから、ちゃんと治るまでは部屋で大人しくするんだよ？」

「はい」

「うん。食欲もある程度はあるみたいだし、数日もすれば体調も元通りになる筈だよ」

「リンゴの量をちょっとだけ多くしてもらいました」

「昼も同じのを食べるの？」

「固形物は明後日《あさって》から食べられるようになるとお医者様が仰《おっしゃ》ってました」

病を治すには、まず必要なのが体力。優れた薬が存在しても、病人の体力がなければ治るものも治らない。昼もしっかりと食べるんだよとケインは言い残し、部屋を出て行った。

入れ替わるように父シトリンが入ってきた。ケインと同じ椅子に腰かけた。

「もう起きていても大丈夫なのかい？」

「はい。まだベッドから出るのは許されていませんが、寝込む程辛くもないです」

「そうか。良かった。何かあったらすぐに言いなさい」

「はい、お父様」

「時にファナ。何か欲しい物はあるかい？　もう暫くは安静にしないといけないから、外に出られない分退屈になるだろう」

「では、何冊か本が欲しいです」

「分かった。後でリンスーに持って来るよう伝えておこう」

「ありがとうございます」

また来ると言い残し、シトリンも部屋を出て行った。

残ったファウスティーナは、次の訪問者はいない筈と、サイドテーブルに置かれている水差しを手に取った。幾つか用意されている新しいコップに水を注いでいく。

兄、父と来て、次は母か妹が来ても変ではない。が、この二人は来ない。

「お母様は私にだけ理不尽に厳しいし、自分に似た可愛いエルヴィラには甘い。はあ。前は殿下だけじゃなく、お母様にも……愛してほしいって思ったのだっけ」

子が母親に愛情を求めて何が悪いのか。

公爵家の娘としての勉強やレッスン、王妃教育を頑張り続けたファウスティーナだが、一度も母リュドミーラに褒められた覚えがない。シトリンはいつも頭を撫でて「よくやったねファナ」と褒めてくれた。リュドミーラは出来て当たり前のことでは褒められないと常々ファウスティーナに言い続けた。一度でもミスをすれば、長々と責められた。同じ年で公爵家よりも爵位が低い家の令嬢は出来ていた、何故ファウスティーナは出来ない、と。

だからだろう。

ベルンハルドの愛を、リュドミーラの愛を、何の条件もなく受けられるエルヴィラがとても羨ましかった。誰もが羨む王太子の婚約者の座に執着することでしか、当時のファウスティーナは自我を保てなかった。

「あんな二人にはもう最初から期待なんてしないわ。私には、お父様やお兄様、私を慕ってくれるリンスーや他の使用人達がいるもの。……前も、これに気付いていたら良かったのにね。意固地になって拘《こだわ》るから破滅したんだわ」

もう思い出すのも嫌だとばかりに布団を頭まで被り横になった。

（体調が万全となったら、思い出した事を色々と書こう。文字にする事で冷静に考える時役に立つしね）

二　スルースキルは大事

体も全快し、普段通りの生活を送れるようになったファウスティーナの許《もと》へ、王国の王太子ベルンハルドが訪れた。病気療養中も、何度か見舞いには来ていたらしいが、原因が分からない以上下手に王太子を近付けて移っては大変だからと毎回丁重にお引き取り頂いていた。熱が下がっても、万全となるまでは負担がかかるとベルンハルドなりに考え、ファウスティーナの快復の報せを聞いてヴィトケンシュタイン公爵邸を訪れた。

ベルンハルドの訪問は前以《まえもっ》て知らされていた。ファウスティーナを呼びに待女のリンスーが部屋の扉をノックした。だが、中からの反応がない。再度ノックをするも反応はない。訝《いぶか》しく思ったリンスーがそっと扉を開けた。

「失礼します。お嬢様？　いらっしゃいますか？」

窺《うかが》うように入ると、備え付けの机に向かってファウスティーナは難しい顔をして頭を悩ませていた。この時間にベルンハルドの訪問があるのは今朝伝えているので知っている筈。うーん、うーんと呻《うな》るファウスティーナへ控え目にリンスーが声を掛けた。

「すみません、お嬢様？」

ビクリと肩が跳ねたファウスティーナは慌てて机上に広げていたノートを閉じた。

「！　あ、リンスー。ごめんね、考え事をしていたから全然気付かなかったわ」

「それは構いません。王太子殿下がお見えです。応接室に参りましょう」

「分かったわ」

椅子から降りたファウスティーナに続いてリンスーも部屋の外へ向かう。ちらっと、ノートの方へ目を向けるもすぐに逸《そ》らした。

応接室の前に立ち、扉をノックしようと作った拳を上げた時だった。中《むこう》から楽しげな声が届く。

ファウスティーナとリンスーは顔を見合わせ、扉をそっと、少しだけ開けた。

「「……」」

室内では、ファウスティーナを待っている筈のベルンハルドとファウスティーナの妹エルヴィラがソファーに座って談笑していた。周囲にベルンハルドの護衛が数人とヴィトケンシュタイン家に仕える侍女が数人。

「どうしてエルヴィラ様が……」

尤《もっと》もな疑問を口にしたリンスーにファウスティーナは――

「邪魔するのも悪いから、素通りしましょう」

「え？」

妙に輝かしい笑顔で耳を疑うような台詞《せりふ》を発した主《あるじ》に侍女はすっとんきょうな声を漏らした。

素通り？　何故？　そんな疑問がありありと顔に出ているリンスーにやはり笑顔でファウスティーナは応接室の前から去って行った。はっと、我に返ったリンスーは慌てて追い掛けた。

「？」

手帳に何事か記入しながらファウスティーナとリンスーの歩いて行った方を目で追うのは、七年前からヴィトケンシュタイン公爵家に仕える執事ヴォルト＝フックス。黒髪にレンズが逆光して瞳が窺えない眼鏡をかけた男性。寡黙《かもく》で非常に仕事熱心な彼は、他の使用人達だけではなく公爵一家からの信頼も厚い。

ヴォルトは、今日王太子の訪問があるのを聞かされている。彼がファウスティーナに会いに来るのも知っている。何故、ファウスティーナは王太子の待つ部屋をスルーして違う方へ行っているのか。専属侍女のリンスーが追い掛けては行ったが果たして。


私室ではなく、屋敷の裏庭まで来たファウスティーナは薄暗い芝生の上に座った。リンスーは途中で撒《ま》いた。

「見覚えがあり過ぎよあれ……！」

あの謎の高熱のお陰で思い出した記憶の一部にあった。

今日みたいにベルンハルドの訪問の報せを聞き、嬉々として応接室を訪れたはいいものの……そこには妹のエルヴィラと談笑する彼がいて。

「前の私は怒ってエルヴィラを追い出して、殿下にも怒鳴り散らしていたわ。嫉妬も度が過ぎれば醜いだけだった。でも、今回はちゃんとクリアしたわ！」

それに、

「殿下の姿を見てやっぱりって思った。結局、私が最低の人間になろうがなるまいが殿下はエルヴィラを好きになるのよ……」

一度体験して、思い知っていたのに。心の何処《どこ》かでは、ちょっとだけ期待していた自分がいた。

「……」

建物が太陽を遮《さえぎ》っているので裏庭に陽光は届かない。心地好《よ》い風がファウスティーナの空色の髪をふわりと掠《さら》う。

リンスーもその内此処《ここ》へ探しに来る。

それまでは、優しい風に打たれていようと目を閉じた。

――時だった。

「お嬢様！」

「げっ」

「げっ、ではありません！」

若干息を切らして、顔を真っ赤にして、侍女リンスーは漸《ようや》く見つけた主を前にきっぱりと告げた。

「今すぐに応接室へ行ってください！」

「あの空気の中に入って行く勇気がリンスーにはある？」

「私にはありませんがお嬢様には行って頂きます」

「なんでよ⁉」

理不尽だと睨み上げるファウスティーナにリンスーは「ともかく！」と強い口調できっぱりと告げた。

「殿下はずっとお嬢様を待っていたのです！　さあ、行きましょう！」

「待ってるって言う割にエルヴィラと楽しく話してたじゃない！　あれで私が行ったら、私が二人を邪魔したみたいになるじゃない！　まだ体調が優れないようだから今日はお引き取り下さいって言えばいいのよ！　うん。それがいいわ」

「そう言われては……」

確かにファウスティーナの言い分にも一理ある。あの二人がとても楽しげに会話をしている最中、遅れてファウスティーナが行けば空気は当然気まずくなる。行きたくない理由を叫ばれてリンスーも無理に連れて行くことが出来なくなった。一応、執事長に言われてファウスティーナを探し回って漸く見つけた訳だが。……リンスーは悩み、隣に座って遠い目を空へ向けた。

「……仕方ないですよね」

「……そうよ。仕方ないのよ。誰だって悪者になりたくないもの（前はなってしまったけど）」

この後、執事長とヴォルトが探しに来るまで二人は現実逃避をした。

ファウスティーナを待っていたベルンハルドは、支度をしている最中に突然体調が急変してしまったせいで会わせられないと侍女長から説明をされた。余計会わない訳にはいかないと迫るも、何とも言えない表情の侍女長を見て勢いをなくし今日は渋々帰ることとした。屋敷を出る間際、また来るとだけ告げて去って行った。

その日の夜中、必死に執事長と侍女長、それにヴォルトにお願いして体調が悪いことにしてもらったファウスティーナは夕食も入浴も終えて私室で一人、机に向かって難しい顔をしていた。机上に広げるのは昼間リンスーが訪れるまで開いていたノート。謎の高熱の際思い出した記憶を書ける分だけ書いていた。ノートの表紙には【ファウスティーナのあれこれ】とデカデカと表記した。

「前にも、今日と同じ日があったわね。あの時は、そのまま応接室に入ってエルヴィラと楽しそうにしてる殿下に怒ったんだっけ。当然エルヴィラにも、早く出て行けって迫ったのを覚えてる。思い出せば思い出すだけ嫌われる行動しかしてない」

がっくりと項垂《うなだ》れ、前回の自分の行動全てに嫌気が差した。

「落ち込んでもしょうがないわ。もっと思い出して、やばいものは事前に回避をするか、起きても対処できるようにしないと」

〝恋心〟というものは、記憶を取り戻してもある。初めて会った際に惹《ひ》かれた紫がかった銀糸と瑠璃色の瞳。冷たい印象を受ける色なのに、どこか温かみのある雰囲気。微笑めば柔らかく滲む優しい表情も……全部が好きだった。その全部を自分のものにしたかった。

「はあ……」

背凭《せもた》れに背を預け、天井を見上げた。

どうして自分に前の記憶が戻ったかは、何時かゆっくりと考えたらいい。今は、前回と同じ失敗をしないこと。会って日も浅いエルヴィラとあんな風に会話が出来るのは、元から彼はエルヴィラと結ばれる運命ということ。ファウスティーナが入る余地は存在しなかった。自分が選ばれたのは、ベルンハルドの婚約者に選ばれたのは、女神の生まれ変わりだからだ。

その時、ピコーン！　と良案を思い付いた。

「そうだわ！　このまま体調の悪い振りを続けて、体の弱い私じゃとても王太子の婚約者なんて務まらないって印象付けたら殿下との婚約は白紙になるんじゃ……」

うんそれでいこう、と【ファウスティーナのあれこれ】に婚約を破棄してもらう為の様々な行動を書いていくのであった。

――数日後。再びベルンハルドがヴィトケンシュタイン公爵家を訪れた。今回もちゃんと前以て訪問の手紙は届いている。今日は指定された時間三十分程前からリンスーと共に待った。待つように仕向けられた。前回みたいに机に向かって考え事に夢中になられては困る為に。

ベルンハルドの訪問を執事長が報せにきた。

「行きましょう。お嬢様」

「ええ」

内心逃げたくて仕方ないが、公爵家の長女として生まれたからには責任を果たさないとならない。執事長を先頭に応接室へと向かう。執事長が応接室の扉をノックをした。

「失礼致します。ファウスティーナお嬢様をお連れしました」

一声かけて扉を開けた。執事長が扉を開いている横を通ったファウスティーナは、嬉しそうに駆け寄るベルンハルドに一礼した。

「お久しぶりです。殿下。よくお越しくださいました」

「ファウスティーナ！　具合は良くなったとは聞いたけど大丈夫？」

「はい。この通り、すっかり元気になりました」

「そっか。良かった」

（ああ……綺麗……）

心から心配していたのだろう。不安げな表情から一転した安堵に満ちた表情は嘗《かつ》てファウスティーナが向けてほしいと願った笑顔。照らされてもいないのに眩《まぶ》しく見えるのは王族の血か。

まだ嫌われてないわね、と思うのと同時に、エルヴィラに対して酷いことはしていないから印象が悪くなっていないと判断。ファウスティーナとて、姉妹仲は微妙とはいえ、婚約破棄の為に実の妹を虐《いじ》めようとは思わない。……前回はしてしまっていても。

隣同士でソファーに座った。会話の内容はファウスティーナの体調についてだったのだが、長い話題でもないので途中で話が途切れた。何を話したら良いか分からなくなった。こういう時話上手なエルヴィラだったら、会話を途切れさせることはしないんだろうなとぼんやりと考えつつ、昨日閃《ひらめ》いた良案を早速使おうと試みた。

「殿下。私以外に好きな人が出来たらすぐに知らせてくださいね！　私、よろ……殿下のお申し出には素直に応じたいと思いますので」

マナーレッスンの教師と特訓した令嬢の微笑みを最後に見せて、決まった……と心の中でガッツポーズを取った。婚約者である自分がそう宣言すれば、ベルンハルドだって後々エルヴィラと結ばれる際過去にファウスティーナがこんな発言をしていたと指摘し、堂々と出来るだろう。

昨夜、多少は被害を被るが出来るだけ穏便な方法での婚約破棄の仕方を必死に考えた。そもそも、選ばれたのが最初からエルヴィラだったらファウスティーナも最悪な手段を使わずに済んだ。嫉妬でおかしくなり、愛してもくれない男に縋りつく必要だってなかった。

内心完璧だと満足げに微笑むも、先程から何も反応《リアクション》がないのに気付く。はて？　と顔を向けて
――ぎょっとした。

「お……お嬢様……？」

控えていた執事長が顔を真っ青にしてファウスティーナを凝視していた。ベルンハルドの護衛数人も。

また、ベルンハルド本人も。

予想外なベルンハルドの反応に困惑した。

「ファ……ファウスティーナは……僕が嫌い？」

「滅相《めっそう》も御座いません！　王太子殿下にその様な感情は持ち合わせていません！」

寧《むし》ろ嫌いになるのはそっちじゃない！　と声に出して言える筈もなく。予想していなかったベルンハルドのショックを受けた姿にファウスティーナは戸惑う。同時にある予想が浮かぶ。

（そっか……私、まだ殿下の目の前でエルヴィラを邪険にしてないし、殿下と一緒にいるエルヴィラと遭遇していない。まだ嫌われてはないの……かな？）

最終的に公爵家追放は嫌なので、ベルンハルドとエルヴィラが一緒にいても何もしない。肝心の婚約破棄に到達するには、エルヴィラに何かをした方が早いのかもしれないがそれだとまた繰り返しとなってしまう。

元々嫌われていた原因は実の妹を虐め、王太子の婚約者の地位にふんぞり返って好き勝手したせい。それ以外にも会話の内容が自慢ばかりなのもある。

何処かで止めた方がいいとファウスティーナも心の片隅で思っていた。だが、膨れ上がった負の感情は並大抵では縮まない。要は歯止めが利かなくなっていた。

「そ……か。そっか……。……でも、ならどうしてそんな願いを？」

「え？　あ、あの、だって、私みたいな身体の弱い者より、丈夫で未来の殿下の妻として相応《ふさわ》しい健康な令嬢の方が良いかと存じまして」

ファウスティーナの身体は弱くない。寧ろ、謎の高熱を出して倒れるまで風邪を引いたことすらない。健康そのものである。

そっか……そっか……と青い顔をしたまま譫言《うわごと》のように呟くベルンハルド。自分の発言が可笑《おか》しかったのかとファウスティーナも思うには思うも、これが幸せだと、ベルンハルドはエルヴィラと結ばれてこそ幸せだと信じている為すぐに忘れようとしたのだった。

三　貴女に言われる筋合いはない。何事も順番、というものがある

いきなり婚約破棄を狙うのは性急過ぎた。昨日の青褪めたベルンハルドを思い出し、ファウスティーナは反省した。

しかし、嫌われる言動や行動をしていないからまだベルンハルドには負の感情を抱かれていない。

朝食後、私室でどうやって婚約破棄まで持っていくか考える。

「手っ取り早く殿下に婚約を破棄してもらうにはどうしたらいいかしら？」

王家と公爵家の間で結ばれた誓約の為簡単に破棄出来ないのはファウスティーナだって承知の上。前回は自分のせいで破棄されて破滅したので同じ失敗はしない。

「はあ……分かってても軽く落ち込むわ」

この前目撃したベルンハルドと妹エルヴィラが談笑している光景。前回身を以《もっ》て知ったくせに、結局彼は妹を好きになるのだと、今は婚約者であるファウスティーナに好意があるように見せかけて、将来はきっとエルヴィラを選ぶのだと、そう考えれば考えるだけチクチク胸が痛む。

喉に引っ掛かった魚の小骨だと思うことにし、再びノートに向き合うファウスティーナは思案するのだった。


——それから数ヵ月後。


第一王子にして、王太子であるベルンハルドの婚約者になったのだから、当然ファウスティーナは王太子妃筆頭候補となる。体調が戻った翌月から次期王妃としての教育が現王妃直々《じきじき》の指導の下《もと》始まった。

現在ファウスティーナがいるのはヴィトケンシュタイン公爵家の廊下。王妃も多忙な為毎日王妃教育をする訳にもいかず、近日中に行われる隣国の式典参加の準備の為にここ数日はお休みである。お休みだからといって何もしなくてもいいわけじゃない。ちゃんと習った内容を復習し、必要があれば王城の書庫室にある本を借りて国の歴史、政治、経済、他国の言語や歴史、更に情勢など頭に叩き込むべき情報は山の如く存在する。

自身の家庭教師との勉強を終え、昼から定期的に屋敷を訪れているベルンハルドの来訪を聞かされたので彼が待っているという応接室へと向かった。

そして——華麗にスルーした。今日はファウスティーナ付の侍女リンスーは休暇を貰っているので街へ買い物に出掛けていていない。他の侍女がファウスティーナの身の回りの世話を担った。こっそりと室内の様子を窺っただけで中に入らず、行きましょうと眩しい笑顔で告げられれば、侍女は戸惑っても従うしかない。

私室に戻ったファウスティーナにオレンジジュースを出した侍女は応接室に入らなかった理由を聞いた。

聞かれたファウスティーナはふう、と溜め息を吐《つ》いた。

「……あなたも見たら分かるわ」

「何があったのですか？」

「エルヴィラと殿下がとても仲良さげに談笑していたの。あの中に行く勇気、私にはないわ」

「え？　エルヴィラ様がいらっしゃったのですか？　確か、今の時間は家庭教師の方と勉強中の筈ですが……」

「え？」

侍女の話に思わず反応した。

家庭教師と勉強中？　なのにベルンハルドの所へ行った？

「その家庭教師は今何処に？」

「そこまでは分かりかねます……」

「そっか……」

オレンジジュースを一口飲んだ。甘酸っぱいオレンジの味がファウスティーナは大好き。今日父シトリンは領地の端にある小さな村へ視察に行っている。次期公爵として兄ケインも同行している。なので、屋敷にいるのはファウスティーナとエルヴィラの他には母リュドミーラ。騒ぎを聞かない辺り、家庭教師との勉強の放棄をリュドミーラが見逃しているのだと推測。

ファウスティーナが同じ真似をすれば烈火の如く怒りだすが、自分に似ていると溺愛しているエルヴィラは叱らない。

（前は理不尽だと怒り、同じ娘なのにどうしてそんなに扱いが違うのか悩んで、悲しんで……。でも、もうどうでもいいわ。まだ七歳で母親に何も期待しなくなるなんて……）

吐きそうになった嘆息を喉から出るのを防いで飲み込んだ。

「オレンジジュースのお代わりを頂いてもいい？」

「はい」

空になったグラスを侍女に差し出し、オレンジジュースの入ったピッチャーが傾きグラスに注がれていくのを見つめる。水を入れ物に入れる音や動作を見るのが地味に好きだったりする。

「どうぞ」

「ありがとう」

侍女からオレンジジュースが入れられたグラスを受け取り、ファウスティーナは再び飲み始めた。ずっとオレンジジュースを飲んでいても退屈なので以前シトリンから貰った本を読んで時間潰しをする。本を読むだけだからと侍女には退室してもらった。オレンジジュースの入ったピッチャーは満タンにして置いていってもらった。

どの本を読もうかとベッドの上に並べ吟味する。子供が読んでも大丈夫な恋愛小説、魔法使いが悪者をやっつける冒険物語、美味しい料理を作る少女のほのぼのストーリー、……どれも面白そうで先に読みたいのを選ぶのに難儀した。

「ん？」

ふと、もう一冊の本を手に取った。本、というより動物図鑑であった。

何気なく動物図鑑を選び、ペラペラとページを捲《めく》っていく。

「可愛いな～」

様々な種類の猫や犬、鳥、ウサギ等が綺麗な絵で描かれていた。一度動物を飼ってみたいと前回は両親にお願いしたが、王太子妃となるファウスティーナには必要ないと却下された。

主に母に。

「んん？」

あるページに目が留まった。

ふわふわもこもこな白い羽毛に黄色い嘴《くちばし》と足。黒豆みたいな小さな目。丸っこい体が何とも愛嬌抜群。

「……」

心をがっしりと掴まれてしまい、ファウスティーナは暫くそのページを凝視したまま動けず。

やっと動いたかと思えば、発した第一声が――

「か、可愛いぃ！」である。

「可愛いとっても可愛い！　何々コールダック……世界最小のアヒル。アヒルでも色んな子がいるのね。室内で飼っても大丈夫って書いてある。必要なのは……」

ふむふむ、ふむふむとコールダックを飼育するのに必要な物や餌《えさ》は何を食べるのか詳しく読んでいった。内容をしっかりと頭に入れたファウスティーナは本を閉じ、オレンジジュースを一気に飲んだ。空になったグラスにピッチャーを傾けオレンジジュースを注いだ。

「誕生日のプレゼントとしてコールダックを飼っていいかお父様に相談しよう！」

どうせ、リュドミーラに話しても聞き入れてもらえないと思うから。

その日の夜、早速お願いしようと父の書斎を目指すファウスティーナを母リュドミーラが呼び止めた。

エルヴィラやケインと同じ黒髪に紅玉色の瞳。笑えば周囲に大輪の花を咲かせる美女の眉間《みけん》には濃い皺《しわ》が刻まれていた。こういう時の母の用件は大抵碌《ろく》でもない。前回がそうだった。

「ファウスティーナ。今日はベルンハルド殿下のご来訪を聞いていましたね？」

「はい」

「何故殿下のもとに行かなかったの？　殿下はずっとあなたをお待ちになっていたのよ？」

目の前の母は、エルヴィラが家庭教師との勉強をすっぽかしてベルンハルドと談笑していたのを知っているのだろうか。

今更母の愛情など何も期待しない。そう決めていたファウスティーナは顔を上げた。

「そうでしょうか？　私を待っていたという割にはエルヴィラがずっと側にいたようですが。家庭教師との勉強の最中な筈のエルヴィラが」

「！　そ、それとこれとはっ」

「関係ない、ですか？　お母様がエルヴィラを可愛がろうが、私を嫌いだろうがもうどうでもいいですが、私にだけ理不尽に怒るお母様の言葉なんて何も聞きたくありません。私が弱音を吐けば長時間説教をするくせに、エルヴィラが勉強を嫌がって我儘《わがまま》を言っても怒らないお母様にとっては、気に食わない私より可愛いエルヴィラが殿下と仲良さげにした方が嬉しいのではありませんか？」

今までリュドミーラに反抗的な態度を取ったことはない。現に、矢継ぎ早に娘に非難されたリュドミーラの顔は真っ青でパクパクと口を開閉している。まるで陸に上がった魚だ。

この様子を見るからに家庭教師との勉強をエルヴィラがすっぽかしたのは知っているのだろう。流石にファウスティーナを待っているベルンハルドの所へ行っていたと知っているかは不明だが……。

何も言えないリュドミーラにこれ以上何かを言うつもりもないファウスティーナは、気にせずシトリンの書斎目指して再び歩き出した。背後から何か気配を感じるも気のせいだと無視した。

一人残されたリュドミーラは遠くなる娘の後ろ姿を青くした顔のまま見つめていた。

「ふぁ、ふぁ、すてぃーな」

あんな風に言われる程実の娘に嫌われていたとは微塵《みじん》も思っていなかったリュドミーラはショックが強くて上手にファウスティーナの名前を紡げなかった。

嫌っている訳でもない。気に食わない訳でもない。

ファウスティーナもケインやエルヴィラと同じヴィトケンシュタイン家の血が流れる可愛い子供。夫シトリンと同じ空色の髪に薄黄色の瞳を受け継いだファウスティーナを、夫は勿論リュドミーラも愛している。次に生まれたエルヴィラが自分に似た子でも夫は同じように愛してくれている。

自分に似た子程可愛く見えると誰かが言っていた。

「……」

今日の昼、王太子ベルンハルドが婚約者のファウスティーナを訪ねて屋敷へ来るのは予《あらかじ》め報せを受けていたので知っていた。しかし、いくら待ってもファウスティーナが来ないので今日は帰ると護衛の騎士が告げに来た時にはとんだ恥をかかされたとリュドミーラは激怒した。ファウスティーナに訳を聞いて叱責するつもりだったのに、思いがけない言葉を矢継ぎ早に投げつけられ怒気は何処かへ消え去った。

もう一人の娘エルヴィラが家庭教師との勉強を放棄したのは、時間になっても現れないと家庭教師本人から聞いたので知っている。あの子はケインやファウスティーナと違って普通の子であり、あの二人のように出来ないからと無理に勉強をさせることはしなかった。まさか、勉強をすっぽかしてベルンハルドの所へ行っているとは思っていなかった。

「……もしかして、ファウスティーナは……」

エルヴィラとベルンハルドが一緒にいる所を見て行き難《にく》くなったのではないかと思う。

「……」

もう一度会って話を聞こうにも先程のファウスティーナの無関心な薄黄色の瞳を思い出し、足が動いてくれなかった。

四　人生二回目になると、苦手な野菜も食べられるようになる？

シトリンの書斎に向かっている最中、リュドミーラに呼び止められ、どうせ説教をするのだろうと思い先に言いたい言葉を全部放出した。娘に反抗されるとは微塵も思っていなかったであろうリュドミーラが顔を青くし固まったのを好機に早足で書斎へ行った。中ではシトリンが難しい顔をして書類を睨んでいた。ファウスティーナに気付くと普段の優しい表情に戻り、書類を置いてファウスティーナを近くまで呼んだ。

「どうしたんだいファナ。こんな時間に」

「はい。お父様にお願いがありまして」

「お願い？」

自分で言うのもなんだが、この頃のファウスティーナはまだ物欲が少なかった。ベルンハルドと会ってからは、彼に相応しい女性になるべく見目も良くしようと宝石やドレスを沢山欲しがったが。

「誕生日プレゼントに頂きたい動物がありまして」

「動物？」

動物図鑑に描かれていたコールダックの絵と説明を読んでどうしても迎えたくなり、事前に父にリクエストをしようと書斎を訪れたと説明をしたファウスティーナに、シトリンは難しい顔をした。

「ううむ。そうだね、動物を飼って生き物との触れ合いを楽しむのは良いことだよ。ただ、ファナは自分で世話をしたいのだろう？」

「はい。私から言い出したので世話は自分でしたいです」

「でも、ファナは王妃教育を受けなくてはいけないのだよ？　その為に毎回お城へ行ってるのだし。それに、普段の家庭教師の勉強やマナーやダンスレッスンを入れると、とてもファナが自分で世話をする時間はない」

シトリンに言われ俯《うつむ》く。言われてみればそうである。今は王妃が忙しいので王妃教育はお休み中だが、いつもは毎朝登城して教育を受けている。他にも勉強やレッスンで時間を取られているので動物を世話する自由な時間がない。

考えが浅はかだったと落ち込むファウスティーナの頭を優しげに撫でるシトリンは、同じ薄黄色の瞳を覗かせた。

「落ち込むことはないよ。他人任せにするのではなく、自分から世話をしたいと言ったファウスティーナの心意気は良いことだよ」

「はい……」

「そうだ。今度、ミストレ湖に行かないかい？」

「ミストレ湖？」

王都から馬車で三時間掛かる場所にある大きな湖。国が管理しているのもあり清潔に保たれ、ミストレ湖周辺にしか生息しない希少な動物達がいる。

「時間《タイミング》が良いと羽休めをしている白鳥を見られるかもしれないよ」

「まあ、白鳥をですか？　本でしか見たことがありません」

「普段王都から離れないファナには、珍しく見えるかもしれない。国王夫妻が隣国の式典に出席している期間中、一日だけ僕も休みがあるからその日に一緒に行こう」

「はい！　白鳥以外にはどんな動物がいるのですか？」

「こういうのは着いてからのお楽しみだよ」

「それもそうですね」

誕生日プレゼントトリクエスト作戦は失敗したが代わりにとても良い約束が出来た。約束だよとシトリンに頭を撫でられてから書斎を出たファウスティーナはルンルン気分で廊下を歩いた。周囲に花が咲きそうな程上機嫌に歩くファウスティーナの前方から妹のエルヴィラが歩いて来る。

「あらお姉様。とてもご機嫌が良いようですが何かあったのですか？」

姉の上機嫌ぶりを見て不思議に思ったのだろう。小首を傾《かし》げるエルヴィラにファウスティーナは上機嫌なまま答えた。

「ええ。今度、お父様にミストレ湖に連れて行ってもらえることになったの」

「ミストレ湖にですか？」

「エルヴィラも行きましょう。綺麗な湖で見たことない動物に会えるかもしれないわ！」

「わたしは……いいです。あまり興味がないので」

「そう？」

勿体無いと素直に感じる。王都からは滅多に出ないので郊外は新鮮味があって楽しいはず。勿論、シトリンや数人の使用人と一緒だが。

エルヴィラがファウスティーナをどう思っているかは不明だが、ファウスティーナはエルヴィラを妹としては大事にしている。前回は愛したベルンハルドの心を奪って行った憎い女としか思わなかったが。

エルヴィラと別れ、私室に戻ったファウスティーナは机に向かい【ファウスティーナのあれこれ】と表紙にデカデカと書かれたノートを引っ張り出した。ノートには前回自分がしでかした数々の悪事や何時何処で何が起こったかを記している。覚えている限りの情報を書き込んでいる最中、

「〝応接室にいたエルヴィラに怒鳴り散らし殿下にも辛く当たる〟はまだ二人に遭遇してないから起こってない。で、次は〝殿下の誕生日パーティーでエルヴィラが私より可愛いドレスを着て殿下に誉められ、嫉妬して葡萄《ぶどう》ジュースをかけて台無しにする〟……殿下の誕生日って二カ月後だわ」

私はお世辞しか言われなかったものね……と落ち込みつつ、エルヴィラにもお世辞だったのかもしれないが当時のベルンハルドの表情の違いも思い出し、ないないと首を横に振った。

翌朝、家族全員が集まって朝食を食べていた。

ヴィトケンシュタイン家では、どんなに忙しくても朝食だけは家族全員で食べるという習慣があった。昼や夜は、どうしてもシトリンが急な仕事でいない場合が多々あるからだ。

苦手なニンジンに嫌な顔をし、フォークで避《よ》けているエルヴィラに隣に座るケインが注意をした。

「エルヴィラ。ちゃんと食べなきゃダメだよ。好き嫌いは良くない」

「だ、だって」

「大きくなって好き嫌いがあって困るのはエルヴィラだよ？　いいの？」

「ううっ、が、頑張ります」

嫌そうな顔をしながら渋々ニンジンをフォークで刺し口に含んだ。噛む回数を多くして数回に分けて飲み込んだ。

「偉いわよエルヴィラ」

「はい、お母様」

「ファウスティーナ、あなたも……」

今日の朝食には、エルヴィラの苦手なニンジンとファウスティーナの苦手なブロッコリーがある。苦手な野菜を食べたエルヴィラを誉めた後でファウスティーナも同じようにブロッコリーを避けているであろうとリュドミーラが見ると――

「もぐもぐ……ゴクン……。何ですか？　お母様」

ファウスティーナは普通にドレッシングをかけたブロッコリーを食べていた。

「な、何でもないわ。あなたも苦手なブロッコリーをちゃんと食べられるようになったのね」

「私も好き嫌いを減らそうと思ったので」

それだけ言うと再びブロッコリーを口に放り込む。

前回を思い出したお陰か、以前ほどブロッコリーが嫌いじゃなくなった。

（ちゃんと食べると案外食感や味は悪くないのね。今度、サラダにオニオンスライスと一緒に入れてってお願いしてみよう）

美味しそうにブロッコリーを食べるファウスティーナと嫌々ながらもニンジンを食べる姿勢を見せるエルヴィラに満足げに頷くシトリン。ケインは意外そうな顔でファウスティーナを見るも、王族との婚約でちょっとは自覚が芽生えたのだと思いポンポンと空色の頭を撫でた。

「食事中に頭を撫でないでくださいお兄様。リンスーが綺麗に梳《す》いてくれたのにボサボサになります」

「うんごめん」

「もう」

本当に分かっているのかこの兄は。

その後は何事もなく朝食は終わり。

今日は定期的にここを訪れているベルンハルドが来る日。朝食が終わって執事長に聞かされたファウスティーナは、どうせ行ってもまたエルヴィラがいるだろうからと生返事をしただけ。反対に執事長がベルンハルドの来訪を伝えた際のエルヴィラは輝かしい笑顔だった。その時の二人の心情はこうである。

(また、ちょっと覗いてスルーして、リンスーを撒いて逃げよう。……パセリ苦い！　やっぱり、人生二回目でも苦手なままなのもあるのね……)

(やった！　今日はベルンハルド様がいらっしゃる日なのね！　ちゃんとお洒落《しゃれ》してお出迎えしないと。お姉様はどうせ来ないのだし、わたしが行っても問題ないのに執事長は意地悪だわ。わたしは行っちゃいけないだなんて)

五　口は後悔の元?

——僕は婚約者《ファウスティーナ》に嫌われているのかもしれない……

王国の第一王子にして王太子ベルンハルド＝ルイス＝ガルシアは、定期訪問している婚約者の家ヴィトケンシュタイン公爵邸を訪れるも、彼を歓迎したのは婚約者……ではなく、婚約者の妹。最初は驚き、応接室へ案内してくれた後も居座っているので何度かファウスティーナを呼んで来てほしいと遠回しに伝えた。分かっているのか分かっていないのか、彼女は側に控える使用人にファウスティーナを呼びに行かせた。その間もずっと居座り続ける。

そして、一番会いたいファウスティーナは来ない。今日の訪問で七回目になるがファウスティーナが来たのは七回中三回。後は、直前になっていないと言われたり体調不良を理由に来られないと執事長に告げられ、渋々帰った。……ファウスティーナがいないと言いに来る執事長が冷や汗を流すのを見て、絶対嘘だと既に見抜いている。

使用人がファウスティーナを呼びに行っている間、話しかけてくるエルヴィラを無視する訳にもいかず、今日もファウスティーナが来るのを待ちながらエルヴィラと会話する。

「それでですね！　わたし苦手なニンジンを食べられるようになりましたの！」

「へえ。好き嫌いをなくすのは良いことだね」

「えへへ。はい」

「ファウスティーナに苦手な食べ物はないの？」

一瞬ムッとしたような顔になるエルヴィラだがすぐに表情を切り替えた。

「お姉様ですか？　お姉様はブロッコリーが苦手ですわ。あ、でも、今日はいただいておりましたので……苦手ではなくなったかもしれません」

「そうか」

エルヴィラとの会話でファウスティーナのことを聞くのも忘れない。

すると――

「失礼します」侍女が入室してきた。

「ファウスティーナお嬢様をお連れしました」

「！」

待ち人は今日は来てくれた。ぱっと嬉しそうな表情をしたベルンハルドの横、隣にいたエルヴィラは面白くなさそうな顔で頬を膨らませた。

侍女の後に続いたファウスティーナが綺麗なお辞儀をしてベルンハルドに挨拶し、ソファーから降りたベルンハルドは駆け寄った。

「良かった。ファウスティーナ。来てくれて」

「はい」

沢山話したいことがあった。今日は絶対に聞くと決め、こっちと手を引くもファウスティーナは「あ……」と目を丸くした。薄黄色の瞳の先には妹がいた。

本人の妹といえど、別の女性と一緒にいる所を見られるのは初めてで、やっぱり良い気はしないのだろう。

バツが悪そうな顔をベルンハルドがすると――

「ありがとうエルヴィラ。私が来るまでの間殿下のお相手をしてくれて」

ファウスティーナは何かを言うでもなく、顔色を変えるでもなく、エルヴィラに微笑んだ。ポカンとした顔をしたエルヴィラだがまたすぐに元に戻った。

「いいえ。いつもお姉様が来るのが遅くて待ち詫びているベルンハルド様に申し訳がないだけですわ」

ファウスティーナが来てからは居座るつもりはないらしく、部屋を出て行った。

●○●○●○

——うわあー！　やっぱり見たくないぃ！

朝食の際、執事長に告げられた通り、今日はベルンハルド訪問の日。裏庭へ逃げ、途中ヴォルトに見つかりそうになって木の後ろに隠れながらも、心地好い風を浴びて読書をしようと本を開いた。背後から「お嬢様」と鬼気迫る声がファウスティーナを呼んだ。ビクリと肩が跳ね、恐る恐る振り向くと。思った通り、怒った顔のリンスーがいた。

「今日は王太子殿下がいらっしゃる日です。ちゃんとお部屋にいて下さいと申し上げた筈です！」

「だって、どうせ行ったたってエルヴィラと談笑しているじゃない」

「お嬢様。私、思うのですがお嬢様が遠慮する必要がどこにあるのですか？　王太子殿下の婚約者はファウスティーナお嬢様であって、エルヴィラお嬢様ではありません」

「そうだけど……」

「それに、です。王太子殿下は毎回お嬢様を待っていらっしゃるのですよ？　お嬢様が来ない日は、いつも沈んだ表情をされてお帰りになるのです。ここは一度、エルヴィラお嬢様がいたとしても行くべきです」

リンスーの言っていることは正しい。

しかし、前回の展開とは違っても、何時また同じことになるか分からないのだ。婚約者を待っているとと言っておきながらずっと婚約者の妹と話し続けるベルンハルドもだが、ファウスティーナ自身は前回のことがあるので何もしなくても彼は妹を好きになるのだと既に諦めている。

いっそ、病弱な令嬢の皮を被って王太子妃候補を辞退しようとしたが、あれ以来体調はずっと万全なのでそれも出来ず。隣国の式典が終われば、王妃教育が再開される。王妃教育は未来の王妃を育てる教育なだけにたった一年二年では終わらない。まして、前回エルヴィラが新たな王太子妃候補となったのは十五歳。十六歳の成人までにファウスティーナが受けた王妃教育を完璧に熟《こな》すことは不可能なのだ。

だから、早めに婚約者をファウスティーナからエルヴィラに替えてほしいと思っている。


「お嬢様。さあ、行きましょう」

「ええ」

今の婚約者はファウスティーナ。いつか婚約破棄するまでの我慢だと、読みたかった本を閉じて応接室へと向かった。室内には、予想通りエルヴィラがいて。ベルンハルドは顔を輝かせてファウスティーナを歓迎する。エルヴィラは姉が来れば居座る気はないらしく、早々に退室した。

ふと、前回の記憶が脳裏を過《よ》ぎった。自分がいる筈の場所に当たり前のようにいるエルヴィラに激怒して、また、何も言わないベルンハルドにも詰め寄った。妹と言えど他の女性。一緒にいてほしくないと訴えたファウスティーナに、嫌悪を剥き出しにした瑠璃色の瞳をぶつけてきた。

今のベルンハルドへ顔を向けた。そこには嫌悪はない。優しげに微笑む綺麗な瑠璃色があった。決められた挨拶を終えてベルンハルドの隣に座った。会話が出てこない。ファウスティーナだけではなく、ベルンハルドも同じだった。エルヴィラは自分から様々な話を振ってくるのだが、いざファウスティーナ相手になると何を話したら良いのか分からなくなったらしい。今日こそは、絶対に聞きたいことがあったのに。ファウスティーナも前回は自分語りばかりして相手の話を聞く耳を持ち合せていなかったので嫌われていた為、今この時、何を話すか考えていなかった。話上手なエルヴィラはこんな時に羨ましい。

取り敢えず、話題を必死に探し、近々国王夫妻が参加する隣国の式典のことにしようとファウスティーナは決めた。

「国王陛下と王妃様が隣国へと出発されるまであと一日になりましたね」

「うん。今回の式典に参加する王族は、父上と母上だけなんだ。僕とネージュは残ることになってる」

ベルンハルドの口から出たネージュとは、ベルンハルドの一歳下の弟である第二王子を指す。生まれた時から病弱で公の場には滅多に出て来られない。ネージュの話題が出たのは今回が初めてだ。

ネージュの名前が出て、ファウスティーナは懐かしさと罪悪感を同時に覚えた。可能なら、今回は絶対に彼の迷惑にはならないようにしたいと密かに願う。

「ネージュの体調が最近、少しずつだけど良くなってるんだ。まだまだ外へ出て体を動かすことは出来ないけど起きていられる時間が長くなった」

「それはとても喜ばしいことです。ネージュ殿下のお体が早く良くなるように、我がヴィトケンシュタイン公爵家に出来ることがあれば何なりとお申し付けください」

「ありがとうファウスティーナ。医師によれば、先《ま》ずは体力が必要だということでネージュの食事内容を変えていっているんだ。勿論、細心の注意を払って」

隣国の式典の話題になると思いきや、意外にもネージュの話になってしまうが、これはこれで良いとファウスティーナは弟の身を案じる兄王子の姿に微笑んだ。紫がかった銀糸に瑠璃色の瞳のベルンハルドと違い、ネージュは王妃譲りの蜂蜜色の金糸に紫紺の瞳。顔立ちは二人揃って母である王妃譲りだが、目元は父である国王にそっくりである。

(王妃様は、そこが可愛いと王妃教育が終わった後の休憩時間よく話してるわね)

「そうだ。ねえ、ファウスティーナ。僕ずっと聞きたいことがあったんだ」

(何、私何を言われるの？　もしかして、エルヴィラが好きとか？　それだったら無理矢理にでもエルヴィラ――)

「ファウスティーナは僕が嫌い？」

「え」

聞かれたのは全く予想していなかった意外過ぎる問いかけだった。

「だってそうじゃないか。僕はちゃんと次に来る日を手紙で報せているのに、ファウスティーナはいない日が多い」

「そ、そそ、そんなことはありませんっ。王太子殿下を嫌いなどと。いないのは、その、どうしてもタイミングが合わなくて」

「……わざわざ、前もって手紙を送ってるのにファウスティーナは都合がつかないの？」

「あ、そ、それは……」

上手な言い訳が一切見つからない。屋敷にはいる。ベルンハルドが待っている部屋に行かないだけ。ファウスティーナを見つめる瑠璃色に浮かぶ疑惑。

『本当はお前がやったのだろう？　同じ血が流れる妹を殺そうとするとはな』

既視感がある瞳なのは当たり前だ。最後の最後でエルヴィラを始末しようとしたが失敗し、救助に駆け付けたベルンハルドに向けられたあの時と同じものなのだから。

背筋が凍りそうだった。あの時のような冷徹さはない。だが、それを向けられた時点でファウスティーナの体は冷たく凍り付いた。

状況や台詞は全く異なるが、前回の記憶を呼び起こすには十分な効力が発揮された。カラカラと口内が一瞬で乾く。

「わ……私が来なくても、殿下はエルヴィラと楽しげにして有意義な時間を過ごしていらっしゃるではありませんか」

貴方がエルヴィラと一緒にいる所を見たくないとは絶対に言わない。

咄嗟《とっさ》に口にした台詞を間違えた……！　と後悔しても遅く。

目を瞠《みは》ったベルンハルドの瞳は次第に細められ、纏《まと》う空気が冷たくなった。

「……やっぱり、ファウスティーナは屋敷にもいたんだね。だって、毎回君が来られないと言いに来るのが遅いし、それを伝える執事長の顔は冷や汗が大量に出てる」

後ろに控えている執事長へ非難の目を向けたファウスティーナだが、即顔を逸らされた。

「ひょっとして、エルヴィラ嬢が毎回来るのはファウスティーナのせいなの？」

「へ」

間抜けな声を出してしまった。話が可笑しな方向に行き始めたせいで。

「僕に会いたくなくて、でも応対をしなければならないから、君は自分の妹を使ったの？」

使っていない。断じて使っていない。エルヴィラは自分の意思で勝手に来ている。

しどろもどろのファウスティーナに益々疑惑の色を濃くするベルンハルド。ここでファウスティーナは、ある意味ではこれは好機ではないかと考える。が、今はやっぱり駄目だと瞬時に思考を切り替えた。

「そのようなことは決してありません。その、私よりもエルヴィラといらっしゃる殿下があまりにも楽しそうだったので、お邪魔をしてはいけないと思い……」

「……!!」

（あああ……！　こんな言い方だと、エルヴィラに嫉妬してる風に思われるじゃないっ！　もっとこう、違う言い方を……！）などとファウスティーナが頭を抱えたくなっている間、ベルンハルドはエルヴィラといる時の方が楽しそうだと言われて固まっていた。

確かに楽しい。身内だから、自分が知らないファウスティーナを沢山知っている。ファウスティーナ本人に聞きたくても、嫌われていると思い込んでいる為に聞けなかった。今日のファウスティーナの態度で、エルヴィラは彼女が差し向けているのだと一瞬思ったが先程の言葉で違うと判った。というより、妹からでもファウスティーナの話を聞けると嬉しくなっていた自分のせいだった。ベルンハルドの護衛とヴィトケンシュタイン公爵家に仕える使用人は、固まったままのベルンハルドととうとう頭を抱え始めたファウスティーナにどう声を掛けて良いか分からず、暫くの間、戸惑い続けたのであった。

六　こうしてスルースキルは上がっていく

昨日、ネージュの話題が出たせいか、朝目を覚ましたファウスティーナはじっと天井を見上げた。夢で見た彼には申し訳ない気持ちで一杯になった。

本当に前回は沢山の人に迷惑を掛けた。ベルンハルドにも、ネージュにも、家族にも、友人にも、使用人達にも。だから、だからこそ――。

「絶対に殿下との婚約を解消するんだから……！」

たとえ、前回の記憶がありながらベルンハルドに恋心を抱いていても、だ。前回のベルンハルドに向けられた憎悪に染まった瑠璃色を思い出すだけで背筋が凍り、全身は重りを載せられたかのように動けなくなる。昨日疑惑の色を向けられただけで思い出すのは……。

「……弱気になるなファウスティーナ。大丈夫、大丈夫よ。今回の私は殿下を……好きだけど好きじゃない」

言っている本人がその意味を理解出来なくても、今日も一日を乗り切るぞとファウスティーナは勢いよく上体を起こしたのであった。

●○●○●○

今日もベルンハルドは来る。

昨日お見送りをした際そう告げられた。続けて来るのは珍しい。彼は間隔を空けてファウスティーナに会いに来ていたので。

朝食を終え、私室でリンスーと今日の打ち合わせ（ベルンハルドが来る三十分前には絶対に部屋にいてくださいと念を押されている）をしていると控え目に扉がノックされた。

向こうから届いた声にファウスティーナとリンスーは顔を見合わせる。リンスーが扉を開けると母リュドミーラがいた。

先日のこともあり、ファウスティーナはリュドミーラと必要な時以外顔を合わせないようにしていた。リュドミーラも気まずそうにするので無理に話しかける必要もなければ、そもそも母娘《おやこ》としてあまり会話をした記憶がないと思い出したのだ。

——あくまで私はヴィトケンシュタイン公爵家長女でお母様はヴィトケンシュタイン公爵夫人。娘じゃなく、公爵家の駒扱いだったものね……

母の瞳には何時だって父と妹と兄しかいない。自分はいないも同然だった。

だからなのだろう。前回、王太子の婚約者でありながら実の妹を害そうとして失敗し、公爵家だけではなく王家の顔にも泥を塗ったファウスティーナを——

『あなたなんて生まれてこなければ良かったのよ!!』

戸惑いも躊躇《ちゅうちょ》もなく糾弾《きゅうだん》したのは。前回の記憶と目の前の母が重なって、思わず頭《かぶり》を振った。

「お嬢様？」怪訝な声を発したリンスーにハッとして、ファウスティーナは気まずそうにしながらも訪問理由を述べないリュドミーラに話し掛けた。

「どうなさいました？　お母様」

「え、ええ」

言い難《にく》そうに口を閉ざすリュドミーラ。どうしたのだろうとリンスーと共に首を傾げる。

「きょ、今日ドレスの新調をしようと我が家お抱えのデザイナーを呼んでいるの。エルヴィラや貴女もそろそろ新しいドレスが必要でしょう？」

ああ、そんなことか。

ファウスティーナは下を向いた。自分が今着ているのは、紺色の地味ではあるが品のある高級感溢れるドレス。明るい色より、暗くても静かで落ち着きのある色が好きだったりする。

対して、エルヴィラはファウスティーナと違い明るく華やかな色が好きである。本人達の性格にもよるが二人の好みは正反対。ベルンハルドに恋い焦がれ、少しでも彼に相応しい婚約者としてありたかった前回は自分の好みと正反対な色を着ていた。

が、今回は無理をして自分には合わない色を着なくて良い。上を向いたファウスティーナだが、デザイナーが来る時間とベルンハルドが来る時間が被れば必然的に彼を優先しないとならない。

「殿下が正午頃からいらっしゃるのですが、デザイナーが来るのは何時でしょうか？」

「成るべく時間が被らないように設定をしたから、一時間後かしらね」

何故かホッとしたような表情をしたリュドミーラに、やはりファウスティーナとリンスーは顔を見合わせた。今日の母はどこか様子が可笑しい。先日のことが原因に違いないというのがファウスティーナの予想である。

デザイナーが来たら呼びに来させると告げてリュドミーラは自身の部屋へ戻って行った。扉を閉め、ソファーに座ったファウスティーナはグラスに入れられたオレンジジュースをリンスーから受け取った。

「今日の奥様はどうされたのでしょうか。何だか様子が変でしたね」

「そうね。まあでも、ドレスを新調する時には元に戻ってるわ。新しいドレスがお好きですもの」

「お嬢様はあまりお好きではないですよね」

「私はあまりお茶会とか行かないから。寧ろ、庭で花を眺めてる方が好きかも」

庭師が丹精込めて育てた花を眺めることが好き。態々《わざわざ》、地面から離して花瓶に入れて飾ろうとはしない。美しい花瓶に生けられた花も綺麗だが、自然なままで咲く花の方が綺麗だというのがファウスティーナの持論だ。

「新しいドレスはどのようなデザインを？」

「そうね……あまり派手なのも嫌だけど、地味過ぎるのもダメよね」

「そうですね。お嬢様は公爵令嬢でありますし、未来の王太子妃でもありますから」

難しい顔になったファウスティーナはオレンジジュースを一気に飲み尽くした。

リンスーにお代わりを所望しても飲み過ぎですと代わりに水を渡された。

一時間後、予定通り公爵家お抱えのデザイナーが沢山の生地やデッサン画を持ってヴィトケンシュタイン邸を訪れた。

この後にはベルンハルドが来訪するのでファウスティーナは母親より先にデザインしてもらった。疲れたように私室のソファーでぐったりとするファウスティーナに、さっきは飲み過ぎだからと渡さなかったオレンジジュースを差し出したリンスー。受け取ったオレンジジュースを飲んだファウスティーナは薄黄色の瞳を遠くに向けた。

「かなりお疲れですが何かあったのですか？」

「どうもこうもないわよ……」

隣国の式典から国王夫妻が戻れば、城と屋敷を行き来する生活が再開する。城までは馬車で向かうとは言え、城内は徒歩。普段着は成るべく動きやすくシンプルで、且《か》つ派手さを控え目にしてほしいと言ったのにどんどんファウスティーナの要望とはかけ離れたデザインを描かれた。途中で何度か口を挟んでも、公爵令嬢であり未来の王太子妃であるファウスティーナにはこのデザインのドレスが似合うと言って聞かないデザイナーに、先に匙《さじ》を投げたのはファウスティーナだった。

よくよく考えれば、今ドレスを新調しなくても袖を通していないドレスはまだまだある。自分の分はいらないとリュドミーラの了承を得ずにサロンから私室へと戻ったのだ。

「後でまたお母様に叱られるわね……」

「公爵令嬢であるお嬢様の要望を聞き入れなかったデザイナーが悪いのです！」

「お母様とエルヴィラには気に入られているみたいだけど、私はあの人合いそうにない」

背凭れに凭れたファウスティーナは、ふと、前回自分が着ていたドレスの全部がさっきのデザイナーが手掛けたドレスだと思い出した。

未来の王太子妃としては相応しくてもどうも派手で自分には似合わなかったなと表情を苦くする。

肝心の相手が、婚約者よりも婚約者の妹しか見ていなかったからだ。ただ……

『お綺麗ですよ、ファウスティーナ嬢』

父や兄、王妃以外で本心から綺麗だと言ってくれたのは、彼一人だけだった。

昨日話題に出たせいか思い出すことが多い。するとコンコンと扉が静かにノックをされた。開けると執事長がいて、ベルンハルドの来訪を知らされた。この為にリンスーと大人しく（単に疲れたせいでもあるが）待っていたのだ。

執事長に続いて応接室へ向かうファウスティーナは、途中一階の玄関ホールでリュドミーラとエルヴィラの見送りを受けるデザイナーを横目で見、何か思う事もなく進む。

デザイナーも仕事だから仕方ないが、今度からは相手の意見をしっかりと聞いた方が良いと思う。

（……あれ？　でも、お母様とエルヴィラの意見には応じてたわね。……私だけ？）

ファウスティーナが地味なドレスよりも華々しいドレスが似合うという確信を持って、本人の要望とは真逆のデザインを勧めた、などとは知らないファウスティーナとしては、今度から自分だけ別のデザイナーに頼もうとスルーするだけ。

（私のスルースキルも殿下のお陰で磨きがかかってるわ。これなら、前なら嫉妬して激昂した場面でも華麗にスルー出来る。寧ろ、鑑賞して楽しむ余裕すら出来るかも）

それはそれで楽しそうである。

本で読むより、実際の恋愛模様を見る方が現実味があって近い感情を抱ける。変な自信だけは着実についていくファウスティーナは執事長に続いて応接室へと入った。

七　最後は昏《くら》く嗤《わら》う

「では、陛下と王妃様は朝早くに出発されたのですね」

　昨日の今日なのできちんと待っていた。待っていなかったら、今日ばかりは鬼の形相をしたリンスーに屋敷中追い掛け回されていた。

　簡単な挨拶を終えると、周囲にはベルンハルドの護衛の騎士とファウスティーナ付きの侍女リンスーと執事長だけにしてもらい、中心の二人は互いの話をしていた。

　初めの話題は国王夫妻の事。第二王子のネージュは、体調が良かった為に見送りが出来てとても喜んでいたと嬉しそうに語るベルンハルド。弟想いの姿だけは変わらない。

（ネージュ殿下の話をする時もそうだけど、今日も王妃様譲りの美貌は眩しい……）

　元は公爵令嬢だった王妃の美貌は、王子を二人産んでも衰えるどころかより輝きが増すばかり。王妃がこっそりと教えてくれたが、王様は為政者としても父親としても完璧だが夫としてはダメダメだと言っていた。理由を聞くと〝ファウスティーナも大きくなっていけば分かるわ〟と少女のような可憐な笑みで答えられた。

　両親と同い年なのに、王妃だけが歳を重ねていないと錯覚させられる。

　成長したら、あの人の美の秘訣でも教えてもらおうかな……とほんの一瞬遠い目になりかけた。

　オレンジジュースを一口多く飲み込み、ファウスティーナは微笑を浮かべてベルンハルドの話を聞く。

今日のベルンハルドはやたら弟王子の話をする。朝、共に見送りをしたのと朝食を久方ぶりに一緒に摂れたのが嬉しいのだ。昨日城へ戻ったベルンハルドは早速王様と王妃様とネージュの食事内容について話し合った。生まれつき体が弱いのもあるが、まともに食事を摂れない日が続く時もある。

今日から少しずつ食事内容を変えていくのだとか。ネージュの胃に負担をかけず、食べやすく栄養価の高い料理を、となり、前から試作はしていたらしく城の料理人と医師とで相談して出来上がった品を大変気に入っていた。

ベルンハルドは朝食の席での出来事を嬉々とした様子でファウスティーナに語っていた。しかし、急に話を止めた。

「す、すまない。僕ばかり話してしまって」

「いえ、殿下がネージュ殿下をとても大事にしていらっしゃるのが伝わります。私は、お話で聞いたことしかありませんのでネージュ殿下がどのような方かまだ存じ上げませんが」

「ネージュが外に出ることは殆どないからね。貴族の子でネージュに会ったことがあるのは、従兄妹《いとこ》だけだから。王城でも、僕と父上と母上、それに一部の使用人としか接触しないんだ」

前回では、ネージュが社交界に出られるようになるのは十五歳。丁度、貴族学院入学とデビュタントを終えた日。王妃と同じ蜂蜜色の金糸と紫紺の瞳。美しい顔立ちと髪と瞳の色で貴族令嬢に大変人気だった。あの時彼には婚約者はいなかった。ファウスティーナが死んだ後は知らない。

(それ以前に、私ってどうやって死んだの？)

幾ら頑張って思い出そうとしても死んだ理由が分からない。

最後の記憶として残っているのは、最大限の恩情として公爵家追放処分となったファウスティーナが手切れ金として貰ったお金で安い宿に泊まり、そこで自身が行った数々の罪に涙し後悔した場面。

（もしやり直せるのなら、今度こそ間違わないって誓ったのだっけ……。絶対間違ってたまるものですかっ）

目の前の彼との婚約を穏便に破棄してもらって、王太子妃として、未来の王妃としての教育から解放されて、前回してみたいと何度も抱いた様々な事をやりたい。

大きなものが動物の飼育、である。ずっと考えているが良案が中々浮かばない。深窓の令嬢作戦は無駄に頑丈な体のせいで既に折れている。王太子妃になりたくない！　なんて駄々をこねるのは聞き分けのない幼子《おさなご》みたいで嫌だ。

……でも、ん？　となった。単に王太子妃になりたくないと泣くよりも、辛い教育についていけずもう無理だと泣き付けば良いのでは？　公私混同をしない王妃直々の教育は厳しい。前回も今回も何度泣きそうになったか。決して人前では涙を見せなかったが、よく城の庭園の生け垣に隠れて泣いた。

（……あー……駄目だわ……悲しい記憶が甦《よみがえ》る……）

隠れているので誰もファウスティーナに気付かない。

逆に、ファウスティーナは気付いてしまう。

登城する必要もないエルヴィラと仲睦まじくしているベルンハルドが、庭園の花を見ながら歩いているのを。

自分には決して向けてくれない、蕩《とろ》けた瑠璃色の瞳を……。

(思い出したら駄目よ――‼)

心の中で百面相をしながら、表面は口端が引き攣っていた。動揺を悟られないようファウスティーナはオレンジジュースを飲む。

「そういえば、今日はエルヴィラ嬢はいないんだね」

「！」

(これは……！)

エルヴィラを気にするのは、やっぱり心の何処かではエルヴィラを……。チャンスとばかりに薄黄色の瞳をキラリと光らせたファウスティーナはグラスを口元から離した。

「エルヴィラでしたら、きっと部屋にいると思いますわ。お呼びしましょうか？」

「いや、いいよ。いつもはいるのに今日はいないなって思っただけだから」

そう言ってベルンハルドもオレンジジュースを飲んだ。

(私《婚約者》がいる前じゃ、やっぱり遠慮するわよね……あ、そうだ！)

ここで良案が閃いた。

ファウスティーナは少し席を外させてもらった。

ファウスティーナに付いて一緒に応接室を出たリンスーに無い胸を張った。ポカンと口を開けるリンスーに満面の笑みを向けた。

「成功よリンスー！」

「あの、何がですか？」

「このまま裏庭へ行きましょう」

「どうしてですか！」

一応、二人は小声で会話をしている。

「さっきの聞いたでしょう！　殿下はエルヴィラに来てほしいのよ！」

「王太子殿下が来ると必ずいるエルヴィラお嬢様がいないのを不思議に思われただけです！　決してエルヴィラお嬢様に来てほしいと言った訳ではありませんアレは！」

「私にはエルヴィラに来てほしいって聞こえた！」

「お嬢様の耳は一体どうなっているんですか！　お部屋に戻りますよ！」

ファウスティーナが満面の笑みで胸を張った辺りで嫌な予感はしていた。公爵令嬢がしていい仕草ではないが自分にしか見せないので目を瞑ったリンスーだが、脱走だけは瞑れない。渋々了承したファウスティーナと再び応接室へ入った。

席を立った理由を適当に誤魔化し、また先程と同じような時間が流れた。ここまでずっとベルンハルドが話題を振ってくれていたから、次は自分から振ることとなった。ファウスティーナは今度ミストレ湖に行くことを話した。

「ミストレ湖に？」

「はい。お父様が連れて行って下さると。今の時期は、時間《タイミング》がいいと湖で羽休みをしている白鳥が見られるそうなのです」

「僕は本でしか見たことないなあ」

「私もです。実物を見てみたくて、無理を言ってお願いしました！」

「そうか。王都から離れ自然に触れるのも悪くなさそうだね」

「ネージュ殿下も療養を兼ねて自然に触れるのも良いかと思われますよ。空気も新鮮で美味しいと聞きます」

「そうだ……ね」

「？」

歯切れの悪い返答に小首を傾げる。

何か間違えたかな、と発言を思い返しても特に可笑しな事は言っていない。

気のせいかと思い、ミストレ湖に行く日程について話したのであった。

●○●○●○

「はあ～疲れた～」

デザイナーよりもベルンハルドとの会話の方がやはり疲れる。

夕食も湯浴みも終えた夜。

後は寝るだけのファウスティーナは誰もいないのを良い事にベッドに飛び込んだ。ぽふりと小さな体を受け止めたベッドの上で考える。

「うーん……考えれば考えるだけ難しい、婚約破棄。かと言って、前回と同じでエルヴィラに何かをしたら婚約破棄とセットで公爵家勘当だし……でもでも、誰かに話せる内容でもないし」

思い出したからこそ、多少不幸が襲ってきても最後は皆幸せになれる婚約破棄を目指す。しかし、一度目の人生の記憶を持っていると話して誰が信じる？

精々、疲れていると思われるくらいだ。

「それか精神が病んだ人になった、ってする？　そうなると勘当以前に領地幽閉な気が……」

がくりと力なくベッドに突っ伏す。

「……やっぱり、どうにか殿下に婚約者はエルヴィラがいいと思わせないと駄目よね」

ファウスティーナとベルンハルドの婚約は王家と公爵家が結んだ正式なもの。けれど、まだ大々的に発表はされていない。二人が十五歳の貴族学院入学とデビュタントを迎えるまでは公表しないとなっている。顔合わせの日に謎の高熱に倒れたファウスティーナが万が一にもまた倒れて王太子妃候補として相応しくないと判断された場合を考慮して。

今のところ、王妃教育を真面目に受け成果が順調なので王妃からの評判は良く、王太子であるベルンハルドが定期的に訪れているので問題ないと認識されている。

「婚約破棄婚約破棄婚約破棄婚約破棄……」

——どうやればいいのよぉー!!

心の中で絶叫したファウスティーナであった。

●○●○●○

「……」

「兄上？」

弟の訝しげな声を受けて。

ハッと、我に返ったベルンハルド。

「どうされました？　上の空でしたが」

「あ、ああ、ちょっと考え事をしていただけだよ。心配ない」

「そう、ですか」

夜、体調を心配して自分の部屋に様子を見にきたベルンハルドに過保護だなと苦笑しながらも、ネージュは受け入れた。両親や兄は、生まれながらに病弱なネージュをいつも心配している。自身も王国の第二王子。早く治して家族の心配を取り除きたい。その為にも、医師の判断に従って治療に専念していた。

途中から上の空となったベルンハルドを心配したネージュは、心当たりを訊ねてみた。

「ファウスティーナ嬢ですか？」

びくっとベルンハルドの肩が跳ねた。

王太子として常に冷静に感情は極力殺せと周囲から言い付けられている。普段の鍛練や王太子としての公務では平静を保てるが、婚約者の前だったり彼女の名前が出ると素の部分が出てしまう。

「母上からよくお話を聞きますが、王太子の婚約者として非常に優秀と聞いています。兄上との仲も良好だと」

「……」

母から見た二人はそうなのだろう。

だが――

「……僕はそうは思わない」

「何故です？」

「ファウスティーナは、僕が会いに行ってもあまり楽しそうにしないんだ。何度か会えない時もあった」

訪問を知らせる手紙も事前に余裕をもって送っている。にも拘《かかわ》らず、三度くらいファウスティーナが不在の時があった。昨日と今日はいたが次はいない可能性もある。

「今日はいなかったが、ファウスティーナの代わりに毎回エルヴィラ嬢がいる」

「ファウスティーナ嬢の妹君がですか？」

不思議ですねと笑うネージュに苦笑する。

エルヴィラがやって来て話し相手になっても、会いたい相手が来ない限り心の寂しさは埋められない。ベルンハルドが会話したいのはファウスティーナだけなのだから。

ただ……ファウスティーナといるよりも、エルヴィラといる方が楽しそうだと言われて胸をぐさりと刺された。

自分ではエルヴィラからファウスティーナの話を聞けて嬉しいだけでも、他人の目から見たらファウスティーナといるよりも楽しげに見えたのだろう。

「ぼくは兄上以外の同年代の子供とは全然会いませんし、婚約者もいないからまだよく分かりませんが、成人までまだまだ時間はあるのですからゆっくりと歩み寄って行けば良いのではないですか？」

「そうだな……」

一つ違いでもどちらが年上か分からなくなる。誰かに聞いて不安を取り除きたかった。お休み、と幾らか安堵した表情となって戻っていくベルンハルドを見送り、ネージュは毛布の中に潜った。

「ああ、でも」

さっきとは全く違う……別人のような昏い笑みを浮かべたネージュは、

「ファウスティーナ嬢を好きにならなくていいよ兄上は。また前と同じでエルヴィラ嬢を好きになったらいい」

誰に聞かせる訳でもない話を灯りを消した天井へ紡いだ。

「――だって、兄上はどうせエルヴィラ嬢を好きになるのだから。それとも気付いていないだけで本当はもう好きなのかな……？」

――だとしたら嬉しいな……今度はちゃんと…………

常人とは一線を画した言葉を発したネージュは瞳を閉じた。

八　不幸にしたくない

昨日は珍しくエルヴィラがいなかったので会話が弾んだ。話題はベルンハルドの弟ネージュのことが中心となってしまったが。同時刻エルヴィラはリュドミーラとお茶をしていた。昨日の朝は、リンスーと共に執事長がファウスティーナの部屋を訪れ、王太子来訪の時間を確認した。なのでエルヴィラは訪問のことを知らなかった。夕食の席での一悶着を思い出して、化粧台の前でリンスーに髪を梳いてもらうファウスティーナは疲れたように溜め息を吐いた。

「どうしました？」

「昨日の夕食の席を思い出したのよ」

「ああ……」

げんなりとしたファウスティーナに髪を梳きながらリンスーも苦笑する。

●○●○●○

今日はちゃんと応対しましたね？　と確認するリュドミーラに「はい」と頷いたファウスティーナに、何の話かとエルヴィラが口を挟んだ。昼からベルンハルドが訪れていたとリュドミーラが教えると――

「酷いわお姉様!!」

「え」

「エルヴィラ？」

突然大声を上げて姉を非難したエルヴィラに、リュドミーラやケイン、使用人達は驚く。シトリンは今日は戻らないと連絡を受けているので不在。非難の的にされているファウスティーナも気の抜けた声しか出せなかった。

「ベルンハルド様が今日も来るなんて教えてくれなかったではありませんか！」

「教えるも何も……、エルヴィラは午後からはお母様とお茶をすると朝言っていたじゃない」

「ベルンハルド様がいらっしゃると聞いていればお茶なんてしていません！」

ファウスティーナはチラッと母を見た。可愛い末娘の台詞にショックを受けたらしく、些《いささ》か顔が青い。ドレスをデザインしてもらっている間は、とても仲の良い母と娘らしく和気藹々《あいあい》としていたのに。

ファウスティーナは蒸したニンジンを飲み込み、ナプキンで口元を拭った。

「エルヴィラ。ベルンハルド殿下にはちゃんと〝殿下〟と敬称を付けなさい。後、教えるも教えないも殿下は婚約者として私と交流を深めて下さっているだけよ。エルヴィラはお呼びじゃないの」

と、言った所で内心、あ……、と気付く。

口調こそ冷静だが、前回と同じ場面である。

ファウスティーナの記憶通りなら次は——

「ひ、酷いわお姉様！　わたしはただ、ベルンハルド様と仲良くなりたいだけなのに……！」

ポロポロと涙を流し、姉に傷付けられた妹となる。体を震わせて涙を流すエルヴィラは痛々しく、直ぐ様リュドミーラが駆け寄ってエルヴィラを包み込むように抱き締めた。

「ああ、泣かないでエルヴィラっ。ファウスティーナ、言い方というものがあるでしょう。もう少し言葉を選びなさい」

「お言葉ですが母上」とケインが間に入った。

「ファナの言い方はキツいものだったかもしれませんがエルヴィラにも原因はあります。ずっと言おうと思っていましたが……エルヴィラ、王太子殿下がいらっしゃると家庭教師との授業をサボってそっちに行っているね？」

「っ、そ、それは……」

「母上。母上もエルヴィラが家庭教師との授業をサボっていることはご存じですよね？」

「……え、ええ」

（やっぱり知ってたんだ）

改めて納得したファウスティーナは、後ろ姿からも伝わる静かに怒る兄を——自分は怒られてないのに顔を青くして——見つめる。

「王太子殿下からは、ファナが来ない理由についてしか相談は受けてないけど」

「ぐふっ」

「エルヴィラが毎回来るのはどうしてかとも言われてる。これじゃあ、どっちが王太子の婚約者なのか分かったものじゃない。後、ちゃんと家庭教師の授業を真面目に受けなさい。それじゃあ、何時まで経っても立派な淑女にはなれないよ」

「っ～～～！」

エルヴィラがいてもいなくても会いたくないとは言えず、エルヴィラがいるから行き難いと誤魔化したのがまずかったかと水を喉に詰まらせて咳き込むファウスティーナ。エルヴィラは悔しげに頬を膨らませ、泣きながらケインの後ろのファウスティーナを睨む。

紅玉色の瞳にファウスティーナはどう映っているのか……

「ケイン、そこまで言わなくても」

「……母上。母上も、エルヴィラが家庭教師との授業を放っておくのを見過ごさないで下さい。エルヴィラだって何時か上位貴族と婚姻を結ぶんです。このままでいて困るのはエルヴィラです」

「分かっているわっ。エルヴィラ、明日からは家庭教師の先生とのお勉強頑張りましょう？」

「……」

リュドミーラが目線を合わせ諭すように話してもエルヴィラの膨れっ面《つら》はそのまま。

「ね？」

「……はい」

渋々頷いたエルヴィラにほっと安堵したリュドミーラは席に戻った。エルヴィラは前に向き直り、説教を終えたケインも食事を再開した。周囲にいる使用人達も胸を撫で下ろした。

ファウスティーナは居心地の悪い空気に、味がなくなるまでニンジンを咀嚼《そしゃく》したのであった。

●○●○●○

昨日の夕食の席での兄が前回と重なった。

最後の最後で越えてはならない一線を越えたファウスティーナを叱咤《しった》し、同時に、助けてあげられなくてごめん、と謝る姿を思い出すだけで胸が苦しくなる。ファウスティーナを邪険に扱ってエルヴィラを優先するベルンハルドや婚約者のいる彼と恋人も同然に隣にいるエルヴィラに何度も苦言を呈し、最後までファウスティーナを庇い続けてくれた。

『罪を犯したファウスティーナが悪いのは当然です。だけど、元々の原因を作ったのは貴方です、王太子殿下。エルヴィラもだ』

『母上、ファナを責める前に母上にも問題があるのですよ？　本来なら、エルヴィラの行動を止めなければならないのに、あろうことかエルヴィラに協力する始末だ。ファナが今までどれだけ王太子妃になる為に努力していたとお思いですか！』

（お兄様……っ）

じわりと目頭が熱くなる。自分の死因は不明だが、公爵家から勘当され、（恐らく）直ぐに死んでしまった後のことが気になってしまう。

ベルンハルドとエルヴィラはそのまま王太子、王太子妃となって結ばれただろう。自分を庇い続けたケインやリンスーを含めた使用人達はあの後どうなったのだろう。現時点で知る術《すべ》はない。でも、思い出すと——

「お、お嬢様？　どうなさいました？」

リンスーの困惑した声がファウスティーナを呼ぶ。涙が溢れ、咄嗟に差し出されたタオルで涙を拭っても止まらない。

止まってくれない。

「お嬢様？　痛かったですか？　それとも、どこか具合が悪いのですか？」

「う、ううんっ」

——絶対に、絶対に同じ失敗はしない。もうお兄様やリンスー、王妃様やネージュ殿下を悲しませる最後にはしたくない……！

「リンス〜！」

「は、はい！」

「私、頑張るから、頑張るからね！」

「は、はい、よく分からないですがお嬢様は頑張っています！」

「そうじゃないの！　でも、頑張るからね！　殿下との婚約を破棄出来るように‼」

「え……」

強めにタオルで顔を拭き、涙を止めたファウスティーナは強い決意の表明として背後に炎を燃やして宣言した。いきなりの宣言に目を丸くするリンスーは数秒固まった。


婚約を破棄？　殿下？　王太子殿下と？

何故？

「……あ、あの、お嬢様？」

「さあ、もう一回顔を洗って食堂へ行きましょう」

「え、ええ。それは良いのですが……って良くないです！　婚約破棄って何ですか⁉」

「私は殿下との婚約を破棄したいの！」

「何故です⁉　というか、お嬢様と王太子殿下の婚約は王家のご意向なのですよね⁉　絶対無理です！」

「そこは！　……殿下に、他に好きな人が出来るわよ」

「根拠は何です。使用人の私から見ても、王太子殿下はお嬢様をお好きなように見えます」

それは今だけ。時間が過ぎていけば、ベルンハルドは絶対にエルヴィラを好きになる。ファウスティーナは気を付けているつもりだがやはり前回と同じ展開になる。昨夜の夕食が良い例だ。滑らかに同じ台詞が出ていた。

「社交界に出れば私より魅力的な令嬢に会う機会だって増えるわ。そうなると、公爵家の娘っていう肩書き以外取り柄のない私なんかお払い箱よ」

「そんなこと……」

リンスーは決意を宿した薄黄色の眼で見上げる幼い主を上から下まで眺めた。王国ではヴィトケンシュタイン家にしか受け継がれない空色の髪は陽光の下にいると青空同様美しく、薄黄色も珍しく同じ色の子供は他にいない。リュドミーラ譲りの烏《からす》の濡れ羽のように艶やかな黒髪と愛らしい紅玉色の瞳のエルヴィラにもない魅力がある。エルヴィラと違って、お家の事情から王家との婚姻が結ばれる確率が一番高かったファウスティーナは早くから淑女教育を受けていた。ケインは次期公爵なので更に早い時期から跡取り教育を受けている。

楽しそうに母親とお茶やデザートを楽しむ妹をレッスンの合間何度も羨ましそうに見ていたのを目撃しているリンスーとしては、この王太子との婚約はファウスティーナの努力が実る唯一の道と信じていた。なのに、本人は王太子との婚約破棄を望んでいた。先程泣いていた理由にそれが含まれているのは聞かなくても分かる。厳しい教育やレッスンを日々頑張るファウスティーナが何故婚約破棄を望むのか。

リンスーは反対したい。

……だけど、ファウスティーナがそれで幸せになるのなら。

「はあ……。お嬢様。私は王太子殿下との婚約破棄には反対ですが、それでお嬢様が幸せになるのなら陰ながら応援します」

「リンスー……」

「協力は一切しませんよ？」

「何でよ！」

応援するとは言っても協力するとは言ってない。そこへ、コンコンと扉が鳴った。

「ファナ？　まだ準備してるの？」

「あ、今行きます！」

呼びに来たケインに応え、タオルをリンスーに返したファウスティーナは慌てて部屋を出て行った。今日は待ちに待ったミストレ湖へお出掛けをする日であった。

九　ミストレ湖

待ちに待ったミストレ湖。

漸く、父シトリンの仕事が一段落したので数人の使用人を連れて、ファウスティーナ、ケイン、シトリンの三人でピクニックをすることとなった。リュドミーラとエルヴィラはお留守番。昨日声は掛けたがエルヴィラは以前と同じ返事で、リュドミーラはエルヴィラを置いて行けないと今回は屋敷に残った。公爵家の家紋が入った専用馬車が屋敷の前に停まっている。ファウスティーナは今日は動きやすい菫《すみれ》色のワンピースに白いツバの大きい帽子を被っている。ツバの横から前方には空色の大きなリボンが結ばれている。靴もヒールのないブーツ。

執事長や侍女長達から見送りを受ける中、空を照らす太陽を見上げた。とても眩しい太陽の光を沢山浴びて、ファウスティーナは隣にいるケインに微笑んだ。

「楽しみですね！　お兄様！」

「そうだね。俺も初めてだから、とても楽しみにしていたんだ」

シトリンの手伝いとして領地へは行っても、その他の土地へはめったに行かないケインも今日のピクニックは内心楽しみで仕方なかった。執事長と侍女長と言葉を交わしていたシトリンは、同じく見送りに来たリュドミーラに話し掛けた。

「では、夕食前には戻るよ」

「はい。お気を付けて」

「うん。ケイン、ファナ、馬車に乗ろうか」

「「はい」」

その声を合図に二人は馬車に乗り込んだ。ファウスティーナとケインは隣同士で座り、シトリンは対面に座った。三人が乗ったのを確認して、御者、ヴォルトは馬を走らせた。

速くもなく、遅くもない速度で走る馬車の中で窓越しから外を眺めるファウスティーナはケインへ顔を向けた。

「ミストレ湖にはどんな動物がいるんでしょう」

「着いてからのお楽しみだよ、そういうのは。父上、着いてからは自由行動ですか？」

「あまり遠くに行かないのならいいよ。でも、極力一緒にいよう。大人しい動物が多いが絶対に人を襲わないとも言えない。それと此方からも不用意に近付かないこと。いいね？　ファナ」

何で自分だけ、と、不満ありげに口を尖らせるとシトリンは苦笑した。

「ミストレ湖には、きっとファナが気に入るだろう動物が沢山いるからね。近付いて彼等を驚かせてはいけない。僕達が不用意に近付かなければ、動物達も何もしてこないよ」

「はい。お父様」

ファウスティーナとて、不用心に野生の動物に近付きたいとは思わない。遠くから眺めるだけでいい。

過ぎていく景色を新鮮な気持ちで脳裏に焼き付けるようにじっと見つめた。以前はこんな風にゆったりと外の風景を気にする余裕がなかった。頭にあったのは、何時だってベルンハルドとエルヴィラの事だけだった。何をしたら殿下は自分を見てくれるのか、どんな言葉を掛けたらエルヴィラにするように微笑んでくれるのか、それればかりを考えていた。過去の不毛な恋心は今思い出している場合じゃないと頭《かぶり》を振って、早く到着しないかと再びケインと会話を始めたのであった。

●○●○●○

王国が管理する湖の中で最も透明度の高い湖と評判なのも頷けた。豊富な森林が囲う巨大な湖を生で初めて見たファウスティーナは薄黄色の瞳をキラキラと輝かせて、充分に気を付けて湖の中をそっと覗いた。

「すごい……水深はとっても深いって聞いたけど水底がすぐそこにあるみたい」

ミストレ湖が凄いのは透明度だけではない。豊富な湧水量《ゆうすい》にもある。王国の全国民の生活用水をこの湖だけで賄《まかな》える程の巨大さだ。

「ファナ。近付きすぎちゃ危ないから離れなさい」

「はい」

後ろの方でシトリンに呼ばれ、名残惜しくてもまだまだ時間はあると自分に言い聞かせファウスティーナはその場を離れた。

シトリン達のいる所へ戻ったファウスティーナは、使用人達の広げたピクニック用のシートの上に座った。持ってきたバスケットには昼食のサンドイッチが入っていた。

「お兄様はどれにしますか？」

「何でもいいよ。先にファナが食べたいのを選んでいいよ」

「じゃあ、エッグサンドを頂きます！」

サンドイッチの中ではエッグサンドがファウスティーナの大好物。食パンに焼いた甘いスクランブルエッグをレタスと挟んだだけの簡単な料理だがとても美味しい。パクりと一口齧《かじ》ると「美味しい」と顔を綻ばせる。エッグサンドの他にも、ストロベリーサンドにハムサンド、ドレッシング漬けにしたレタスサンドもある。ストロベリーサンドは、今日は来ていないエルヴィラの好きなサンドイッチだ。綺麗な湖といい、ストロベリーサンドといい、やっぱりエルヴィラも来れば良かったのに、とても勿体ないとファウスティーナは二口目を食べた。

次は飲み物に手を伸ばした。布できつく縛られていたティーポットを持った使用人がファウスティーナとケインに飲み物を注いでくれた。芳醇なカカオの香りが二人の瞳を輝かせた。二人の好きなホットココアだ。飲まなくても作ったのが執事のヴォルトだと分かる。彼は一番ホットココアを作るのが上手だ。彼の作るホットココアはファウスティーナとケインの大好物でもある。

ティーカップを持ったファウスティーナがヴォルトに訊ねた。

「美味しく作るコツってあるの？」

「内緒です」

「だよね……」

「食事が済んだら自由行動にしよう。ファナとケインは一緒に行動しなさい」

「はい。ファナ、何処か行きたい所はある？」

「前にお父様が教えてくれた白鳥はいなさそうですね」

「待っていたら羽休みをしに湖に降りるかもしれないよ」

「それでしたら、湖の中をもう少し覗いても良いですか？　あんなにも綺麗なので魚達が泳いでいる所を見ていたいです！」

手早く昼食を済ませるとケインと共に再び湖を覗いた。

「思わず飛び込んでみたくなりますね」

「本当にしちゃいけないよ？　底が目に見えても、六十三メートルもあるんだから」

「え⁉　そんなに……」

深い先まで目視で覗ける程透明度の高い湖は、王国ではミストレ湖を含めて五つある。その中でもミストレ湖は、飛び切り湧水量の多い湖である。透明度に限って言うと更に上をいく湖もある。

「また機会があるなら、今度はもっと綺麗な湖を見に行きたいですね」

「ミストレ湖も充分に綺麗だけど、それ以上と言われると気になるよね。次はエルヴィラと母上も

来たらいいのに」

「お母様はエルヴィラがいれば来ると思いますよ」

否定はしないよ、とケインは苦笑した。次期公爵として周囲の大きな期待を背負っているケインに殊更《ことさら》期待しているのがリュドミーラ。エルヴィラとはまた違う意味で溺愛されているケインは、唯一父に似たファウスティーナに冷たい母の内心が読めない。ひょっとして、とある推測をしているが、もしそうならファウスティーナが可哀想だ。大人達に何かあったとしてもファウスティーナが生まれる前の話。

「重ねないでほしいな」

ケインの呟きは小魚に夢中なファウスティーナの耳には届いていない。二人はじっと眺めては歩き、またじっと眺めては歩くを繰り返した。広大な湖を時間をかけて一周するとスケッチをしていたシトリンが二人の所へやって来た。

「面白い魚でもいたのかい?」

「湖がとても透明で、水中にいる魚達が丸見えなので夢中になっていました」

「そうかそうか。連れて来て良かったよ。今はシーズンじゃないからいるのは僕達だけ。こうやってのんびりとするのも偶《たま》にはいいね」

「国王夫妻が隣国の式典から戻るまで後十日程掛かると聞いた。ファナ、予習復習は怠ってない?」

「やってます!」

ベルンハルドの訪問からは逃げていても王妃教育はきちんと受けている。からかうケインに頬を膨らませて見せるとシトリンが軽快に笑った。

「ははは。王妃様からの評判もとても良いよ。この調子で頑張りなさいファウスティーナ」

「はい！」

再びスケッチをしに戻ったシトリンの大きな背中が前回と重なった。最後に見たのは、公爵家を勘当される時。除籍され、勘当となったファウスティーナに父が最後に掛けた言葉は今でも一言一句しっかりと記憶に刻まれていた。

『……済まなかったね。気付いてあげられなくて』

最後の最後で過ちを犯した娘を、父はどんな思いで叱責し、除籍し、勘当したのだろう。

子供の頃はとても大きかった父の背中は、あの時はとても弱く、小さく見えた。

——もし……もし、前の私は死んでしまったのなら、最後くらいは誰にも迷惑を掛けなかっただろうか。……ま、公爵家から勘当されたんだもの、誰の耳にも入らないでしょうね。

ぼんやりと父の背中を見つめているとケインに声を掛けられた。また回想に耽《ふけ》っていた。ファウスティーナは気を取り直し、今度は動物を探しに行こうと提案をした。

「もしかしたら、羽休みをしている白鳥を見られるかもしれませんし」

「ああ、ファナは白鳥が見たかったんだよね。でも、見渡す限り白鳥はいなさそうだよ」

広大な新緑が広がる湖周辺に白色はない。比較的近い場所でシトリンがスケッチをしているのが見えるだけ。がっくりと肩を落とした妹にケインは落ち込まないのと頬を撫でた。頭は帽子を被っているからやめにした。

「今度また、父上に連れて来てくれるようにお願いしておくから、今日は魚観察にしよう」

「そうですね。そうだ！　お兄様。私と勝負しませんか？」

「勝負？」

「どちらが先に大きい魚を見つけられるか勝負です！」

「ふふ。いいよ。じゃあ、ペナルティは何にしよう？」

「え、ペナルティ？」

「あった方がやる気が出るだろう。そうだな……じゃあ、最近おやつの食べ過ぎが目立つファナは暫くおやつを制限しよう」

「⁉」

——おやつを制限⁉

一日の中で最も楽しみにしているおやつ。それを制限されると言われてはファウスティーナも本気にならないといけない。

自分から持ち出した勝負と言えど、ペナルティにおやつ制限を出されてファウスティーナは絶対に負けられないと闘志を燃やした。

勝負は言わずもがな、ケインが勝った。帰りの馬車の中でファウスティーナは、初めにあった喜びが一気に悲しみに変わってしまった。苦笑するシトリンは、糖分を控え目にしたデザートをコックに頼んであげると告げた。が、力ない返事をしたファウスティーナだった。

十　前回の記憶には役に立つものだってある

思い出せないならないで問題なくもないが、どうにも自身の死の場面が思い出せないファウスティーナ。ひょっとしたら、余程酷い死に方をしたので記憶が死亡原因《それ》だけを強制的に排除したのかもしれない。最後に覚えているのは、安い宿の一室で己の仕出かした罪に後悔の涙を流した後、堅いベッドで眠った所まで。眠っている最中に死んでしまったのなら覚えていなくて当然かもしれない。

「思い出せないなあ……」

今日は止《や》めようとファウスティーナは頭《かぶり》を振った。一週間前、国王夫妻が隣国から無事に戻ったので王妃教育が再開されていた。予習復習を怠っていないかを第一に確認され、問題がないと判断されると復習を交えつつ新しい内容を覚えていった。

前回と同じく、王妃直々に指導を受ける王妃教育は公爵家で家庭教師から受ける授業より数倍厳しく難しい。前回では何度も泣いたし、今回も前の記憶があると言えど泣いた回数は片手で足りない程。でも、人がいる場所では決して泣かなかった。王太子の婚約者として、未来の王妃として、それは許されなかったから。

「私が死んだ後、エルヴィラはちゃんと王妃教育を受けたのかしら」

泣き虫で、自分が気に食わない、嫌だと感じると直ぐに泣いて逃れようとしていたエルヴィラが王妃直々の教育に耐えられたのか？

婚約破棄をしてもらってエルヴィラに次の婚約者になってもらわないとならないファウスティーナからすると重要事項であった。

「でも、私から言ってもね……。お兄様がお父様に頼んでエルヴィラの家庭教師を替えるって言ってたから案外変わるかも……」

家庭教師との授業をすっぽかした挙げ句、ファウスティーナに会いに来たベルンハルドの所に行っていたエルヴィラにキツいお灸を据えたケインが、シトリンにエルヴィラの家庭教師の一新を提案。王族に嫁がなくても、エルヴィラも将来は何処かの貴族に嫁ぐ。ヴィトケンシュタイン公爵家の令嬢が能無しでは困るのと、我儘放題なのも駄目。国王夫妻が隣国から戻ったのと同時にエルヴィラの家庭教師も一新され、彼女が泣いて嫌がってもどの家庭教師も甘やかさなくなった。

「ふわあ……。お母様もお父様に甘やかしちゃ駄目って言われて助けられないから、ストレス溜まってそう」

それでも家庭教師との授業が終わると直ぐにお茶をする。スイーツも食べ過ぎると太るのでお茶だけを飲む。見た目に絶対の自信があるエルヴィラも太るのは嫌らしく、スイーツは渋々諦めていた。ファウスティーナは自室のベッドに仰向けで寝転がって天井を見上げた。

「王妃様何時見ても綺麗だったな……」

現王妃アリス＝ノーラ＝ガルシアは、この国で最も穏健と言われるフワーリン公爵家の令嬢だった。フワーリン公爵はその名の通りフワフワしてそうなとても穏和な人柄であり、争いを好まない平和主義者。但し、最高位の貴族家の当主としての政治的手腕は見事なもので、ファウスティーナ達が生まれる前に起きた大きな天も有名な話なら幾つか知っている。その一つにファウスティーナ達が生まれる前に起きた大きな天災を誰よりも早く察知し、宰相に各貴族に事前の準備をさせる様通達したというものがある。起きる訳がないと高を括った貴族も、備えていても甚大な被害を被った貴族もいた。しかし前者と後者では、その後の対応も違う。

王妃教育が終わると十分だけアリスとお茶をするファウスティーナは、その時何故フワーリン公爵が天災が起こるのを予知出来たのかと聞いた。アリスはふふ、と美しい微笑を浮かべた。

『お父様は魔法使いでも何でもないから、予知能力なんてものはないわ。過去に起きた天災の時期には波があって、その年は波の中でも特に大きな天災が来そうだと危惧しただけよ。仮に来なかったとしても、何時何処で何が起こるのかは分からないのだから、領民や領地を守る対策はしておいて損はないわ。実際、お父様の読みは何度か外れた時もあったけど、己の領地を顧みる事で、今まで気付かなかった小さな綻びに気付く時だってあるの』

『王妃様はフワーリン公爵様をとても尊敬されているのですね』

『ええ。ふふ、ここだけの話よ？　お父様は家族の中でもフワフワしてるから常にお母様が心配していたわ。お父様が蒲公英《たんぽぽ》の綿の様に何処かへ飛んでいかないかと』

ファウスティーナはまだフワーリン公爵とは会っていないのでどんな人なのかは話の中でしか知らない。父シトリンにも、今日王妃様とこんな話をしたと報告した際フワーリン公爵の名前を出すと、「うん、フワーリン公爵とはよく会うけどとても人当たりが良く穏やかな人だよ」と言われた。

王妃教育も終わった日の夜は、夕食を食べ終えるとお風呂に入って後は寝るだけ。ベッドでゴロゴロとしている所をリンスーに見られたら「はしたないですよ」と小言が飛んできそうだ。自室の中でくらい自由にしていたい。

「あ」

ふと、ファウスティーナはベッドの下に隠してある【ファウスティーナのあれこれ】と表紙にデカデカと書かれたノートを取り出し、ベッドから降りて机に置いてあるペンとインクを持って再びベッドに座った。その二つをベッドに置きノートを開く。

「今の時期だともうそろそろ……」

ページを捲っていき、あるページに目を通した。

「もうすぐだわ……はあ。気が重い。でも大丈夫よファウスティーナ。貴女は以前の貴女じゃない。今の貴女は婚約を破棄する気満々のファウスティーナよ。たとえ前の記憶を持っていながらまだ殿下を好きでも、絶対に同じ過ちは犯さない」

自分自身に言い聞かせ、よしっと気合いを入れてノートを閉じた。端から見たら、一人で何をブツブツ言っているのかと心配になるところだが部屋にはファウスティーナ以外誰もいない。奇行も一人きりなら問題はない。

ファウスティーナの言った「もうすぐ」とは、ベルンハルドの誕生日パーティーを意味する。前回、リュドミーラに頼んで気合いの入ったドレスでベルンハルドの誕生日パーティーに出席したのに、彼は真っ白でレースがふんだんに使われた白百合の妖精の如き可憐なエルヴィラ《妹》を絶賛するだけでファウスティーナ《婚約者》には礼儀に則った挨拶しかしなかった。それに激怒した前のファウスティーナは、飲み物を運んでいた給仕から葡萄ジュースを奪い取りエルヴィラに全てかけた。真っ白なドレスは瞬く間に紫色に染まり、頭からかけたので当然エルヴィラ自身もびしょ濡れになった。

その場で両親に叱責され、ベルンハルドには更に嫌われる原因となった……。自分で仕出かし、自分で思い出したのに、ファウスティーナはダメージを受けた。

「前の自分を反面教師にするのも可笑しな感じだけど、今度はあんなことは絶対にしない……！」

頑張るぞ、と大きく手を掲げたファウスティーナだが、葡萄ジュースは大好きなのでこれからも飲むのだけは許して欲しいと誰に向けてか不明な謝罪をしたのであった。

●○●○●○

嫌な記憶だけが前回の記憶じゃない。

前回培《つちか》った知識は今のファウスティーナにも役立っていた。

どんなに厳しくしても泣き言を言わず、常に食らい付く様に王妃教育を受ける彼女の覚えの良さに驚きながら、ファウスティーナに絶大な信頼と期待を寄せる王妃アリス。今日は始まってから既に十時間以上は経過している。キリのいい所で今日の王妃教育は終わった。

終わっても最後まで気を抜かない。綺麗な所作で礼をするファウスティーナに、アリスは満足げな笑みを浮かべて頷いた。

「では、今日も最後にお茶をしましょう」

「はい、王妃様」

最後にお茶をするのは王妃としてではなく、アリスとしてファウスティーナと交流を深める為。

侍女の用意したお茶で喉を潤したアリスが不意にこんな質問をした。

「ねえファウスティーナ。ファウスティーナはベルンハルドをどう思ってるの？」

「へ」

教育中だったら即座に叱責が飛んで来る場面だが今は個人の交流タイム。間抜けな声を出しても咎《とが》められない。気が抜けていたファウスティーナは突然の疑問に直ぐに答えられなかった。

(前の私だったら、即行で綺麗で聡明な王子様！　って答えてそう……。いや実際そうなんだけど)

何と答えたら良いか迷いながらも、

「王太子殿下は、私と同い年でありながらも王太子として既に陛下のお仕事の補佐を務めていると聞きます。常に冷静で完璧な王太子で有り続けようと努力する殿下をお支えしたいと思っています」

(うんこれでいい筈) 我ながら満足のいく答えを言えたのではないかと心の中で胸を張った。

「後は、とても弟思いなお兄様だと思われます」

「そうね。私や陛下以上にネージュを気に掛けているのがベルンハルドなの。立場上、どうしても顔を合わせられない日もあるから……。でもファウスティーナ」

「はい」

「ファウスティーナはベルンハルドを何と呼んでるの？」

「殿下とお呼びしていますが……」

怪訝に思いながら答えるとアリスは苦笑する。

「そう……。折角、婚約者になったのだから名前で呼ぶのもいいと思うのだけれど」

「そ……そうですね。あはは……」

殿下、ではなく。

ベルンハルド様と呼ぶ。

前の自分が焦がれた行為の一つであり、同時に決して叶わない行為でもあった。たった一度でもベルンハルドの名を紡ごうものなら、その場で斬り殺されると錯覚する程の殺意と嫌悪の交じった瑠璃色を向けられた。

（エルヴィラには許して、私には許されなかった。それだけの事をしたんだもの。当然よね）

ファウスティーナはお茶を飲むアリスをそっと見つめた。

ネージュの蜂蜜色の髪と紫紺の瞳はアリス譲り。ベルンハルドもネージュも母譲りの美しい顔立ちだ。とても二人の息子がいる母親とは思えない美貌は、王国中の女性の憧れである。

自分もティーカップに手を伸ばしてお茶を飲む。甘くてフルーティーな味だ。アリスが突然ベルンハルドの名前呼びを話題に出した理由は何だろう……殿下と呼んでも問題はない筈。それに、何時婚約破棄になるか分からないので極力殿下又は王太子殿下呼びを通すつもりだ。お茶の時間も終わり、アリスに礼をして、数人の侍女に付き添われファウスティーナは部屋を後にした。

公爵家のお茶も美味しいが王城で出されるお茶も美味しい。

今夜の夕食は何かな～と呑気に考えるファウスティーナに斜め後ろを歩く侍女が王太子殿下に会われますか？　と提案した。確か、今頃は剣の鍛練をしていると思い出す。邪魔をするのは申し訳ないですと断った。……侍女が残念そうに眉を八の字に下げたのは何故？　と疑問を抱くも、歩いている内に車寄せが見えた。……帰りにベルンハルドの所に寄ってあげてとアリスに頼まれた時に、鍛練はもう終えていると付け足していたらファウスティーナも会いに行っていたかもしれない。侍女達に見送られ、走り出した馬車の中でファウスティーナは一定の速さで過ぎ行く外の光景を眺めた。

●○●○●○

――十日後。

王家からファウスティーナ宛にドレスが届いた。

頭に疑問符を大量に飛ばすファウスティーナは上等な布に包まれた木箱に入ったドレスの前に立っていた。丁度、城の使者から受け取ったのを目撃したケインもいる。

ドレスに添えられていた手紙はベルンハルドからのものだった。

〝ファウスティーナへ

近々行われる僕の誕生日パーティーに、贈ったドレスを着て王城に来てほしい。

是非着て、僕に感想を聞かせてね〟

「殿下が主役の誕生日パーティーで私にドレスを贈る……どうしてですかね、お兄様」

「……ファナがこんなんだと殿下も報われないね」

「え？　どうしてですか」

「自分で考えな」

「いたっ！」

額にでこピンを食らった。恨めしげに睨むファウスティーナにやれやれと溜め息を吐いたケインは、木箱の蓋を閉めて布で包み直した。そして、控えているリンスーに振り向いた。

「貴重品を置いている部屋に運んでおいて」

「分かりました」

「私の部屋には置かないんですか？」

「念の為だよ。じゃあ、リンスー頼んだよ」

「はい」

リンスーが箱を抱えて部屋を出て行ったのを見届けたケインは、ドレスを別の部屋で保管する意味を考えているファウスティーナに部屋に戻るよと声を掛けた。

（王家からドレスが届いた話は、直ぐに父上や母上の耳にも入るだろうし、エルヴィラにもいく。もしもの為に違う部屋に置いておくのが賢明だろうな）

家庭教師を一新してからエルヴィラは一応真面目に授業を受ける様になった。まだ癇癪《かんしゃく》を起こしたり我儘を言って困らせたりはしているが、頻度は減ってきている。このまま順調にいってくればいい。リュドミーラの甘やかしもマシになってきている筈。

だが……ベルンハルドの事となると話は別。隣国から国王夫妻が戻り、王妃教育が再開され、家と城の行き来を繰り返すファウスティーナは家にいる時間が減った。ベルンハルドも王妃教育のある日は来ないが、王妃の都合によって王妃教育のない日は必ず来る。不定期での訪問。事前に逃げるのも叶わないのでファウスティーナは近頃は真面目に会っている。

（殿下が来るとエルヴィラはそっちに行こうとするから、止めるのが大変だって使用人達が言っていたな……。こればっかりは、本人をどうにかしないといけないから難しい。今の内に止めさせないと後々厄介な事になりそうだから、父上にエルヴィラの縁談の話でもしようか）

性格は全く違うのに、どっちも困った妹だ――。

十一　夢の内容

空を見るのが嫌いになった。

雲一つない快晴は彼女を連想させるのに十分な要素だった。

何度も、何度も、何度も後悔をした。

どうしてこうなった、何故気付いてあげられなかった、……何故もっと彼女を見なかった。彼女は……

『――……、――……』

顔も見えない、声も聞こえない相手の口の動きだけでどんな言葉を紡いでいるのかが分かる。自分を責める言葉でも、怒りでも、どれでもない。――どれも最上級の感謝の言葉だった……側に塗・り・固・め・ら・れ・た・笑みを浮かべる彼女を置いて……相手は綺麗な顔で嗤っていた。

「――っ!!」

ベッドの中から飛び出す勢いで起きたベルンハルドの全身は汗でびっしょりと濡れていた。とてつもない悪夢を見たというのに、起きたと同時に内容を忘れてしまった。荒い呼吸のまま外を見ると黒く塗り潰されたような夜空が君臨していた。

悪夢から覚めてもお前を逃したりしない。

頭の中で、知っていて知らない誰かの声が響いた……。

●○●○●○

ジィーッと、庭に咲く花を眺めるファウスティーナ。既に夕刻を迎えているものの、かれこれ数十分はこうしている。側に控えるリンスーは黙って立っているだけ。幼い主がこうして、黙って花を眺めているのはよくあることなので。ヴィトケンシュタイン公爵邸には、季節に合わせて様々な花が植えられている。花言葉で〝乙女の祈り〟の意味を持つカッシアの花弁をそっと摘まんだ。と思うとすぐに放した。

前の自分ならどんな祈りを捧げただろうか。ベルンハルドへの片思いが成就するようにとか、そんな辺りだろう。

なら、今の自分の願いは――――?

「リンスー」

「はい」

「カッシアの花言葉は〝乙女の祈り〟と言うらしいのだけれど、リンスーならどんな祈りをする?」

「私ですか？　そうですね……お嬢様が王太子殿下が訪問しても逃げないように、と祈ります」

「うぐっ」

グサッとリンスーの言葉が胸に刺さった。ベルンハルドの誕生日パーティーが王城で開催されるのは十日後。この間届いたドレスは、貴重品を置く部屋に厳重に保管されている。ケインにファウスティーナの部屋に置いておくのは危ないからと言われた為だ。

後、念の為とも。

「お兄様も少しは私を信用してくれても良いと思うの」

「ううん……上手く言えませんがケイン様の判断は多分正しいと思いますよ」

「どうして？　幾ら私でも、王族からの贈り物を紛失するような真似は」

「お嬢様ではなく。……えーと……」

「……」

言葉を探しているのか、先を言わないリンスーはえーと、えーとと繰り返す。彼女の反応からしてファウスティーナがどうこうするとは思われていない。なら誰が？　何となく、心当たりのある人物が頭に浮かんだが、いくら何でも王族からの贈り物に手を付けようなどとは思わない、筈……。

「お姉様」

悩むリンスーにもういいわと伝えようとすると、後ろからエルヴィラに声を掛けられた。エルヴィラの着るパステルイエローのドレスと夕焼けが妙にマッチングしていた。

「今度のベルンハルド様の誕生日パーティーの為のドレスが届けられたと、言っていましたよね」

「（うわー……怒ってるな……）ええ、今は貴重品部屋に置いてもらっているわ」

ドレスが届けられた日、この話は夕食の席でした。王太子との仲が良好で安心している両親とは違い、エルヴィラだけがむすっと頬を膨らませていた。何か言われないかソワソワしたファウスティーナだが、その日は何も言ってこなかった。

それを今話題に出すのは……

「お姉様にお願いがあります。ベルンハルド様からのドレスは、わたしが着たいです」

この子は何を言っているのか分かっているのか。

ファウスティーナが了承するとでも思っているのか。仮に了承してもシトリンが許しはしないし、流石にリュドミーラも妹に譲りなさいとは言わない。

驚くファウスティーナや呆気に取られるリンスーやお付きの侍女に構わず、エルヴィラは更に話を続けた。

「お姉様より、わたしが着た方が似合うと思いません？」

「似合う似合わないの問題じゃないけど……。エルヴィラ、エルヴィラは沢山の素敵なドレスを持っているでしょう？　わざわざ私のドレスを着なくても」

「ベルンハルド様からのドレスは持っていません！」

「「……」」

チラッとリンスーに目を向けた。何と言ったらいいのか、という顔だ。

ファウスティーナは前の記憶を掘り起こす。以前のエルヴィラ《婚約者》はこんな積極的な性格じゃなかった。大人しくはないがここまで我儘な性格ではなかった。ファウスティーナよりも自分に会いに来る王太子に最初は戸惑っていた。だが、回数を重ねていくと強くなる姉の嫉妬や罵倒に疲れていた心が癒された。周囲にはいない美貌の王子にエルヴィラが惹かれるのに時間は掛からなかった。

寧ろ、ドレスを寄越せという思考は以前のファウスティーナと同じ。

「お姉様は似たようなドレスを作って頂いたら良いではありませんか。わたしはあのドレスが着たいです！」

この場に母がいなくて良かったと安堵した。

（前の時と違う原因……私？）

前のエルヴィラは、王太子の寵愛を受ける代わりに姉に酷く虐められる可哀想な妹、という立ち位置だった。母に愛され、王太子に愛される姿はファウスティーナの嫉妬心と劣等感を刺激するに十分だった。

今のエルヴィラは、どう見えるか。傲慢で自分勝手、嫉妬深く独占欲や束縛が強く、ベルンハルドの婚約者の立場に執着していたファウスティーナがいないと、エルヴィラはどうも――こう、我儘な子供になってしまう。このままではエルヴィラ本人にもヴィトケンシュタイン公爵家としても良くない。どうせ後から母に小言を言われようとも姉としての役割は放棄しない。前の彼女に対する罪滅ぼしのつもりでもある。

「そういう問題ではないわ。仮にエルヴィラが殿下から私への贈り物であるドレスを着て、それを殿下が見たらどう思われると思う？」

「それは……、……ベルンハルド様なら似合っていると言ってくださいます」

幾何《いくばく》か考えた後エルヴィラが零すとファウスティーナはそっと嘆息した。

「エルヴィラ。私は初め似合う似合わないの問題じゃないと言ったわ。こう……私が殿下から贈られたドレスに不満があって貴女に押し付けたと思われたり、貴女が無理矢理私からドレスを奪ったと思われる可能性があるの。王族に対する不敬に値するわ。仮に相手が王族ではなく貴族だとしても、相手に不快感を与えるの。それだけで」

「もういいですわ！」

まだまだ言わなければならないことは沢山あるのにエルヴィラが逆に怒りを露わにして大声を上げた。

「お姉様のお小言なんて要りません！　大体、普段お兄様から沢山お小言を言われている方に言われたくありません！」

「エルヴィラお嬢様、それは」

エルヴィラの少し後ろに控えていた侍女が窘《たしな》めると紅玉色の瞳をキッと鋭くした。

「わたしは事実を言っているだけでしょう⁉」

侍女に当たり散らすエルヴィラの姿に既視感を覚えたファウスティーナは、心の中で納得した。大声で罵声を浴びせられ縮こまる侍女がエルヴィラ、周囲に構わず怒鳴り散らすエルヴィラが前の自分。これでは前のファウスティーナと今のエルヴィラが入れ替わってしまっている。

このままエルヴィラを放っておけない。エルヴィラには大事な役目がある。

（殿下の新しい婚約者になってもらわないといけない。それが誰も不幸にならない未来だもの！）

今が良くても未来がどうなるか、なんて誰にも分からない。それこそ、魔法使いに頼んで未来を視《み》てもらうしかない。が、この世界に魔法使いはいない。お伽噺《とぎばなし》にしか存在しない。ベルンハルドの様子からしてエルヴィラに惹かれるのは時間の問題だとファウスティーナは考えている。

「エル……」

「どうしたんだね？」

ファウスティーナがエルヴィラを止めようと声を掛ける前にシトリンが庭に顔を出した。執事を連れていないのを見ると日課の庭散歩をしていたのだろう。侍女に詰め寄っていたエルヴィラは、流石にまずいと思ったのかシトリンが現れると勢いを無くした。気まずげに視線を逸らし俯《うつむ》いた。

「何かあったのかい？　エルヴィラ」

「え、ええっと……その」

シトリンは使用人に対しても平等に接する。以前にも癇癪を起こして侍女に当たるエルヴィラを何度か叱っている。今回も窘めた侍女にエルヴィラが逆に怒って当たり散らしていた。本当のことを言えば叱られるのはエルヴィラだ。助け船を出そうにも今後のエルヴィラのことを思うと――半分は自分の為だが――ここは父に怒られて反省させた方が良いだろうとファウスティーナは判断した。

何も言わないエルヴィラに代わって事実を話した。エルヴィラに当たられていた侍女は違う意味で気まずそうにし、居心地が悪そうにして立っている。ファウスティーナから話を聞いたシトリンは、幼い子供を叱るような優しく丁寧な口調でエルヴィラに注意をしてお説教は終わった。

屋敷に戻る際、シトリンの横に立って昨日王妃から教わった隣国の美味しいお茶の話をするファウスティーナ《姉》を不満げな紅玉色の瞳で睨むエルヴィラ。強い視線をもらってエルヴィラの方を振り向くと顔を逸らされた。

（暫くはまた険悪ね……）

夕食の席でエルヴィラがリュドミーラに何と言うのか……、お小言が早く終わりますようにと願った。

●○●○●○

――結果から言うと夕食の席でファウスティーナへのお小言はなかった。というより、エルヴィラは何も言わなかった。

通常なら嫌なことがあるとすぐにリュドミーラに告げて慰めてもらうのに。

「今回はなかった。不気味だわ」

お風呂上がりのファウスティーナは、しっかりと髪を乾かし毛布の中に潜って温かいのに体をブルブルと震わせた。

「不吉の予兆だったりして……そんなまさか」

考えすぎよ、と自分自身を元気付けようと笑い飛ばすも……。……すぐに顔を青くした。

「殿下の誕生日パーティーまであと十日。その間何か起きるの？　でも【ファウスティーナのあれこれ】には、前の誕生日パーティー周辺や当日の出来事をばっちり書いて対策してるのに……」

王妃教育がお休みとなる日は誕生日パーティー当日までない。朝から夕刻まで王城に籠りっきりになるので、自分には何も出来ない。するつもりはなくても。

だが逆にエルヴィラから何かをしてくるには十分時間はある。

貴重品部屋に置いているドレスを勝手に持ち出すとか？　と考えが過るも部屋は厳重に管理され

ており、五つある鍵を決められた順番で解錠しないと開けられない仕様になっているので鍵を盗んでも入室は不可能。

ドレスを持ち出す以外にやらかしそうな事……。

「考えて答えを見つけないと……！　……でも眠気がつよ……」

い。

最後の一文字を発する力もなく、規則正しい寝息を立ててファウスティーナは眠ってしまった。

――その日見た夢は、とても温かくふわふわふわした気分にしてくれた。知っているのに覚えてない誰かの声色は荒《すさ》む一方の心を癒してくれた。

『……、…………』

顔も声も覚えていない誰かの囁きを最後にファウスティーナは目を覚ました。

外はファウスティーナの髪と同じ青い空が、太陽の輝きを受けて美しかった。

十二　王太子の誕生日パーティー

待ちに待った、ではなく、全然待っていない王太子の誕生日パーティー当日を迎えた。

未来の王となるベルンハルドの誕生日に態《わざ》と体調を崩して欠席、というのは王太子の婚約者としても公爵家の娘としてもどうなのだろうと考えた結果決行するのを止めたファウスティーナ。それ以前に滅多に体調を崩さないファウスティーナが当日に体調不良を起こす事は、真夏に雪が降るのと同率でほぼ有り得ない話である。

本人も無駄に頑丈だと自負している。なので、目立った行動はせず、終始控え目な令嬢を装って一夜を過ごそうと決意。

「さあ！　お嬢様！　今夜は王太子殿下の誕生日パーティーです！」

「いつも以上に気合いを入れさせて頂きますね！」

「いや、あまり派手なのは」

「お嬢様は普段髪を下ろされているのが多いですしそちらの方がお嬢様らしいから、今回はハーフアップにしましょうか！」

「それなら、ドレスと合わせて髪飾りは」

「それならこっちの方が」

「……」

本人そっちのけで髪飾りがああでもないこうでもないと相談したり、髪型はハーフアップなら纏める髪の量を調節したりと、数人の侍女達はファウスティーナ以上に気合いを入れていた。いつもファウスティーナの世話をしてくれるリンスーは他の侍女と一緒にドレスの準備をしている。

リンスーに助けも求められない。大人しく彼女達に身を任せたファウスティーナは、前回を思い出した。何かある度に前回を思い出すのは、それだけ自分がやらかしているということで。前もベルンハルドの誕生日パーティーには全力を費やした。寧ろ、初めてだったから余計力が入りすぎた。今こうやって準備をしてくれている侍女達には、ファウスティーナから積極的に指示を出していた。

今のように彼女達は完璧にファウスティーナを美しく仕立ててくれた。だが、王城で出会った婚約者が見惚《みと》れたのは妹の方だった……。

（エルヴィラに葡萄ジュースを掛けて、お父様達に怒られて、殿下には更に嫌われて、……皆には酷い八つ当たりをしたんだった……）

どうしようもない過去の自分しか思い出せないのも悲しいが、その記憶があるお陰で破滅的な未来を回避出来る。ファウスティーナは今夜を無事に乗り切る事を最優先とし、闘志を燃やすのであった。

ただ、それを見た侍女達は普段はベルンハルドが来る度に逃げていながらも今夜の誕生日パーティーには意欲的だと思い、口々にファウスティーナへ声援を送った。一人、ベルンハルドとの婚約破棄を望んでいると知るリンスーは、多分彼女達が思っている事とは違う内容で闘志を燃やしているのだとは言えず、頑張って下さいお嬢様、と心の中で声援《エール》を送った。

●○●○●○

王国が崇《あが》める姉妹神が描かれた天井から吊るされた複数の巨大なシャンデリアが、広大な会場を絢爛《けんらん》に照らす。国内中の貴族が集まる会場は大勢の人で賑わっていた。

家族と共に入城したファウスティーナは、前回とまるで変わらない規模に緊張を強くした。今回はまだ幼い王子の誕生日パーティーというのもあって、同年代の貴族の子供達が多く見られる。子供は貴族学院に入学するまでは、家同士の繋がりがある以外の他の家との接点はあまりない。誕生日パーティーと兼ねつつ、子供達の出会いの場ともしている。

「ふう……王妃様が綺麗なのは勿論だけど、陛下も若いわよね……」

当たり前か。国王夫妻は両親と同い年。まだ二十代である。

「殿下がドレスを贈ってきた理由って、私が婚約者だったからなのかな」

上座に座する国王夫妻とベルンハルドの周囲には、大勢の貴族がいた。王族に対する最上級の挨拶と祝福の言葉を述べる為に。無論その中にはヴィトケンシュタイン公爵家の皆もいた。満足気に頷く陛下の横、王妃アリスは足元にいたベルンハルドの背中をそっと押した。彼は自身が贈ったドレスを着たファウスティーナを恥ずかしさから直視出来ず。微妙に視線を逸らしてしまった。

母として息子が婚約者に贈るプレゼントは何が良いか考えていたアリスは、彼女に自分が選んだドレスを着てほしいと願ったベルンハルドに一瞬驚くも、まだ婚約が結ばれて半年も経っていないが良好な関係であることに安堵した。

——が、ドレスを贈られた理由を知らないファウスティーナは、ベルンハルドが熱の籠った視線を髪色とは正反対の純白なドレスを着るエルヴィラの方へ向けていると勘違いした為、顔には出さずともこれも前と同じかと内心凹んだ。

普段の愛らしさを倍以上に引き出すドレス姿のエルヴィラは、絵本に出てくる可憐な妖精そのものだ。

ファウスティーナはそっと自身が着るドレスを見下ろした。薄黄色の瞳の色に合わせて作られたドレスには、白い薔薇が描かれ小さな真珠がちりばめられていた。ドレスは素敵だ。しかし、魅了したい相手に効果がないのなら高価なだけのドレスとなってしまう。

また、第二王子ネージュは体調を考慮して欠席となったらしい。残念そうに語った陛下や王妃様の足元にいるベルンハルドも、部屋から出られない弟を心配していた。王家への挨拶を終えると両親は顔見知りの貴族への挨拶回りへと行ってしまった。子供達には、羽目を外さない程度ならと自由行動を許した。早速友人を見つけた兄ケインは行ってしまい、ファウスティーナも友人を見つけたので行こうとするもエルヴィラが動かないので立ち止まった。

「どうしたの？　エルヴィラ。エルヴィラもお友達の所へ行きなさい」

「……わ」

「？」

「ズルいですわ、お姉様だけそんな素敵なドレスを着るなんて！」

真っ白な頬を大きく膨らませ怒る。王城へ出発する時から不機嫌だとは思っていたが、その理由が未《いま》だにドレスだったなんて……。

「殿下から贈られたドレスなのよ？　素敵に決まってるじゃない。エルヴィラのドレスもお母様と一緒に選んだのでしょう？　十分素敵よ」

「それは……はい」

ファウスティーナはホッと息を吐いた。頻度は減ってきたと言えど、ここで癇癪を起こされては全て無駄になる。十日前に自分が殿下からのドレスを着たいと言い出した時もそうだが、今回の怒っている理由を聞いても驚かされる。

（何だか前と正反対。これじゃあ、今のエルヴィラは前の私と同じ。まさか前の私の人格がエルヴィラに移った？　そんな馬鹿な話ある訳ないか。魔法使いでもないのに）

有り得ない有り得ないと心の中で笑い飛ばし、周囲へ視線を向けた。

「あ、彼処《あそこ》にシーヴェン伯爵家のリナ様がいらっしゃるわ。何度かお茶会で会ったと前に言っていたわよね？　声を掛けていらっしゃい」

「はい……」

母リュドミーラとよくお茶会に参加するエルヴィラは友人が多い。ファウスティーナも参加するが頻度は少ない。とぼとぼと元気がない様子で歩き出したエルヴィラを見届けたのだった。

ファウスティーナも友人の侯爵令嬢を見つけ談笑をした。彼女が父である侯爵に連れて行かれると人の邪魔にならない様壁際に寄った。こうやって壁の花になって会場内を見渡した。母は他家の夫人達と会話に花を咲かせ、父も友人達と輪を作って和やかに会話をしている。兄は騎士団団長の子息と飲み物を飲み、妹はシーヴェン伯爵家の……

「あれ？　エルヴィラがいないわ」

てっきり、リナ嬢と一緒にいると思っていたエルヴィラがいない。ファウスティーナの視界の範囲内に姿がない。ひょっとしたら、違う相手と話しているのかもしれない。

この後はパーティーが終わるまでひたすら壁の花に徹しよう。そう決めたのも束の間、横から「ファウスティーナ」と声を掛けられたのと同時に肩をぽんぽん叩かれた。

「良かった、見つかった」

「で、殿下⁉」

今夜の主役がどうしてここに⁉

ベルンハルドの口振りからしてファウスティーナを探していたらしい。

「こんな所で何をしていたの？」

「人間観察ですわ」

「人間観察？」

単に存在を消して壁の花に徹していました、と正直に言えず咄嗟に嘘の理由を述べた。

「はい。同じ人間と言えど、一人一人顔も体格も容姿も違います。こうやって人を観察していると普段は気付けない一面を見られて楽しいなって」

同じ飲み物を飲んでも、食事をしても、味の好みが分かれるので個人の表情は変わる。外見が同じ双子でも、である。外見だけではなく、仕草や行動も一緒だと聞いてもよく観察していると微妙な違いがある。

「そうだね。僕達は民を導き、守る役目がある。その為にも城に籠るばかりではなく、城下に行き人々の生活を見るのも大事な仕事だと以前父上に教えられた。僕がまだ子供というのもあるけど護衛の問題があるから、お忍びも中々難しいけどね」

「殿下はもう何度か街に？」

「ううん、まだ一度もない。十歳になったら許可を下さると今日言質《げんち》を取った。それまでにもっと勉学に励んで知識を増やし、貧困に喘《あえ》ぐ者を一人でも多く救いたい」

（ああ……容姿もだけど、やっぱりこの人は変わってない……）生まれた時から王となると決められていた彼は、才能に胡座《あぐら》をかいて努力を怠る様な人ではないとよく知っている。嫌われ、憎まれながらも一番近くでずっと見続けてきたのだから。エルヴィラに対して嫉妬の炎で身を焦がしながらも、瞳は常にベルンハルドを見ていた。エルヴィラに夢中になっていた間も決して政務や公務に手を抜かず、寧ろ、理不尽に虐《しいた》げられるエルヴィラを見て、弱い者に手を差し伸べていた。また、貧困で喘ぐ人達を減らそうと更に尽力していた。出来るなら、このままずっと以前と変わらずにいてほしい。それに付け加えて、今度は早い段階で婚約者をファウスティーナからエルヴィラに――

「ねえファウスティーナ。僕達も踊ろう」

「え」

【ファウスティーナのあれこれ】の最初のページに書いた題名《タイトル》『皆幸せな未来』の一番手っ取り早い手段の言葉が脳に浮かぶ前に、ベルンハルドからダンスの誘いを受けた。

ファウスティーナは瞳を泳がせた。

「わ、私と殿下が、ですか？」

「うん」

「で、ですが私……その……ダンスは得意ではなくて」

数あるレッスンの中で唯一苦手なダンスレッスン。担当講師と何度練習しても上手に出来ない。俯かない、常に胸を張って笑みを浮かべて、ステップを乱さない、優雅に美しく踊る。等々、挙げればキリがない程に毎回注意を受けているファウスティーナにとってダンスは最難関とも言えた。これは前回も一緒である。どんなに頑張っても苦手なものは苦手なのだ。

「僕もまだまだ下手だよ。でも、デビュー前の子は皆ホールの端で踊ってる。いつか来る本番に備えての練習だと思って踊ろうよ」

「はい……。殿下の足を踏まないように頑張ります」

「僕も気を付けるよ。よく講師の足を踏んじゃうから」

ベルンハルドに手を取られホールの端へ行く。流れている曲はゆったりとしたテンポで初心者も気楽に踊れるものだ。

　お互いぎこちなさがありながらも時間が経つにつれ段々と慣れ始め、終わる頃にはレッスンでよく犯すミスもなく踊れている事にお互い笑い合った。

「ありがとうファウスティーナ。楽しかったよ」

「私もです殿下」

「ドレスも着てくれてありがとう。とても似合ってる」

「ありがとうございます」

（頑張れ私！　口引き攣ってないよね？　ちゃんと笑えてるよね？　殿下の視線が違う方へ向いていたじゃない、っていう余計な記憶は今は排除するのよ！）

　猫を被って個人的な修羅場は去った。ベルンハルドは王妃に呼ばれ、名残惜しそうにファウスティーナから離れた。笑顔で見送ったファウスティーナは目の前を通った給仕から葡萄ジュースの入ったグラスを受け取った。

　一口飲んで口内を潤した。

「美味しい。……ん⁉」

　急に強い視線を感じた。危うく噎《む》せそうになったものの堪え、視線を感じた方へ顔を向けた。

（あれ……って……）

　視線の先には、ピンクゴールドの髪に新緑色の瞳の令嬢がいた。

　ファウスティーナが向いた瞬間目を逸らされたが間違いない。

　前の記憶とあの令嬢の姿が一致した。

ファウスティーナが令嬢が誰か思い出した時だった。突然背中に強い衝撃が走った。大きく左足が出てしまうも、足に力を入れて倒れる事はしなかった。その代わり、グラスを持つ手が後ろへいってしまい中の葡萄ジュースが後方へ飛んだ。

慌てて後ろを振り返ると全身に葡萄ジュースを浴びたエルヴィラが座り込んでいた。

「エルヴィラ⁉　大丈夫⁉」

多分彼女から態とぶつかったのだろうと推測。

ファウスティーナはグラスを近くのテーブルに置き、給仕にタオルを持ってきてと頼んだ。

真っ白なドレスに葡萄ジュースが染み込み、一気に紫色に変色していく。

給仕がタオルを持ってくるとそれを受け取り、エルヴィラの髪を拭こうと腕を伸ばした。しかし。

勢いよく振り払われた。

「……い、酷いですわお姉様……っ」

葡萄ジュースを垂らしたエルヴィラが泣きそうな表情でファウスティーナを睨み上げた。

「いくらわたしのドレスが羨ましいからって葡萄ジュースをかけるなんて……！」

「……」

ファウスティーナの動きが止まった。

してない。

断じて羨ましいとも思わないし、態と葡萄ジュースもかけていない。頭が痛くなる。

「エルヴィラ……私はエルヴィラのドレスを羨ましいとも思ってない。葡萄ジュースも意図的にかけてはいない。貴女がぶつかったのがそもそもの原因でしょう？」

「そんな所にいるお姉様が悪いのでしょう！」

そんな所もなにも、ファウスティーナの周囲には元々人は少なかった。ファウスティーナを避けて通るスペースは十分にある。

会場の端とは言え、周囲の目が段々と集まってきている。エルヴィラの声も段々と大きくなってきている。

「(今はとにかくエルヴィラを落ち着かせましょう……！)でも、避けようと思えば避けられた筈よ。ちゃんと前を見て歩いていればぶつかりもしない。自分の不注意で引き起こした事故を私のせいにしないで」

「エルヴィラ！」

天敵が来たとファウスティーナは頭を痛くした。騒ぎを聞き付け、母リュドミーラが葡萄ジュースを全身に浴びて座り込むエルヴィラに駆け寄った。

「まあエルヴィラッ、可哀想に……。ファウスティーナ、これはどういう事です」

厳しい目を向けたリュドミーラに起きた出来事をそのまま伝えた。

その間にタオルをファウスティーナから受け取ったリュドミーラがエルヴィラを拭いていく。

騎士団団長の子息と話していた兄ケインも来た。訳を聞かれて同じ説明をした。

呆れた顔をしたケインはエルヴィラと呼ぼうとするが、先にリュドミーラがエルヴィラを立たせた。

「エルヴィラ。場所を移して違うドレスに着替えましょう。このままだと風邪を引いてしまうわ」

「はい……」

「ファウスティーナ」

「……はい」

「今回の事はエルヴィラが悪いのでしょう。でも、もう少し言い方というものがある筈よ。あなたは将来王太子妃になるの。それに相応しい振る舞いをしなさい」

普段のベルンハルドに対する行動を咎めているのか、エルヴィラに対する態度をもっと改めろと咎めているのか――恐らく両方だろう。

ケインが「母上っ」と呼び止めるもエルヴィラを連れてリュドミーラは去った。

ケインが心配げにファウスティーナの顔を覗き込んだ。

「ファナ？　大丈夫？」

「はい、大丈夫です。お母様のあれは慣れてますから」

「ファナのドレスは……濡れてはないね。ああでも、顔に少し飛んだみたいだ」

王家から贈られたドレスに染み一つでも作ろうものなら大変。今更ながら自分のドレスの心配をしたファウスティーナに苦笑しつつ、ケインは懐から取り出したハンカチで飛沫を拭いた。

「ねえファナ。何だか、ちょっと変わったね」

「な、何がですか」

「前なら、母上にああやって叱られたら反論してたじゃないか」

謎の高熱を出す前までは、叱られる度にリュドミーラに噛みついて更に説教の時間が長くなっただけだった。

今ではこうしてスルー出来るのも前回の記憶が戻ったお陰。スルースキルの大事さを痛感した。

「王太子殿下の婚約者に選ばれ、王妃教育を受けてから、お母様のお小言を一々気にしてはいられなくなりましたから。それに」

「それに？」

「お母様より、王妃様に怒られる方が数倍怖いですから」

「そう」

煌《きら》びやかな外見とは裏腹の魑魅魍魎《ちみもうりょう》が蔓延《はびこ》る王城内では、見目が美しいだけでは生き残れない。次期王妃の教育と共に強《したた》かな女性になる術も教わっている。

「勿論怖いだけではないですよ」

「分かってるよ。ファナがいつも話してくれるから。俺は父上の所に行くからここで待ってて」

「はい」

ケインが去るとファウスティーナは再び壁の花になるのに徹した。

公爵令嬢なので気軽に話し掛けてくる人は誰もいないのが幸いして、その後は静かにいられたファウスティーナだった。

(屋敷に戻ったらまたノートを確認しよう。殿下の誕生日パーティーの次に私がやらかしたのは……)

思い出すと、はあ～と項垂れた。

次にファウスティーナがやらかしたのは、自身の八歳の誕生日パーティーであった。自分の誕生日にでもやらかす、その強靭《きょうじん》な神経が当時は何処から来ていたのか。

自分で自分を情けなく思っているとまた強い視線を感じた。振り向いた先には、あのピンクゴールドの髪に新緑色の瞳の令嬢がいた。

「……」

ファウスティーナは彼女が誰か知っている。

第二の王太子妃候補として名高かったラリス侯爵令嬢のアエリア。

彼女にも嫌な思い出しかない。

今度視線を逸らしたのはファウスティーナだった。

アエリアに関わるのも御免だと、ケインが戻るのを待つのであった。

十三　前回にはない、お茶会への招待

ベルンハルドの誕生日パーティーから数週間後――

「あ～疲れる～」

「だらしないですよお嬢様。しゃきっとしてください」

「自分の部屋でくらい好きにさせてよ～」

事情を聞いた父シトリンからは、何もしていないファウスティーナへのお咎めはなし。寧ろ、王家からの贈り物であるドレスを汚しかねない行動をしたエルヴィラを普段よりもきつく叱責していた。母リュドミーラが庇っても甘やかし過ぎるのも良くないと一蹴。怒っても穏やかに、諭すような口調なシトリンでも目に余る行動だった。家庭教師を一新し、以前よりは勉学やレッスンに精力

的になったのは良かったが、このままだと何時か大きな事をやらかしそうな予感があった。

ファウスティーナは大声を上げて泣くエルヴィラの言葉が胸にチクチクと刺さっていた。

『お姉様ばかりズルいですわっ！　わたしだって公爵家の娘なのに！　わたしの方がベルンハルド様をお慕いしていますっ‼』

それを言うと他の公爵家の令嬢はどうなるのか。

どうもエルヴィラは、ファウスティーナの我儘でベルンハルドと婚約を結んだと思い込んでいる節がある。

二人の婚約はヴィトケンシュタイン家にしか受け継がれない髪と瞳の色を持ったファウスティーナが生まれた瞬間から決められていた。もしも二人の生まれた時期が違っていたら、別の王族と婚約を結んでいた可能性だってある。

ファウスティーナ自身も前の記憶を持っているので、何故自分がベルンハルドの婚約者に選ばれたかを知っている。本棚に仕舞われている本の中から、一番古い本を出したファウスティーナはソファーに座った。

王国が崇拝する姉妹神を子供でも解るように説明する為の物語。表紙に触れ、描かれた姉妹神と同じ色の自分の髪を見つめた。瞳の色も同じ薄黄色。

(ヴィトケンシュタイン家にしか受け継がれない、姉妹神と同じ色の髪と瞳。今ヴィトケンシュタイン家で私と同じ色の髪と瞳の女性って……一人もいないのよね)

シトリンや祖父の様に男性なら少々いるが女性となるといない。生まれる確率が極めて低いせいらしい。本を横に置いてリンスーにオレンジジュースを所望した。搾りたての新鮮なオレンジジュースが注がれたグラスを受け取った。

「リンスー」

「はい」

「もし、私がお母様と同じ髪と瞳の色だったら、殿下の婚約者は誰になっていたと思う？」

「それは……一介の侍女に過ぎない私ではお答えしかねます」

「うーん、じゃあ、私的にはラリス侯爵家のアエリア様だと思うのだけれど」

前回、第二の王太子妃候補として名高かったアエリア＝ラリス侯爵令嬢。ピンクゴールドの髪と長い睫毛《まつげ》に覆われた新緑色の瞳が特徴の、エルヴィラとはまた違った可憐な美少女。

可愛らしい顔立ちとは裏腹に、王太子妃の座を奪おうと幾度もファウスティーナに嫌がらせをしてきた苦手な人物。ファウスティーナもやられたら黙っている性分ではないので倍どころか数倍にして反撃していた。

ラリス侯爵家と現王妃の生家フワーリン公爵家は政敵同士で、当時の王太子妃であったアリスも数々の嫌がらせを受けていたと聞いた。王妃教育終了後の十分のお茶会で稀に話題に出る。その時のアリスは疲れた表情をするのでファウスティーナも深くは聞かないでいた。

「この間の殿下の誕生日パーティーで、多分だけどアエリア様に睨まれてたと思うの」

「まあ……。ですがお嬢様と王太子殿下の婚約は、お二人が成人を迎えるまでは公表はしないと旦那様が仰《おっしゃ》っていましたが」

「うん。私が殿下と踊ったから目の敵《かたき》にされたんだわ」

意外そうに目を丸くしたリンスーに苦笑した。あれだけベルンハルドから逃げ回っている割にダンスを踊っているのだ。きっと自分がリンスーでも同じ気持ちになっただろう。

本を本棚に戻したファウスティーナはオレンジジュースを飲み干し、空になったグラスをリンスーへ渡して扉に近付いた。

「お嬢様何方《どちら》に」

「ちょっと書庫室に行ってくるわ。本を選びたいの」

リンスーに任せるよりも自分の目で見て読みたい本を選びたい。

書庫室を訪れたファウスティーナは、膨大な量の本が仕舞われた本棚に埋め尽くされた一面の壁に圧倒された。貴族の家でも、中々見ない本の量。シトリンが読書家なのもあるが先祖代々受け継がれてきた書物も多数ある。子供向けの本が置いてある一角へ進んだ。

「何を読もうかな～」

謎の高熱を出して部屋で療養していた時にシトリンが選んだ本は全部読破している。冒険ファンタジーもいいが恋愛物も読みたい。長い本だと読み終えるのに時間が掛かるのでサラッと読める分量の本がいい。

「あ」

濃い青色のブックカバーの本を見つけたファウスティーナは、金糸で刺繍された題名を読み上げた。

「『捨てられた王太子妃と偽りの愛を捨てた王太子』……何だろ、題名《タイトル》から感じるぞわぞわとした寒気は」

明らかにドロドロとしてそうな小説。こんなのが子供用の本棚に仕舞われているなんて。前に読んだ人が置き間違えたのか？

　ページ数も中々に多く、読んだら内容が気になって徹夜コースまっしぐら。明日も朝早くから王妃教育を受ける為に早起きをしないとならない。遅くまで起きて寝坊して怒られるのはファウスティーナ。

　だが、何故か無性に気になった。捨てられた王太子妃という言葉《ワード》が気になってしまって。前のファウスティーナは捨てられたというより、自業自得の追放であるが。

「……」

　読みたい。

　だが読んだら朝が辛く、起きれない。

「………………」

　ファウスティーナは本を元の場所へ戻した。

　本棚から遠ざかり、次の本探しもせず書庫室を出た。私室に戻ってベッドへ飛び込んだ。

　枕に顔を埋《うず》めて足をばたつかせた。

「あ〜！　読みたい！　すごく気になる！　気になるけど、朝起きられなくなるのは嫌だから我慢よ。読みたい本も読めないなんて……！」

　もっと時間がある時に読もう。

　ファウスティーナは勢いよく起き上がり、ベッドの下に隠している【ファウスティーナのあれこれ】を引っ張り出した。机に置いていたペンにインクを付けて本の題名を書き込んでいく。

「よし。これで時間がある時あの本が読める。今日はもう寝よう」

ペンを所定の位置に戻し、ノートをまたベッドの下に隠すとシーツの中に埋もれた。

「明日も厳しい王妃教育。でも、王妃様のあの嬉しそうな顔を見るともっと頑張りたいって思っちゃうのよね」

美人って羨ましい。

そんな事を思いつつ、疲労が溜まっているファウスティーナの意識は瞬く間に夢の世界へと旅立っていた。

●○●○●○

とある日の朝。

普段と変わらない朝食を頂いていると不意にシトリンが口を開いた。

「ケイン、ファナ、エルヴィラ。今度、王妃様が主催するお茶会の招待状が届いているんだ」

王妃は仕事の一つとして、貴族の夫人を呼んで定期的にお茶会を催している。貴族社会の情報を得る貴重な場でもある上、女性同士の会話は男性以上に有益な情報を齎《もたら》す事が多い。

「王太子殿下や第二王子殿下の交流を更に広げる為のお茶会ですわね」

「他にも伯爵家以上の同年代の子達を招待しているらしい。リュドミーラ、付き添いは頼んだよ」

「勿論ですわ」

スクランブルエッグをフォークに刺して口に含んだファウスティーナは、はて、と内心首を傾げた。

（こんなお茶会前回あったかしら？）

記憶を探るが見つからない。ベルンハルドは兎《と》も角《かく》、体の弱いネージュを参加させて大丈夫なのだろうか。ネージュの話題が毎回出る訳ではないが、体調が良い時はその時のネージュの様子を聞かされたりする。エルヴィラが紅玉色の瞳を輝かせ、ケインが連れて行って大丈夫かなと心配する中、ファウスティーナはスクランブルエッグを飲み込みシトリンに訊ねた。

「お父様。ネージュ殿下も参加されるのですか？」

「当日の殿下の体調にもよるが参加は決定のようだよ。ファナも王妃様からネージュ殿下の話を聞いているのだったね」

「はい。体調が良いと王妃様はいつも以上に嬉しそうなので」

六歳のネージュはずっとベッドの上にいるイメージしかない。

エルヴィラの性格といい、ベルンハルドといい、ファウスティーナがエルヴィラに何もしないだけで少しずつだが前回と違う展開になってきている。

けれど、油断は大敵。気を付けていても前回と似たパターンに何度もなっている。

（何も起きないでくれるのが一番だけど、対策だけはしておかないと……）

朝食を完食したファウスティーナはオレンジジュースを全部飲み干したのだった。食堂を出て部屋へ戻る途中王妃主催のお茶会の事ばかり考えてしまった。そこにはきっとアエリアも呼ばれるだろう。向こうがどう思おうがファウスティーナは関わりたくない。

（今考えても良い策が見つからない）

夜になってゆっくり考えようと思考を切り換えた。

私室に戻ってリンスーに着替えを手伝ってもらい、王城へ行く準備を進めた。

時間になるとリンスーと共に部屋を出た。玄関ホールまで来ると「ファナ」とケインに呼び止められた。

「お兄様」

「ちゃんと頑張っておいでよ。あと、王太子殿下と会っても逃げたりしないよね？」

「ぐう……、お城の中では逃げてません（まだ奇跡的に出会ってないだけで）」

「そう。ならいい」

「お兄様はもう少し私を信用してもいいと思います！」

「しょうがないよ。ファナだし」

「どういう意味ですか⁉」

「そのままの意味」

「ぐぬぬ……」

「それより、王妃様が開くお茶会に着るドレスを作るって母上が言ってたから、時間がある時に希望のデザインがあるなら言っておくといいよ」

「はい。あ」

「どうしたの」

ヴィトケンシュタイン公爵家お抱えのデザイナーに言ってもファウスティーナの意見は地味になるからと悉《ことごと》く却下される。リュドミーラに相談するにしても、あの誕生日パーティー以降更に会話がなくなった。エルヴィラも同じ。必要最低限の会話はするが他はまるでない。寂しいという感情がないのに驚きもなかった。

「ドレスのデザインを王妃様に相談してみようかなと」

「王妃様に？」

「王妃様は流行り物にとても敏感ですし、ご自身でデザインしたドレスが夫人方にも好評ですから。殿下方のお召し物も多数王妃様がデザインしています」

「……ファナがいいならいいんじゃないかな」

チラッと違う方へ目を向けて言うケイン。釣られてファウスティーナも同じ方向を見るも何もない。

「お嬢様。馬車の用意が整いました」

「分かったわ。お兄様、行ってきます」

「行っておいで」

ケインは何を見ていたのか。まさか幽霊が見えていた？　明るい内から幽霊がいる訳ないじゃないと心の中で笑い飛ばしたファウスティーナであった。

……あったが意味もなく目を逸らす兄じゃない。

（……ほ……本当に……？）

そう考えるだけで嫌な汗が流れた。若干顔を青く染め、逃げる様に素早く馬車へ向かったファウスティーナを側にいたリンスーは慌てて追い掛けた。

心配の面持《おもも》ちで声を掛けたリンスーを無理な作り笑いで誤魔化し、御者に出発してと告げた。

——途中早足で馬車まで向かったファウスティーナを怪訝に思いつつ、見送ったケインは踵《きびす》を返した。彼がチラッと視線をやったそこにはもう誰もいない。

「はあ。何をやってるんだか」

この後ケインも家を継ぐ為の勉強がある。呼びに来た従者と今日の予定を確認しながら玄関ホールを後にした。

十四　糸の名前

不思議な夢を見た。

王城内にある部屋の窓から外を見下ろす、大きくなったファウスティーナがいた。

彼女を見つめるのは、夢を見ている七歳のファウスティーナ。

ぼんやりとした薄黄色の瞳が映る先には、婚約者には決して見せない、愛に溢れた瑠璃色の瞳をエルヴィラに向けるベルンハルドがいた。

彼女が「妖精のお姫様には、どうしたって敵わないのね……」と呟く。すると、別の誰かが部屋に入ったのか、扉が開いた音がした。

誰か確認しようとしたファウスティーナだが、遠くから知っている声がして、意識がそちらへ向いてしまった。

「お嬢様の朝食だけグリーンピースオンリーにしますよ！」

「それは駄目!!」

夢の続きが消える。

という思考は、起きないファウスティーナを起こす為に発したリンスーの声で掻き消えた。さっきまで寝ていたのが嘘の様に素早く身を起こしたファウスティーナは悲鳴を上げた。

苦手だったブロッコリーは若干だが食べられるようになり、パセリも少量なら食べられるようになった。だが、グリーンピースだけはまだ好きになれない。残さず食べる事を心掛けているがグリーンピースが出ると食事を進める手は格段に遅くなる。

グリーンピースオンリーの朝食を出されたら、永遠に朝食が終わらないだろう。容易に想像出来る身近な未来を阻止するべく起きた。

「あ、起きましたね。おはようございますお嬢様」

「おはようリンスー。じゃない！　何よ今の！　もう少しマシな起こし方があるでしょう！」

「お嬢様が何度声を掛けても起きなかったので最終より一つ前の手段を使わせて頂きました」

「逆に最終手段が何か気になる言い方」

「聞きます？」

「いい。碌でもなさそうだから」

聞いて後悔するのも嫌。

「さあ、まずは顔を洗ってください」

「うん」

ベッドから出た。リンスーの用意した桶《おけ》には程好い温度のお湯が入れられていた。髪を前髪も含め後ろに纏め、お湯で顔を濡らし、次に石鹸を泡立て顔の汚れを落としていく。泡をお湯で洗い流すとタオルを受け取り拭いていく。

「ふう。さっぱりするわ」

「洗顔の次は髪を整えます。お嬢様、ドレッサーの前に座ってください」

「はーい」

タオルをリンスーに返し、言われた通りの場所に座った。失礼します、と一声掛けてリンスーは後ろに纏められた髪を一旦下ろし、ゆっくり、丁寧に櫛《くし》を通していく。

「リンスーはお休みの日は何してるの？」

「私ですか？　そうですね、街に行って買い物を楽しんだり、評判のカフェに行っています」

「カフェか」

街には貴族御用達ではなくても、お洒落なカフェが数多くある。ファウスティーナも何度か平民の格好をしてお忍びで行ったりした。

「リンスーオススメのカフェ」

「駄目です」

「まだ何も言ってない！」

「行きたいと仰るのでしょう？　駄目ですよ。お嬢様が行ったら太ってしまいます」

「どういう意味⁉　こう見えても運動は好きよ⁉」

「私がよく行くカフェは、多種類のパイが魅力のお店なのです」

「パイが……！」

ファウスティーナの目がキラリと光った。

パイはファウスティーナの大好物。そのカフェのアップルパイは特に絶品で朝早くから並ばないとすぐに売れ切れる大人気商品なのだとか。

「前にお休みを頂いた時お店に行きましたが既に売り切れてました」

「開店前に行ったのよね？」

「はい。開店の一時間前には。ですが、既に長い行列が出来ていました」

「ひえ、一時間も前から……一種の戦争ね」

だが、一時間も前から並ぶ価値のあるアップルパイ……

食べたい。ものすごく。

その時ファウスティーナの脳内に妙案が浮かんだ。

リンスーに髪を梳いてもらいながら、上機嫌に鼻歌を歌った。が。

「お嬢様、はしたないですよ」

「いいじゃない。私とリンスーしかいないんだから。ちょっとは大目に見て」

「そういう時に限ってケイン様が来たらどうします？」

「うぐ……リンスーって、私にだけスパルタよね」

「これもお嬢様の為です」

●○●○●○

（良かった……グリーンピースオンリーじゃない）

今朝のメニューはパンケーキ。トッピングに生クリーム、ピーナッツクリーム、数種類のジャム、バター、ハチミツ。

飲み物は各々好きなものを。ファウスティーナはホットミルクを貰った。葡萄ジュースが飲みたかったがベルンハルドの誕生日パーティーでエルヴィラに葡萄ジュースを――事故とはいえ――掛けてしまったので、家族が揃っている場で飲むのは止めていた。

リンスーの事だから、ファウスティーナが起きなかったら本当にファウスティーナの分だけグリーンピースオンリーにしてしまいそうである。内心ホッとしながら生クリームをパンケーキに載せた。

「ふふ、ファナ。何だかホッとした顔でパンケーキを食べてるね」

「リンスーに不吉な事を言われたので」

「ちゃんと起きたらグリーンピースオンリーじゃないから、頑張って起きなよ」

「……」

どうやら、あのグリーンピースオンリー発言はケインの入れ知恵だったらしい。半眼で自分を見るファウスティーナ《妹》の頭をケインはポンポンと撫でた。

「全然起きないファナに苦戦してたから、アドバイスしただけだよ。下の者が困っていたら手を差し伸べる。これも立派な貴族の役目だよ」

「それは素晴らしいと思いますがなにか違うような」

「しょうがないよ。ファナだし」

「どういう意味ですか⁉」

「安心していいよ。ファナ限定だから」

「全然安心出来ませんよ⁉」

からかわれているのは分かるが、ケインは時折冗談じみた事を言いながら本気で実行する時があるから怖い。

ファウスティーナをからかって満足したのか、最後のパンケーキを食べたケインは紅茶のお代わりを侍女に頼んだ。ファウスティーナも生クリームをトッピングしたパンケーキを口に入れた。パンケーキが甘さ控え目で作られている為、生クリームの甘さと相性が良い。

(次はジャムにしましょう。どれにしよう……ん?)

ブルーベリージャム、イチゴジャム、ラズベリージャム、マーマレードの四種類から悩んでいると目の前から強い視線を感じた。前方に座るのは父シトリンと母リュドミーラ、夫妻の向かいにケイン、ファウスティーナ、エルヴィラの順で座っている。

顔を上げなくても視線の主は誰か大体予想がつく。ベルンハルドの誕生日パーティーで親子の間に溝が出来、数週間必要最低限の会話しかしていない。ファウスティーナもスルースキルのお陰で気にしていないのだが、このままも多分宜《よろ》しくないと考えていた。

(って言っても、こういう場合どうしたら良いのかしら。今度のお茶会で着るドレスのデザインを王妃様に相談して、更にお母様との事まで相談するのは駄目よね。あまり頼るのも良くない)

何処かにきっと切っ掛けがある。

無理をして溝を埋めようとして、更に溝が深まれば意味がない。

その時がくるまでは成るべく気付かない振りをしよう。ファウスティーナはマーマレードを一口サイズに切ったパンケーキの上に載せた。甘酸っぱいマーマレードを味わっているとエルヴィラが今度のお茶会で着るドレスの話をリュドミーラに切り出した。

「お母様。お茶会に着ていくドレスですが、わたしやっぱりまだ迷ってしまいます。どちらも素敵で選べないです」

「どれもエルヴィラにぴったりだったもの。もう少しだけ時間があるから、一緒に選びましょう」

「はい！」

太陽を浴びて咲く向日葵《ひまわり》の如く天真爛漫《らんまん》なエルヴィラの笑顔をリュドミーラは嬉々とした表情で見つめ、ファウスティーナには、一転して固い表情を向けた。急に表情を変えたリュドミーラに驚くエルヴィラ。

リュドミーラがファウスティーナの名前を発しかけた時、マーマレードをトッピングしたパンケーキを飲み込んだファウスティーナがケインに話を振った。

「お兄様も新しく作られるのですか？」

「うん。もう採寸も終わって、後はデザイナーに任せた。ファナは王妃様に相談したの？」

「はい！　幾つか私の希望を取り入れてもらいましたがとても素敵なデザインになりました。お母様、デザイナーの方にお願いしていただけますか？」

「……え、ええ」

気のせいか、しょんぼりと落ち込むリュドミーラ。具合でも悪いのだろうかと首を傾げたファウスティーナは、空になった母親のお皿を見て食欲があるならまあ心配ないと、次はピーナッツクリームに手を伸ばした。

その様子を苦笑いをして見守るシトリンは「あまり焦っても良いことはないよ」と優しくリュドミーラを慰めた。

――朝食を終え、王城へ行く準備を手早く済ませてファウスティーナは玄関前に停まっていた馬車に乗り込んだ。

「行ってらっしゃいませお嬢様」

「うん。行ってきます」

リンスーを含めた数人の侍女に見送られ、王城へと出発した。

一定の速度を保って過ぎて行く外の風景を黙って見つめた。同じ景色を何百回と見てきたのに飽きない。当たり前のように同じ道を行き、流れる景色を見つめることが二度と出来ないと知った前回の自分は何を思ったか。

ベルンハルドとの婚約を破棄させる良案が思い浮かばない。エルヴィラに何もしないまま、このまま日々が過ぎていけば、きっと前の自分が望んだ未来を手に入れられる。ベルンハルドに対する恋心はある。ただ、一度酷く捨てられたせいで臆病になっていた。

ベルンハルドが優しいのはエルヴィラに何もしていないから。誕生日パーティーで見せた熱の籠った瑠璃色は、ドレスを贈ったファウスティーナ《婚約者》ではなくエルヴィラ《婚約者の妹》に向けられていた。

「こういうの何て言うんだっけ。……〝フォルトゥーナの糸〟だったかな」

ファウスティーナは自身の空色の髪を一房掬《すく》った。

王国が崇拝する姉妹神の姉フォルトゥーナは運命を司る。全ての人間の縁はフォルトゥーナが結んだ糸によって決められ、国の命運もまたフォルトゥーナが結んだ繁栄・混乱・平和・滅亡の名の付いた糸で決められる。王家と教会が姉妹神に敬意を払う事で国民もまた、遠い昔から王国に守護と平和を齎す姉妹神を崇め称える。それゆえに姉妹神の生まれ変わりとされるファウスティーナもまた王国にとって貴重な存在なのである。

〝フォルトゥーナの糸〟とは、有り体《てい》に言えば男女が運命によって結ばれた糸。如何《いか》なる刃を以ってしても、決して断つ事の出来ない強い糸。

「うーん……エルヴィラの運命の相手が殿下なら、私の運命の相手って誰なんだろう。……まさかと思うけど、死亡一直線の糸じゃないわよね？」

案外そうだったりして……。あはは、と誤魔化す様に笑うも、自分で言い出しておきながら凹むファウスティーナであった。

●○●○●○

馬車の中で落ち込んだものの、王城に到着するなり気持ちを切り替えた。迎えの王妃付の侍女と護衛の騎士と共に王妃教育の部屋まで向かう。

すると向こうから見知った相手が従者と護衛を連れて姿を見せた。相手――ベルンハルドはファウスティーナを見るなり顔を輝かせて駆け寄った。

「おはようファウスティーナ」

「おはようございます、殿下」

「ファウスティーナは今から王妃教育なんだね」

「はい。殿下は剣術の鍛練でしょうか？」

動きやすい服装と帯剣した姿。後、屋敷での会話の際、朝は可能な限り剣術の鍛練から始めて体を動かしていると聞いた。

「そうだよ。いざという時の為にね。母上からファウスティーナの王妃教育中の話をよく聞くよ。とても覚えが良くて決して折れないと」

「私などまだまだです。王妃様の足下にも及びません」

「それは僕もだよ。僕も父上と母上には遠く及ばない。だから、少しでも二人に近付ける様に努力するだけさ」

青年時代の麗しい美貌とは違う、少年特有の美しくもきらきらと輝く微笑みの効果は絶大だ。クールな猫を被って平静を保つファウスティーナは、内心こう叫んでいる。

（うわーん！　ぎりぎりの場所に立たされた挙げ句に下からぐらぐらと揺らされるこの感覚、全然慣れないい〜！）

この笑顔を守る為にも早く婚約破棄をしないとならない。

時間が迫っていると侍女に急《せ》かされ、ベルンハルドに別れの挨拶をして王妃のいる部屋と向かった。

部屋が目前に迫った所で扉の前に人影があった。

王妃アリスともう一人。蜂蜜色の髪、紫紺色の瞳の少年が少々膨れた顔でアリスを見上げていた。苦笑するアリスがファウスティーナ達に気付くと少年もそっちを見た。ファウスティーナは少年が誰か一目で分かった。

第二王子ネージュ＝ルーク＝ガルシア。

女の子に見える程可愛らしい顔のネージュは、紫紺色の瞳を大きく見開いた後――ふわりと微笑んだ。

（子供の頃のネージュ殿下は綺麗や格好良いよりも可愛いって印象が強いなあ）

呑気に変わらないネージュへの印象を心の中で呟いたファウスティーナは、こっちへと手招きするアリスの許へ近付いた。

「おはようファウスティーナ」

「おはようございます王妃様」

「ファウスティーナはこの子と会うのは初めてよね？　第二王子のネージュよ」

「お初にお目にかかります。ネージュ王子殿下。ファウスティーナ＝ヴィトケンシュタインです」

「ぼくはネージュ＝ルーク＝ガルシア。貴女の事は兄上や母上からよく聞いています」

披露したカーテシーも完璧に熟《こな》した。

ネージュも礼儀に則った挨拶をしてからアリスを見上げた。アリスは困ったような笑みを浮かべるものの、側に控える護衛を呼びつけた。

「ネージュを庭園まで連れて行くように。但し、少しでも体調に変化があった場合は速やかに部屋に戻し医師を呼びなさい」

「ハッ！」

「ありがとうございます母上」

ベルンハルドとはまた違う輝く笑顔をアリスへ向けると、ネージュは選ばれた騎士を連れてこの場から離れて行った。

十五　無邪気

――〝運命〟も〝永遠〟も、信じる奴は皆馬鹿だ。そんなものがあるならぼくは……

「殿下、あまり風に当たられるとお体に障《さわ》ります」

「今日は体調が良いんだ。歩ける時に歩きたいし、ずっとベッドの中も退屈なんだ」

「しかし」

「具合が悪くなったらちゃんと言うから」

病弱な体を持って生まれたネージュを、両親は勿論、一歳しか違わない兄もいつも心配していた。季節の変わり目は特に体調を崩しやすく、長く風邪を引く時だってあった。自分の弱い体を恨んだって意味もない。持って生まれたこの体質は、死ぬまで付き合いの続く隣人なのだから。

陽当たりの良い王城の、人通りが少ない場所を散歩する。護衛はアリスが付けた騎士が一人。ネージュはポツンと置かれているベンチに座った。騎士が慌てた様子で駆け寄ったので苦笑を浮かべた。

「具合が悪くなったとか、そんなんじゃないよ。座りたくなっただけ」

「そうですか。良かった」

「ねえ、温かい飲み物を持って来てよ。ずっと此処《ここ》で待ってるから」

「いえ、殿下をお一人にする訳には」

「動かないよ。ほら、早く行って」

心配そうにネージュを見、絶対にいてくださいよと釘を刺して騎士は建物の方へと戻っていった。

一人になったネージュは上を向いた。

雲一つない快晴。どうして余計な色がない空はこんなにも綺麗なのか……

「嗚呼《ああ》……当然だよね……だって、空は君の色だもん。綺麗に決まってる。余計な白《くも》がない綺麗な空色……」

くすくすと笑うネージュは空を見るのを止めて前を向いた。前方には大きな木がある。子供一人くらい隠してしまいそうな大きな幹に近付いて、そっと触れた。

後ろに回り込み、じっとその場所を見つめた。

暫く立ったままだったがベンチに戻った。ネージュはまた静かに笑った。

「今頃ファウスティーナは母上から王妃教育を受けて、兄上は剣術の鍛練の最中。兄上は何度見ても変わらないな。ぼくはそんな兄上が大好きだけど……」

太陽の光を受けて宝石にも勝る輝きを放つ紫紺の瞳が、他者を氷の地獄へ突き落とす絶対零度を纏った。今のネージュと目が合えば、たちまち全身が凍り付き死ぬ事も出来ないまま永遠の苦しみを与え続けられるだろう。

ネージュは兄ベルンハルドが大好きだ。大好きだから何もしない。

「こんなぼくを愛してくれる兄上を嫌いになんてなれない。今も、これからも」

――最後には、とっておきのプレゼントをくれると知ってるから、足をぷらぷら揺らして騎士の戻りを待つと、体に良いお茶を持った騎士が戻った。

ティーカップを受け取ってゆっくりと飲んだ。

「美味しい」

ネージュが飲み易いようにと料理人が甘く作ってくれた。味わう様にお茶を飲むネージュは、今度のお茶会で体調を崩して不参加になるのは嫌だから苦い薬も美味しくない栄養満点の料理も残さず食していた。

お茶会に呼ばれる貴族家は前と同じだろう。

そういえば、とお茶を飲みながら思案する。

(ファウスティーナはきっと前回のことを覚えてる。そうでなかったら困るけど、どうしようかなあ。兄上から聞くファウスティーナの行動を予想して、更にあの令嬢の前を思い出すと……)

美味しそうにお茶を飲むネージュの思考が、可愛らしい外見からは想像も出来ない真っ黒なものだと、見守る騎士が気付く事はなかった。

●○●○●○

——今日は一段とスパルタだった……王妃教育の進行が予想以上に上手くいっているのに加えファウスティーナに大きな期待を寄せるアリスはいつも以上に厳しく指導した。今日ばかりは経験豊富なファウスティーナでも瞳が濡れた。涙を流す事も許されないので表情を引き締めた。終わった後のアリスの満足げな笑顔が自分に大きな期待と信頼を寄せてくれているとファウスティーナは知っている。いつかベルンハルドとの婚約を破棄したら、アリスは悲しむ上、大反対するだろう。

多少の不幸はあっても、ベルンハルドとエルヴィラが結ばれるのが最も幸福な結末。王妃教育を終えて、帰りの馬車の中から外を眺めるファウスティーナは大きな欠伸《あくび》をした。同乗者がいないから出来る貴重な行為だ。

「殿下にエルヴィラが好きだと自覚してもらう良案はないかしらね」

胸に小さな痛みが走る。

憎まれても、殺意を向けられても、捨てられても、ベルンハルドを好きな気持ちは変わらない。前の様に行き過ぎた好意はないが、微笑みを向けられて胸が高鳴ったあの瞬間は忘れられない。

ファウスティーナは外を見たままポツリと呟いた。

「エルヴィラと私の容姿が逆だったら、前回は誰も傷付かなかったのにね。運命って残酷」

自分と同じ空色の髪に薄黄色の瞳を持つ姉妹神に文句を言いたい気分である。特に運命の神フォルトゥーナに。〝フォルトゥーナの糸〟をベルンハルドとエルヴィラにきつく結んでいてくれたら、前回の悲劇は起きなかった。

今更フォルトゥーナに不満を抱いても仕方ない。

体を大きく伸ばしたファウスティーナは、今晩の夕食が何か楽しみである。

屋敷の門の前で馬車が停まった。ファウスティーナが馬車から降りるとリンスーと他数人の侍女が頭《こうべ》を垂れていた。

「お帰りなさいませお嬢様」

「ただいま。夕食までまだ時間があるから、先に湯浴みの準備をお願い出来る？」

「はい」

熱いお風呂に入り一日の疲れを癒す。老人のようだが入浴はファウスティーナの癒しでもある。

リンスーと共に屋敷に入り、部屋に戻って着替えの用意をしていく。

「今日ね、ネージュ殿下にお会いしたの」

「第二王子殿下にですか？」

「うん。王妃様に外を歩きたいってお願いしてる所でお会いしたの。王妃様、ずっと心配げな顔をされていたけど、最後は折れて殿下に護衛を付けた上で許していたわ」

「第二王子殿下は生まれつきお体が弱いと聞いております。王妃殿下はご心配だったのでしょう」

「きっとそうでしょうね。制限なく自分の足で歩き回れるのってすごく有難い事なんだって、殿下を見ていたら、強く思わされたわ」

家族や使用人達からでさえ、滅多に風邪を引かない頑丈娘と知られているファウスティーナは、改めて健康の有り難みを知った。

リンスーに衣服の準備をしてもらうと浴室へと移動した。

――数十分後。

さっぱりとした顔で浴室から部屋に戻ったファウスティーナ。乾かしてもらった髪を後ろで緩く縛った。机に向かって見つめるのは【ファウスティーナのあれこれ】と表紙にデカデカと書かれたノート。頑張って思い出しているが今度のお茶会の記憶が思い出せないのだ。ノートを広げてペンを持って準備を整えても、一欠片も該当する記憶がない。

「全部覚えてる訳じゃないって事かしら。だとしたら、これからも私が忘れてしまった出来事が起こる可能性もあるのね」

記憶の抜けがある原因をファウスティーナは考えてみた。

「私が最後に覚えてるのは、自分がしでかした過ちを後悔して、迷惑を掛けてしまった人達に懺悔《ざんげ》して、そこからは安いベッドで寝たこと」

その先が分からない。眠って、知らない内に死んだ。この結論にしか行き着かない。

「私以外に前の記憶を持っている人はいないのかな……って、いないわよね」

ファウスティーナでさえ、何故前の自分の記憶を思い出せたのか分からないのだから。

夕食の準備が出来たら呼びに来るとリンスーは言っていた。夕食にシトリンはいない。急な用事で昼から従者と共に出掛けると朝言っていた。

壁に掛けられている時計を確認し、まだ時間があるのを知るとファウスティーナは机から離れ、ノートをベッドの下に隠した。他人に見つかりたくない物を隠す時、ベッドの下は有効である。

「ふわあ……」

入浴も終えて緊張が解れたのだろう、眠気が一気に押し寄せてきた。

「寝たら夕食が食べられなくなる、でも……眠い……」

ちょっとだけ寝たい。きっとリンスーが起こしてくれる。ベッドに横になったファウスティーナは、少しだけだからと布団も被らずに寝てしまった。

十六　夜歩く時は灯りを忘れずに

朝までぐっすりと眠った。

――なんて事にはならず、リンスーによる「お嬢様の夕食だけブロッコリー一株にしますよ！」という、今朝のグリーンピースオンリー朝食よりも幾分かマシなメニューで起こされた。寝るつもりはなかったが体は疲れていたのだろう、目を閉じると眠気が一気に押し寄せてファウスティーナは眠ってしまった。

リンスーの発言を聞いてファウスティーナは勢いよく起きた。ブロッコリーは苦手な野菜から普通に食べられる野菜に昇格したが、だからと言ってファウスティーナを起こす脅しの道具に使われるのは嫌。大きな欠伸をしたファウスティーナに「もう、はしたないですよ」とリンスーは口を尖らせた。

「仕方ないじゃない。眠っちゃったんですもの」

「お疲れなのは承知していますが、せめて夕食までは起きていて下さい。今度から疲労回復のお飲物をご用意しましょうか？」

「そうね。普段はオレンジジュースだものね」

オレンジジュースが大好きなファウスティーナは王妃教育を終えて戻るとオレンジジュースを飲んでいた。今日の様にまた眠ってしまう可能性も視野に入れ、今後はリンスーの提案した飲み物を飲む事に決めた。

「奥様達が待っていますので食堂へ参りましょう」

「ええ。でも、案外先に食べていたりして」

「そんな事はありません」

「だって、時間的にすごくお腹が空いてる筈よ。エルヴィラがお腹が空いたって騒いでいそう」

「お嬢様じゃないんですから、それはないのでは？」

「……」

　空腹で騒ぐのは主にファウスティーナ。エルヴィラの場合、甘いスイーツを食べるお茶の時間に遅れが出ると騒ぎ出す。

　半眼になるものの、言われていることは事実なので反論しなかった。前回を合わせるとリンスーとの付き合いは二十年以上となる。

　先導するリンスーの後ろ姿をファウスティーナは見つめる。

（リンスーは……あの後どうなったんだろう）

　リンスーは、前回腫れ物扱い同然だったファウスティーナに変わらず接し続けてくれたたった一人の侍女。幼い頃から自分の世話をしてくれた、唯一本音を言えたリンスーだから――

『お嬢様が勘当され出て行くのなら私も一緒に行きます！　ずっと貴族として生きてきたお嬢様が一人で平民の生活なんて出来る筈がありません！』

　実の妹を害そうとし、父の恩情によって公爵家を追放となったファウスティーナに最後まで味方してくれた。だが、優秀な侍女を辞めさせるのは公爵家にとっても宜しくはない。

　何より――

『そんな勝手が許されると思って？　ファウスティーナはもうヴィトケンシュタイン家の娘ではありません。赤の他人です。良いですか？　リンスー。あなたが仕えていたファウスティーナはもう死んだの。馬鹿を言ってないでさっさと持ち場に戻りなさい』

リュドミーラがそれを許さなかった。最後に『生まなければ良かった』と罵倒された直後だったので驚きも、ショックもそれ程なかった。

（お母様にとっての私って、本当何だったんだろう）

その後、リュドミーラに何か言った気がするのだ。

何を言ったかは覚えていない。薄ぼんやりと思い出せるのは、顔を真っ青にしているリュドミーラの姿だった……筈。

この辺りは無理に思い出す必要もないので、ふと思い出したら大丈夫候補に入れておく。

「リンスー」

歩みを止めたファウスティーナが前を歩くリンスーを呼び止めた。

「はい。どうなさいました」

「やっぱり夕食は部屋で摂りたいから、後で持って来てくれる？」

「ですが、皆様お嬢様を……」

「うーん、呼びに行ったら寝てて、起こしても眠たいから部屋で食べたいって私が我儘言ってる事にして。それなら、変に思われないから」

「……分かりました。後程お持ちします」

「ごめんね」

「いいえ。お嬢様の我儘には慣れています。それに、お嬢様が食堂に行きたくない理由《わけ》。何となくですが分かりますから」

シトリンがいない食事の場でリュドミーラとエルヴィラとは食事を摂り難い。ケインがいてもリュドミーラがヒートアップしては止められない。同年代の子より大人びていてもケインもまだ子供なのだ。

苦笑を浮かべ、回れ右をしたファウスティーナは部屋に戻った。机に向かって頬杖をつく。考えるのは今度のお茶会。

「うーん……思い出せない。どんなに頑張っても思い出せない。私が覚えてるのって、ベルンハルド殿下とエルヴィラ絡みのことばかり。というか、二人が絡んでる事が重要だったり？」

ベルンハルドとエルヴィラが絡まない記憶がないか探ってみた。

「アエリア様から受けた嫌がらせの数々、お兄様にハロウィンの時お菓子を渡さなかったから仕返しにグリーンピースだけのシチューを食べさせられた、ネージュ殿下に諭され王妃様にも諭され……。……覚えてるわね」

ベルンハルドとエルヴィラ、という括りは関係なく、単純に覚えていないだけなのかもしれない。そもそも、前の自分を思い出すという非現実的な現象が身に起きているのだ。可笑しな部分だって当然出て来る。

椅子から降りて、ベッドの下に隠しているノートを取るべくしゃがんだ。すると扉がノックされた。リンスーが夕食を運んで来てくれたようだ。ファウスティーナは相手が誰か確認もせず「はーい」と返事をした。

声もなく扉が開いた。ん？　と怪訝に感じたファウスティーナは腰を上げて後ろを振り向くと
――ギョッとした。入室してきたのは食事を運んで来たリンスー――ではなく、神妙な顔をした母リュドミーラだった。

頭から大量の疑問符を放出するファウスティーナは何度も瞬きを繰り返す。

（な、何でここでお母様？　夕食を一緒に摂れって怒りに来たとか？）

もしそうなら、自分から気まずい雰囲気を作って一緒に食事をする羽目になるのがこの人はちゃんと分かっているのか。ファウスティーナはどう母親の機嫌を損ねないで応対するか必死に悩んだ。

「……ファ、ファウスティーナ」

意外にもリュドミーラが先に話し掛けてきた。

「何処か、具合が悪いの？」

「へ」

全く予想していなかった台詞に思考はフリーズした。リュドミーラの神妙な表情はファウスティーナの体調を心配してのものだったらしい。これまで目の前の母に心配された回数を数えてみた。片手で足りるくらいしかない気がする。気の抜けた返事をしたファウスティーナにリュドミーラは居心地悪そうにしながら娘の薄黄色の瞳を見つめた。

「あなたは部屋で食事を摂るとリンスーが言っていたから」

「あ、いえ、起きたばかりでまだ少し眠くて。時間が経ってから夕食を頂こうと思い、リンスーに頼んだのです。先に食べて下さいとも言伝《ことづ》てを頼みましたが……」

「そう……」

息苦しくはないが表現するのが難しい空気が流れる。リュドミーラの意図が何処にあるのか見えない。てっきり小言を言われるのかと覚悟していたファウスティーナにしたら、少し拍子抜けであった。

リュドミーラは視線を泳がせた後、また薄黄色の瞳を見つめた。

「今度のお茶会で着るドレスだけれど」

「はい」

「……素敵なデザインだったわ」

「は、はい、王妃様が私の意見を取り入れつつデザインして下さったので」

「……」

「……？」

王妃の名前を出すと険しい表情をしたリュドミーラを見上げた。どうして不機嫌な顔をするのか分からない。

リュドミーラがファウスティーナの名前を発し掛けた時、また扉がノックされた。今度は夕食を運んで来たリンスーだった。リンスーはリュドミーラがいると知ると驚いていた。

「え、ええっと、お嬢様のお食事をお持ちしました」

銀製のキッチンカートに載せて運んだ食事を見せるとリュドミーラは「ゆっくり食べなさい」と言って部屋を出て行った。

廊下を見つめるファウスティーナにリンスーは訊ねた。

「奥様はどうして……？」

「さ、さあ、何だったのかしら。わざわざドレスのデザインを褒めに……なんて、ないか。何だったんでしょうね」

母の謎の行動に首を傾げるファウスティーナは、運ばれた夕食に目を輝かせたのだった。

――内心、ブロッコリー丸々一株ではなくて良かった、と安堵しているとは悟られずに。

夕食後は読書をし、眠くなるとまた眠ったファウスティーナはふと目を覚ました。大きな欠伸をしても咎める人はいない。

外はまだ真っ暗。雲で覆われている空に星は映らない。

喉の渇きを覚えた。眠そうに目を擦りながらベッドから降り、テーブルに置かれている水差しを持った。

「あ、ない」

そうだった。眠る前に全部飲んでしまったのだった。

「厨房から貰ってくるしかないわね」

今の時間は誰もいないだろうが水を貰うだけなら問題はない。筈。

空の水差しを持って部屋を出た。月の光が差し込まない夜の邸内は恐ろしい程何も見えない。水差しは両手で支えないと持てないので片手で灯りを持つ事も出来ず、記憶を頼りに暗闇を歩く。

廊下の真ん中を歩いていれば壁際に置かれている置物に当たる確率は減る。後は躓《つまず》いたり行き止まりに気付かず正面衝突したりしなければいい。ファウスティーナは時間を掛けて厨房へ到着した。

手探りで台を探した。見つけて水差しを置いた。

「灯りはどこかしら」

ここだと思う場所を探していればキャンドルランタンを見つけられた。

しかし、今度は火を付ける道具がない事に気付いた。

今になって灯りを持って来れば良かったって後悔が襲い始めた……

水差しも明日リンスーに渡せば良かった。

ガクン、と落ち込んだファウスティーナはすぐに気を取り直し、もう水は諦めて部屋に戻ろうと来た道を慎重に辿った。

物にぶつかる事もなく厨房を出て部屋へ向かう。雲に覆われていた月が少しだけ顔を出していた。ほんのりと邸内が明るい。

「何事もないといいな……お茶会」

目立たない、騒がない、猫を被って大人しくしている。

上記三つを守れば取り敢えずは安心。何が起こるか覚えてはいないがこれを守れば無事乗り切れる。そんな自信がファウスティーナにはあった。

ベルンハルド以外の要注意人物であるアエリアの存在も気にかかる。あの誕生日パーティーでファウスティーナにくれた視線。あの意味が気になっていた。

(敵意はあったように思えた。でも、どちらかというと観察しているような……探っているような……)

王太子妃の座に執着して数々の嫌がらせをしてきたアエリア。

ファウスティーナはアエリアとやり合い、張り合っていた時を思い出し、自分自身に呆れた笑みを浮かべた。

（アエリア様も王太子妃候補として、必死に勉学に励んでいた。殿下とエルヴィラが結ばれる未来を目指すなら、アエリア様には別の殿方に夢中になってもらうしかないわね）

そうしないとアエリアも報われない。

アエリアがどう接してくるかを予想しつつ、今回も王太子妃の座を狙っているのならどう諦めてもらおうかと思案しながら私室を目指していたファウスティーナは……

「ふぎゃ⁉」

目前に迫っていた部屋の扉に気付かず熱烈な抱擁を交わしてしまった。痛たた、とおでこを擦っていると「お嬢様？」と吃驚《びっくり》しているヴォルトがやって来た。

「こんな時間に何を……」

「えーっと……水が飲みたくなって……でも、暗くて灯りが何処にあるかも分からなくて戻ってきたの」

「夜の行動はお控えください。ぶつけたおでこを冷やしますので部屋でお待ちください」

「うん」

言われた通り部屋に戻ったファウスティーナは、冷水に浸けたタオルと水の入ったグラスを持って入ってきたヴォルトに短いお説教を食らったのであった。

――翌朝、ファウスティーナはおでこが赤いとリンスーに心配された。

「お嬢様、どうされたのですそのおでこ」

「え、えへへ、何でもないわ」

夜中の出来事は自分とヴォルトだけの秘密にしてもらった。

十七　まだまだ先は遠い

紙に婚約破棄の言葉を書き殴るファウスティーナ。裏も使って隙間もない程書く。書き終わって紙を見つめる。一種の呪いの札に見えるのは気のせいか。

お茶会が明日に迫った。

今の時刻は既に夜。入浴も夕食も終わり、後は眠るだけ。王妃《アリス》にデザインしてもらったドレスはファウスティーナの部屋に置かれている。明日の朝早くから侍女達が準備をしてくれる。ベルンハルドの誕生日パーティーより規模は小さいと言えど、王妃が主催するお茶会。気合いの入った彼女達を少々恐ろしく感じつつ、婚約破棄とびっしり書かれた紙を引き出しに仕舞った。ファウスティーナの部屋の掃除を任されているリンスーでも、机の中までは掃除しない。

ベッドの下に隠しているノートのリンスー対策もばっちりである。前回の記憶を取り戻す前に、誰かに見られたら恥ずかしいからとスケッチ帳をベッドの下に隠している所を、掃除をしていたリンスーに発見された事があった。描いたのは庭に咲いている花だが、画力のないファウスティーナでは綺麗な花も道端で枯れた雑草と成り果てる。

顔を真っ赤にして慌てるファウスティーナに生暖かい目をしたリンスーは、掃除が終わると何も見なかったかの様にスケッチ帳をベッドの下に置いてくれた。因《ちな》みにそのスケッチ帳の表紙には

【ファウスティーナのお花専用スケッチブック】と書いていた。

【ファウスティーナのあれこれ】も見つかってもあのスケッチ帳と同類の物と思われているようで、ベッドの下の掃除が終わるとそっと元の場所に置かれている。大きく体を伸ばしたファウスティーナは椅子から降り、ベッドへ飛び込んだ。

「明日の要注意人物は、ベルンハルド殿下にエルヴィラ、アエリア様、他は……他家の令嬢にも気を付けなきゃ」

特にアエリアとは、王太子妃の座を競い合った仲。リセットされたとは言え、アエリアは初めからファウスティーナに対し敵意剥き出しだった。

王太子妃筆頭候補と第二候補。

ファウスティーナは自嘲気味な笑みを浮かべた。

「周りは、私とアエリア様のどちらかが王太子妃になると思っていたものね。でも、ベルンハルド様はずっとエルヴィラだけを見てきた。殿下から憎まれる私と全く相手にされなかったアエリア様」

二人して共通するのは、想像を絶する努力をして自分を磨きながらも、欲する王太子の寵愛を終《つい》ぞ得られなかったことだ。

アエリアと顔を合わせる度によく罵倒された台詞がある。ファウスティーナに言われても、もうどうしようもないのに。

「ふわあ……寝よう」

瞼《まぶた》を閉じたファウスティーナは眠った。

●○●○●○

薄暗い場所にファウスティーナは立っていた。何処だろうと首を傾げると二人の人間がいた。大きくなった自分とアエリアが向かい合っていた。

諦念《ていねん》を浮かべた自分にアエリアが感情を乱し、何かを言っていた。二人の表情は見えるのに声が聞こえない。読唇術を多少身に付けているファウスティーナは、口の動きからアエリアの言葉を分かる範囲で読み取った。

「〝貴女は世界一の大馬鹿者〟……」

酷い言われ様だと溜め息を吐いた。だが、罵《ののし》るアエリアはどうして大粒の涙を流して泣いているのだろう。

彼女と自分は敵同士。親しい間柄ではなかった。

「でも……」

アエリアに責められ、力なく笑みを向ける自分をファウスティーナは見つめた。

「アエリア様にやられた事は忘れてないけど、アエリア様だけだったかも。私が――」

先の言葉は発せられなかった。目の前の光景が急激に消えていく。

●○●○●○

「お嬢様！　あと十秒で起きないとお嬢様のスープだけ具なしにしますよ！」

「何でよ⁉」

具なしのスープは飲んでいると口が寂しいので具沢山のスープにしてほしい。

リンスーの声で飛び起きたファウスティーナは条件反射でツッコミを入れた。

外を見るともう朝。太陽の光が窓から差し込み、直視できない程眩しい。

「おはようございますお嬢様」

「もう！　朝食を脅迫のネタにして起こさないでよ！」

「これだとお嬢様はすぐに起きてくださるので」

「……」

貴族も人間。食い意地が張っていて何が悪い。

半眼になりつつ、ベッドから出た。今日は朝からシャキッとしておかないと困るので冷水の入った桶を受け取った。直にくる冷たさが寝惚けた意識を瞬く間に覚醒させた。

リンスーから石鹸を受け取った。

「お嬢様？」

石鹸を見つめるファウスティーナにリンスーは怪訝な声を出す。

「ねえリンスー。私が使ってる石鹸って蜂蜜の甘い香りがするわね」

「お嬢様の使用している石鹸は蜂蜜がたっぷり入っているので。他にもオリーブや肌に優しい植物性のオイルが使われていますす」

蜂蜜はヴィトケンシュタイン領の名産品の一つ。領地のある一帯で作られている蜂蜜は高い品質を誇るが数に限りがあるせいでどうしても値段が高額になってしまう。

うーん、と考えながらもまた今度にしようと石鹸を泡立て顔を洗った。濡れた顔をタオルで拭いていく。次に渡されたローションで肌を保湿し、クリームで蓋をした。

朝から蜂蜜の香りに包まれて幸せ～と顔を綻ばせた。

髪をゆっくり丁寧に梳いてもらい、寝巻きから軽めのドレスに着替えると食堂へ向かった。自分の席に座ると小さな欠伸を一つ。

「また夜更かししたの？」

ケインが呆れながら言う。

「本が面白くて」

嘘。

本は読んでいない。今日のお茶会の事をずっと考えていただけ。

「お兄様だって、よく夜更かししてるではありませんか」

「ファナとは違ってスッキリ起きてるからいいんだよ」

「ぐぬぬ……」

言い返せない。今度、夜更かししても朝スッキリと起きられるコツを教えてもらおう。

「ファナもケインも読書好きだね。新しい本でも買ってあげようか？」

「でしたら、イル＝ソーレ通りにあるアレイスター書店へ行きたいです」

王都にある幾つかの書店の内、最も古いのがアレイスター書店である。ヴィトケンシュタイン家の書庫室にある膨大な本の中にもアレイスター書店から買い取った物がある。

「アレイスター書店か。連れて行ってあげたいが暫く忙しくなりそうだから、すぐには無理だよ」

「旦那様でなくても、私が同行しますわ」

ファウスティーナとケインは同時に顔をギョッとさせた。貴族御用達の高級店にしか行かない母が、歴史があるとは言え古臭い書店へ同行すると言い出したのだ。昨日のことといい、リュドミーラに何が起きたのか。ファウスティーナは目をパチクリとさせつつ、運ばれたスコーンをナイフとフォークで一口サイズに切った。

「エルヴィラも好きな本を見つけてきなさい」

「わたしは本なんか欲しくありません。あ、でもぬいぐるみが欲しいですわ！」

（エルヴィラならこう言うわよねえ。でもぬいぐるみか。私も欲しいな）

「この間シロクマのぬいぐるみを買ってあげたじゃないか」

「ウサギのぬいぐるみも欲しくなったんです。買ってくださいお父様！」

やれやれと眉を八の字に下げて苦笑するシトリンに、自分も便乗してみようとスコーンを飲み込むも、今言うとお前は駄目だと言われそうな気がするので止めた。

「ならエルヴィラ。新しい家庭教師との勉強を真面目にすると約束出来るね？」

「え……そ、それは」

「それが出来るなら、新しいぬいぐるみを買ってあげよう」

「旦那様、エルヴィラだけそれは……」

妻の台詞を遮るようにシトリンは首を振った。

「ケインやファウスティーナが買っただけで読まないのなら同じ事を言ったよ。エルヴィラ、エルヴィラはピアノが得意だね」

「は、はい」

「得意のピアノが上達したらどんな気持ちになる?」

「嬉しいに決まっていますわ!」

「その気持ちを勉強にも向けてみなさい。勉強が分からなくて嫌になるのは皆一緒だ。難しい曲にチャレンジしていると思って。成功した時の達成感を君は知ってるんだ」

「はい……」

ぬいぐるみを買ってもらう条件として勉学の方を真面目にする事を言い付けられ、落ち込むエルヴィラにシトリンは苦笑しながらも温かい目をしていた。リュドミーラは心配げにエルヴィラを見つめる。その後は何事もなく朝食の時間は終わり、お茶会へ行く準備が始まった。とぼとぼと部屋へ戻って行くエルヴィラの後ろ姿を眺めた。楽譜を読むのにも理解力は必要だ。エルヴィラは決して馬鹿ではない。意識を真面目な方向へ持って行けばしっかりとした子になる可能性は大いにある。そこでファウスティーナは閃いた。先程のシトリンのやり方を真似ようと。ピアノを例えにしてエルヴィラが勉学に励む方向へ向かわせれば、何時しかベルンハルドと結ばれ婚約者になったとしても王妃教育も上手くいくのではないかと。

「これよ!」

「わ、急に大声を出してどうしたのですかお嬢様」

「リンスーこれよ!」

「これとは?」

「リンスー私は頑張るわ！　ううん、頑張らなきゃいけないのよ！」

「お嬢様がどういった方向で頑張るかは非常に不安ではありますが応援しています」

「ありがとう！　じゃあ、お茶会へ行く準備をしましょう！　きっと美味しいスイーツが沢山あるんでしょうね」

「食べ過ぎには注意してくださいよ」

美味しい料理やスイーツに目がないファウスティーナが会場で食べ過ぎてお腹を壊さないか、リンスーは心配だった。まあ、お目付け役のケインがいるのでストップをかけてくれるのを祈るだけ。

部屋に戻ると、待ってましたとばかりに侍女達がファウスティーナを着飾っていく。

時間を掛けて綺麗にされたファウスティーナはリンスーや準備をしてくれた侍女達に振り向いた。

「どう？　王妃様がデザインしてくれたドレス」

「とても素敵ですファウスティーナ様！」

「ファウスティーナ様の髪の色とピッタリです！」

青銀の上品な光沢感が魅力の生地で作られたドレスだが、よく動くファウスティーナの為に動きやすいデザインとなっている。絶妙な色が出るようにスカート部分にはラメチュールを四枚工夫して重ねている。空色のウエストリボンが結ばれ、姿見の前で確認。髪には紫色のアザレアの髪飾り。

白、桃、赤と他にもあったがそれらは前回エルヴィラが好んで身に着けていた色で苦手意識がある。

後、何にでも合う白は兎も角、桃や赤は自分には似合わない。

「お似合いですよ！　お嬢様！　ですが宜しかったのですか？　アザレアの色が紫色で」

「うん。それにこの色の組み合わせ、落ち着くの」

会場である王城へ行くまでにはまだ時間がある。準備を終えたファウスティーナは、待っている間に本を読もうと本棚の前に立った。

「どれにしようかな」

「短編集はどうですか？　一話一話が短いので急に呼ばれても、戻ってからまた最初から読めますよ」

「それもそうね。短編集……うーん、私持ってないわ。アレイスター書店に行ったら短編集を候補に入れようかな」

欲しい本が増えてほくほく気分に浸る。

余った時間はどうしようか悩むも立っているだけで時間は過ぎていく。

大人しく待とうとソファーに座った時。ノックの後エルヴィラが入ってきた。

「エルヴィラ？」

部屋に入るなり爪先から頭の天辺まで食い入る様に見てくる視線に居心地悪い思いをしながらも訪問の理由を問う。

エルヴィラのドレスは色の違うチュールを五枚重ねてふんわりとしたスカートが、可憐な花を思わせる色合いを醸し出していた。ウエストのリボンはエルヴィラの好きなピンク色。

あのデザイナーのエルヴィラに対する見立ては本物なんだなと見ていると、エルヴィラの眉間に皺が寄った。

「お姉様はベルンハルド様の婚約者である自覚がありますか？　そんな地味なドレスでお茶会に行くなんて」

ファウスティーナはそのうちの一言で表情を険しくした。急な姉の変化にエルヴィラは「ひっ」と短い悲鳴を漏らした。

「エルヴィラ。今の発言は撤回しなさい。デザインをしてくださった王妃殿下に失礼よ。それにこのドレスを作った職人に対しても。言っていい事と悪い事が判別出来ない貴女こそ、お茶会に行く資格なんてない」

前回非道で冷徹な姉と言われただけあって、七歳ながら冷えた瞳でエルヴィラを叱責したファウスティーナに大人の侍女も背筋が凍った。冷気を直に向けられたエルヴィラは足を震わせ、唇を噛み締めファウスティーナを睨む。しかし、我儘な妹に睨まれたくらいでは動じない。

「馬車の準備はもう出来てるの?」

「は、はい」

「じゃあ、私は先に乗って待ってるね」

「あ、お待ちくださいお嬢様!」

このまま此処にいてエルヴィラが泣き出したらお茶会どころではなくなる。ファウスティーナがいなくなって暫くしたら落ち着くだろう。

早足で部屋を出たファウスティーナは屋敷を出て、門の前で待機している馬車に乗り込んだ。そして、誰もいない空間でガックリと肩を落とした。

「……今の、完璧に前と同じじゃない。……ん？　私って案外悪役専門の女優になれそうかも?」

十八　両者が見る視線の先には何がある？

楽しいお茶会への道中は空間を支配する重苦しい沈黙によって台無しとなった。出発前にエルヴィラにきつい言葉を投げ掛けたファウスティーナは、予想通りの展開に数十分前の自分を殴れるなら殴りたくなった。先に馬車で待っていれば、案の定というか、とてつもない形相をした天敵が泣いているエルヴィラを連れてやって来た。

強い口調で名前を呼ばれ、説教をされて時間に遅れる訳にはいかなかった。なので──

『お母様のお怒りはごもっともでしょう。自分に似た可愛い娘に意地悪な姉に泣かされたと訴えられては私を叱らずにはいられませんものね。ですが私は間違った事は言っていません。だから謝りませんわ』

口を開きかけたリュドミーラに喋らせまいと更に続けた。

『現場を目撃している侍女達に聞いてみて下さい。彼女達はお母様と違って贔屓はしないので嘘は言いません。それと、無理して私に話し掛けなくてもいいですわ。お母様も、その方が負担を抱えずに済むでしょう？　お母様がいなくても周囲に頼れる大人の女性はいますので』

昨日からのリュドミーラの謎の行動には疑問を抱いていたがもうどうでも良くなった。大方父に何かを言われて猫を被ったのだ。被るのならもっと堪え性のある猫を被らないと。

部屋で見たエルヴィラよりも更に顔を青くしたリュドミーラから目を逸らすと正面を向いた。遅れてケインが来るも只《ただ》ならない雰囲気に首を傾げた。

泣いていたエルヴィラも姉を真っ青な顔をして見ている。そのお陰か涙が止まっていた。

お茶会の会場である王城に入ると指定された場所に馬車を停めた。御者が扉を開け、リュドミーラが先に降りて、次にケイン、ファウスティーナ、エルヴィラの順で降りた。

騎士に案内されたのは南側にある庭園。王城の中で最も多くの花が咲き誇る此処は王妃の一番のお気に入りの場所である。空は雲がない快晴。庭園でお茶会をするのにぴったりな天気といえよう。

「王妃殿下。此度《こたび》は殿下の主催するお茶会に招待下さり光栄に存じます」

「ようこそヴィトケンシュタイン公爵夫人。来てくれて嬉しいわ。存分に楽しんでいって頂戴」

「ありがとうございます」

リュドミーラが礼に則った挨拶を終えると、子供達もケインを先頭に挨拶を述べていく。エルヴィラの挨拶が終わるとアリスはファウスティーナに微笑んだ。

「よく似合っているわファウスティーナ」

「ありがとうございます」

「その髪飾りも。ふふ」

急に笑い出したアリスはアザレアの花弁をそっと摘まんだ。

「ファウスティーナはアザレアが好きなのかしら?」

「綺麗な花はなんでも好きです」

「紫色にしたのはどうして?」

アザレアには紫以外にも白、赤、桃色がある。正直に言える訳もなく、自分の髪に合いそうな色だったからと答えた。更に笑うアリスに困惑しているとリュドミーラが前に出た。

「王妃殿下。あまりファウスティーナをお構いにならないでください。王太子殿下とファウスティーナの婚約は正式にはまだ発表されていません」

「ええ。分かっているわ。でも、どうしても構いたくなってしまうの。いつも王妃教育を頑張ってくれるファウスティーナのお洒落した姿が可愛くて」

同性でも惚れ惚れしてしまうような美しい微笑を浮かべる。リュドミーラの言っている事も本当なので程々の所でアリスは他の招待客のおもてなしへ向かった。

薄く頬を染めたままアリスを見ていると「ファナ」とケインに頬をツンと人差し指で突《つっ》かれた。

「行くよ」

「あ、はい」

ケインに促されたファウスティーナは奥の方へ進んで行った。

円形状に作られた広大な広場に設置されたテーブルには、多種類のスイーツやフルーツが置かれていた。飲み物は城付きの侍女が絶え間なく運んでいる。今回のお茶会は、中々機会のない子供同士の交流を主とするのでビュッフェ形式の食事となっている。

「三人とも、行動は自由ですが公爵家の名に泥を塗るような真似はしてはいけませんよ」

子供達はリュドミーラに注意事項を告げられるとそれぞれ動いた。

出発前にファウスティーナに叱られて気分が沈んでいたエルヴィラは、美味しそうなスイーツを見て復活した。紅玉色の瞳をキラキラと光らせ、マカロンが置かれているテーブルに近付いた。

元気を取り戻したエルヴィラに一応安心したファウスティーナは自分もスイーツを探そうとテーブルに目を向けた。

すると、背中に強烈な視線を感じた。思わず振り返ると――

「……」

ベルンハルドの誕生日パーティーでもファウスティーナに視線を送っていたアエリアがいた。じぃーっと食い入る様に見てくるアエリアに負けじとファウスティーナも同じ事をする。新緑色の瞳に敵意はない。代わりに人の内部を探ろうとする色がある。彼女の真意がまるで読めない。記憶通りならアエリアと初めて会ったのは貴族学院。幼少の頃に会った記憶はない。アエリアに話し掛けるか、それとも無視をするか。

どちらか決めかねていると侍女が訊ねてきた。

「お飲み物は如何です?」

「あ、えっと、オレンジジュースを下さい」

「畏《かしこ》まりました」

侍女からオレンジジュースを受け取った。目を向けた先にアエリアはもういなかった。

「……」

今回、最上級の要注意人物はベルンハルドではなくアエリアの可能性が非常に高い。

オレンジジュースのグラスを持ちながら、食べたいスイーツを探す。ショートケーキにショコラケーキ、チーズタルトもある。クッキーやマドレーヌも捨てがたい。ファウスティーナは目をさっと動かし、確認を終えるとグラスをテーブルに置いてクッキーに手を伸ばした。

バターの香ばしい味とクッキーのサクサク感に夢中になって食べると一枚はあっという間になくなった。また周囲を目だけでさっと確認。比較的人のいないエリアにいる。

「ん？　いやそれより」

次のクッキーを持って城の方を向いた。そこだけ令嬢密度が異様に高い。談笑していても皆の視線はそちらへ向いている。三枚目のクッキーを取ると「ファナ」と兄が来た。

「お兄様」

「来る時は聞かなかったけど、また母上と何かあった？」

あの車内の空気は尋常じゃなく重苦しいものだった。目をキョロキョロと泳がせるファウスティーナだったが、ケインがもう一度強く聞くと、観念して正直に告げた。

話を聞いたケインは深い溜め息を吐いた。

「ファナとベルンハルド殿下の婚約が決まってから、どうもエルヴィラは可笑しくなったみたいだね。前はそこまで馬鹿じゃなかった筈なのに」

「よっぽど自分が殿下の婚約者になりたいのではないですか」

「ファナ自身が知っている筈だよ。王妃とは国の母。なりたくてなれるものじゃないと。況《ま》してや、自分本位なエルヴィラじゃとても務まらない。王妃教育だって半日持てばいい方だ」

散々な評価だが全て事実。前回の記憶を持つファウスティーナでさえ、王妃教育のあまりの厳しさに何度か泣いている。堪え性のないエルヴィラでは始まってすぐに泣き出して癇癪を起こしてしまうだろう。

「母上の事は……」

「お母様がいなくても不便がない事に気付きましたので、もうどうでもいいです」

「……はあ、エルヴィラもだけど、高熱を出して倒れた時からファナも変わったね。前は母上に構ってほしくて仕方なかったのに」

ファウスティーナは苦笑を漏らした。これもまた事実。

家庭教師との勉強中、窓から外を眺めてはリュドミーラに手を繋がれて歩くエルヴィラをどれだけ羨ましく思ったか。怖くて夜眠れなくなった時、エルヴィラは良いのに自分は繋いではもらえなかった。

（一度だけ、私が駄目でエルヴィラが許されるのは何でって聞いた。そうしたら、お母様は〝あなたは将来王妃になる子。何時までも甘えていてはいけません！〟って言われたんだっけ）

当時ファウスティーナは六歳。今のエルヴィラと同い年。泣き喚いても更にきつく叱られて、リュドミーラ付の侍女に無理矢理部屋に戻された。

前回の記憶を取り戻してリュドミーラに執着する必要性がなくなった。逆に、無関心になったら向こうから関わりを持とうとする始末。

「……なんというか」

「ん？」

「私って結局、お母様にとってなんだったんでしょうか」

「……ファナは生まれた時から王子と結婚すると決められていた。それも第一王子。将来王妃になる娘を育てようと母上も必死なんじゃないのかな」

空色の髪と薄黄色の瞳。王国に生きる女性でただ一人しか持たない色を持つファウスティーナを――決められた道とは言え――次の王妃とするべく殊更厳しく接していた。言われて気付いた訳ではない。が、ケインやエルヴィラとは違う接し方をされ続けた。

オレンジジュースを飲むと四枚目のクッキーを取った。

「ふう。でもまあ、お母様にはもう話し掛けないで下さいと言いましたので暫くは平和に過ごせそうです」

「ああ、言っちゃったんだ」

「言いました」

「そう。そこから先は母上とファナの問題だから俺は何も言わないでおくよ。ところでファナ、さっきから食べてばかりだけど友達と話さなくていいの？」

クッキーは五枚目を迎えた。美味しくて手が止まらないファウスティーナを呆れた眼で見るケインも、早いペースでクッキーを食べる妹の姿が気になり一枚取った。一口齧って目を丸くした。

「美味しい」

「私も食べて驚きました！　この味を覚える為にも沢山食べます！」

「覚えてどうするの？　まさか、ファナが作るとか言うつもり？」

「違います。味を覚えて、同じ味のクッキーを料理長に作ってもらうんです！」

味を覚えたファウスティーナ主導でクッキー製作をする場面を想像したケインは、ああでもないこうでもないと腕を組んで頭を悩ませるファウスティーナに苦笑をした。

六枚目に突入するクッキーを食べていると――また背中に強烈な視線を貰った。振り向くとそこにはやはり――アエリアがいてファウスティーナを見ている。敵意もない、探る様な新緑色の瞳と目が合う。ファウスティーナの視線が向かう方をケインも向いた。

「あれって、ラリス家の」

「アエリア様です」

「面識があるの？」

「王太子殿下の誕生日パーティーで目が合っただけです」

「それにしては、ファナの事を穴でも空くんじゃないかってくらい見てるよ？」

問われても理由を知りたいのは寧ろ此方だ。

ふいっと視線を逸らしたアエリアは令嬢達が集まっている所から少し離れた場所にいる。一人の少年がアエリアに近付いて話し掛けた。表情を和らげたアエリアと話す少年が誰かケインが教えてくれた。

「ヒースグリフ様だね」

「確か、ラリス侯爵家の子は双子の兄弟とアエリア様でしたわよね」

癖のあるピンクゴールドの髪をピョンピョン跳ねさせてアエリアと話すのが双子の兄ヒースグリフ。遅れて同じ髪質だが左側の髪を三つ編みにしている双子の弟キースグリフもアエリアの所へやって来た。双子はアエリアの二歳上。末っ子の妹が人気《ひとけ》のない場所にいるのを心配して様子を見に来た、という辺りか。

表情も険しいものでなく、純粋な瞳で兄達と話すアエリアの姿を見るのは初めてで、興味深そうにファウスティーナが眺めていると沢山の黄色い声が耳に届いた。丁度、オレンジジュースを飲んだばかりだったので驚いて噎せてしまった。

咳き込むファウスティーナの背中をケインは呆れながら擦ってやる。

「大丈夫？」

「は、はいっ。ビックリしました」

「皆殿下達を待ってたみたいだね」

「ごほっ、ごほっ。……あ」

咳が止まり、顔を上げて声のする方を向いた。何時見ても見目麗しいベルンハルドの側には顔色の良いネージュがいる。迎えてくれた令嬢達に当たり障りのない笑みで挨拶をしつつ、人混みから脱出して他の子等に声を掛けていく。

時折ネージュの体調を心配する様子を見せながら、招待客にそれぞれ挨拶回りをしていく。

ファウスティーナとケインの所にも二人の王子は来た。

「やあ。ファウスティーナ、ケイン」

二人がそれぞれベルンハルドに挨拶をするとネージュも二人に挨拶をした。ファウスティーナとケインが応えるとネージュはふわりと微笑んだ。

「ファウスティーナ嬢とは城で一度会ったきりだったね」

「はい」

「あの後、長く外にいるのを兄上に見つかって怒られたんだ。酷いよね」

「ネージュ」

窘めるベルンハルドにネージュは口を尖らせる。何が切っ掛けで体調を崩すか知れないネージュが外にいると知った時は胆が冷えた。ベルンハルドは剣の鍛練中だったがネージュがいる所へ走って部屋へ戻した。油断大敵なネージュの体を気遣ってのことなのでベルンハルドの心配も理解出来る。

困った弟だと苦笑したベルンハルドと悪戯《いたずら》っ子の様な笑みを浮かべるネージュ。王子二人の仲の良さをまた見られるなんて……つい、感慨深くなってしまう。一通りの会話を終えると、ベルンハルドとネージュは違う招待客の所へ行ってしまった。

それと同時にまたアレを感じた。

「……」

「……」

アエリアだ。

アエリアがまたファウスティーナを見ていた。ただ、今回はさっきまでと違って瞳に険しさが宿っていた。ヒースグリフとキースグリフが妹の視線の先を気にして此方を向き、アエリアに話し掛けた。

だが、兄達の話を聞いてない様にアエリアはじっとファウスティーナを見つめている。予想をしてみる。王太子妃の座を狙うアエリアからしたら、王太子と仲良さげに会話をしたファウスティーナは好ましく思わない。今の視線はそれで説明がつくが、では今までの視線はどう解釈したら良いか。近くへ行くか、行かないか。

自分自身に問い掛けていると、「あ」とケインが声を出した。見るとアエリアがファウスティーナ達の方へ向かってきていた。双子の兄達も慌てて付いて来ている。

ファウスティーナとケインの前に立ったアエリアは、一本だけピョロンと垂れる長い前髪を右耳に掛けてこう言い放った。

「ご機嫌如何かしら、ファウスティーナ様？」

ファウスティーナの表情が一瞬にして強張《こわば》った。


「……〝ご機嫌如何〟、か」

「どうした？　ネージュ」

「いえ、なんでも」

招待客への挨拶回りも終え、交流を目的としたお茶会なので後は気になった子に声を掛ければいい。皆――特に令嬢達は――王子達に話し掛けて欲しそうに眺めている。ベルンハルドと侯爵令息の会話を聞きながら、ネージュの視線はファウスティーナとアエリアに向いていた。

ファウスティーナとケインに挨拶を終えると強烈な視線を貰った。誰にも気付かれない様にそっと確認すると――険しい色の眼で自分を見ているアエリアと目が合った。更に表情を険しくしたアエリアに……底無し沼と同等の昏さを持った瞳をぶつけ、ふにゃりと嗤ってやった。

十九　ぐるぐるぐるぐる

「ご機嫌如何かしら、ファウスティーナ様？」

初対面。

初対面。

初対面。大事なことだから脳内で三回繰り返した。ベルンハルドの誕生日パーティーで目が合っただけで実際こうして話すのはこれが初めて。なのに、まるで久し振りに会った知人の様に接してくるアエリアに衝撃を受けた。口端を引き攣らせるファウスティーナは少女の姿の天敵その二にどう返すべきか思考を巡らせる。

アエリアの兄達もこの発言に驚いている。ファウスティーナの兄ケインも然《しか》り。ファウスティーナが言った通りならアエリアとは初対面の筈だから。

黙ったままでは駄目。意を決したファウスティーナは勝ち気な新緑色の瞳と真っ向から対峙した。

「お久し振りで御座いますアエリア様。相変わらず青白くて不健康なお肌ですわね。体調が悪いならお帰りになった方がよろしいのでは？」

ぴくりと相手の眉が動いた。ベルンハルド好みの女性になる為に極力外に出ず、綺麗な肌を保とうと、前回のアエリアは極力日光に当たらないよう注意していた。透き通る程に綺麗な肌をよく不健康な病人みたいだとファウスティーナは嫌味を言っていた。

「あらあ、ご心配して下さりありがとうございます。ファウスティーナ様って、普段からボケッとした顔をしている割にちゃんと見ていらっしゃるのね。その目はいつも只の飾りかと思ってましたの」

嫌味に嫌味で返す。表情は上品で貴族令嬢の手本にしていいくらいなのに言葉が辛辣過ぎて無理である。初対面（の筈）の相手に毒を吐く妹達に両家の兄達は呆然としている。

先に動いたのはラリス侯爵家の双子である。

「アリィ、一体どうしたんだい」

「ヴィトケンシュタイン家のご令嬢とは面識がない筈だよ。初対面の相手に失礼だよ」

ハッとなったケインもファウスティーナに注意をする。ケインの言う事は尤もだがファウスティーナは気にしてはいられない。アエリアのこの挨拶。もしも、もしも、自分が思っている通りなら、彼女は……。

「アエリア様。貴女は――」

アエリアがファウスティーナに対し、何かを言おうとしたその時。

「きゃあっ！」

物凄く聞き覚えのある悲鳴が上がった。瞬時に視線を移したファウスティーナが見た先には、今日のお茶会用に用意したドレスを赤く染めたエルヴィラがいて、近くには、赤い飲み物が少量入ったグラスを持つどこかの令息がいた。

（ん……？　あれ？　これ、知ってる。確か……）

今まで何度思い出そうとしても思い出せなかったお茶会の記憶が急激にファウスティーナの脳内に再生される。この後の展開が目が回る速度で入ってくる。視界が回る。頭が痛い。痛いし、熱くなってきた。

「ファナ⁉」

ケインの驚きの声が聞こえる。

ぐるぐる、ぐるぐると世界が回り、立っていられなくなったファウスティーナはその場に倒れた。

「ファウスティーナ‼」

最後に聞こえた声は……誰のものだっけ。

二十　第二王子に問う

――もう二度とゴメンよ。あんな思いをするくらいなら……

母譲りのピンクゴールドの髪に父譲りの新緑色の瞳を持つのが私《わたくし》アエリア＝ラリス。王国でも一、二を争う大貴族、ラリス侯爵家の令嬢。歴代の王妃を輩出してきた名家中の名家。当然、ラリス家の娘として生まれた私《わたくし》も未来の王妃になるようにと幼少の頃から言われ続けた。でもはっきり言って冗談じゃないわ。あんなスカスカ娘を代わりにした挙げ句、私《わたくし》の好敵手《ライバル》を断罪したあの馬鹿王子の妻になんてなりたくない。

「ファウスティーナッ！　ケイン、ファウスティーナはどうして倒れたの⁉」

王妃殿下の主催するお茶会にラリス侯爵家も当然招待された。王妃殿下の生家であるフワーリン公爵家とラリス侯爵家は、長い間争い続けている政敵同士。でも、私《わたくし》の母ラリス侯爵夫人と王妃殿下は貴族学院時代からの友人。

欠席しろと騒ぐお父様に「そんなに煩《うるさ》く言うのなら、もう貴方にクッキーは焼いてあげないわよ」とお母様は告げた。お母様のクッキーが世界で一番だと豪語して週に一度食べるのを楽しみにしているお父様には効果抜群だった。

泣きながらお茶会への出席を許可したお父様には目もくれず、お母様は私《わたくし》と兄上様達に綺麗に微笑んだ。私《わたくし》はきっと普通の人とは違う。前の自分を覚えていた。そこで自分が何をして、何を見て、最後にどうしたかをしっかりと覚えている。何時思い出した、とかではない。赤ん坊の頃から覚えているわ。だって、そう願ったのは私《わたくし》自身。

私《わたくし》の目の前で倒れたのは、前の私《わたくし》が何度も苦汁を嘗《な》めさせられた相手。

前の私《わたくし》はラリス家の為に王太子妃の座に執着した。お父様の為、お母様の為（今思うとお母様は無理して王妃の座に拘る必要はないとか言ってたんだけどね）に。だが、常に周囲の評価はファウスティーナの次。ヴィトケンシュタイン家にしか生まれない血を濃く受け継いだファウスティーナは、王太子殿下の婚約者でもあり王太子妃筆頭候補だった。公爵令嬢として、未来の王太子妃としての彼女は完璧だった。私《わたくし》は常に二番手。悔しくて何度も嫌がらせをしてやったけど、その度に倍返しされた。突然倒れたファウスティーナに顔を真っ青にして駆け寄ったのはヴィトケンシュタイン公爵夫人。私《わたくし》はこの女が嫌い。ファウスティーナが壊れたのはあの馬鹿王子のせいでもあるけれど、根本的な原因はこの女。

知っていたわ。王太子の愛情は婚約者ではなく、その妹に向けられていたと。

一度だけ、あのスカスカ娘をどうにかしなさい、姉でしょう、と王太子に相手にされていないファウスティーナを嘲笑《あざわら》った事があった。寧ろこれ、歯牙にもかけられてない私《わたくし》が言っても仕方ないのだけれどね。

言って後悔した。激昂するか、余裕のなくなった姿を見せるかのどちらかだと思ったのに——

『もうどうしようもないわ。私はもう……』

全てを諦めたあの生気のない瞳を見たのは、その時と最後に会った時だけ。

ファウスティーナが王太子の愛を欲してスカスカ娘を排除しようとするも、その王太子に阻止され、公爵の恩情で処刑は免れたけれど勘当された。その前に無理矢理会って話した時のファウスティーナの姿が忘れられない。

「すぐに医者《せんせい》が来るわ！　彼女を医務室に運んで！」

「はっ！」

異常を察知した王妃殿下が駆け付けた騎士にファウスティーナを医務室へ連れて行くよう命じた。見るからに苦しそうなファウスティーナの顔は赤く染まり、呼吸も荒い。騎士に続いて公爵夫人も行こうとするけど、飲み物をかけられてドレスを汚され泣いているスカスカ娘の方を見た。

一瞬迷う素振りを見せながらもスカスカ娘を長男に任せると、公爵夫人は騎士に付いて走って行った。

これではお茶会どころではないわ。

「ファナ……」

心配そうにファウスティーナの名前を呟いた公爵家の長男に近付いた。

「失礼。彼処で泣いているス……ご令嬢は、妹君ではありませんか？」

「あ、ああ。そうだね。ありがとう」

「いえ」

薄い反応を見る限り、教えなかったらずっと思い出さなかったのかしら。

私《わたくし》も事情を知りたいから現場へ近付いた。

「エルヴィラ、どうしたの？　何があったの？」

「ご、ごめんなさい。悪いのは僕なんだ。友達と話に夢中になってて、ケーキを取ろうと振り向いた先にいた彼女と腕がぶつかってジュースを零してしまって……」

謝って事情を話したのはフワーリン公爵家の令息。王妃殿下の甥に当たる子である。名前は確かクラウド様。見た目もだけど名前もフワフワしてそうね。

「事情は分かりました。エルヴィラ、このままだと風邪を引くからお城の人に言って着替えておいで」

「わ、分かりましたぁ。でもっ、ドレスっ」

「代わりのドレスなんて沢山ある。俺も医務室に行くから後でエルヴィラもおいで」

「……はい」

ここに来る途中何かあったのね。途端にむくれた顔をしたスカスカ娘にやれやれと嘆息した。王妃殿下が手配した侍女に付き添われスカスカ娘は城内へ行き、長男も医務室へと向かった。残されたのはヴィトケンシュタイン家以外の貴族。

尋常じゃないファウスティーナの様子を夫人達が不安げに囁く。私《わたくし》だって知っている。ファウスティーナは無駄に頑丈で寒い冬の時期に冷水を浴びせても元気だった。逆に仕返しされた私《わたくし》が高熱を出して数日寝込んだ。

ファウスティーナが倒れた上に、スカスカ娘が割と大きな声で悲鳴を上げたので騒ぎが大きくなった為クラウド様は落ち込んでいる。フワーリン公爵夫人に叱責を受け項垂れるクラウド様の姿が前の記憶を彷彿とさせた。

「前はファウスティーナだったのにね、エルヴィラ嬢のドレスを台無しにしたの」

「っ！」

気配もなく、背後からした声に心臓が震えた。寿命が縮んだと言っても過言ではない。異様に速くなる鼓動を悟られまいと、隣に来た相手を見た。無邪気な笑みを浮かべながらも内心何を考えているのか一切読めない。

「君がファウスティーナに言ったみたいにぼくもご機嫌如何って言った方がいい？」

「……いいえ、殿下。その必要はありません」

「そう」

くすくす笑う――いいえ、嗤うネージュ殿下。

私《わたくし》はネージュ殿下にこっちと手招きされてこの場を離れた。皆、ファウスティーナのことに夢中なので動いても誰も気付かない。庭園の奥まで案内され、真っ白な薔薇が咲くエリアで足を止めた。私《わたくし》に振り向いたネージュ殿下の瞳を、心を強く保とうと睨んだ。

「怖い顔。警戒しないで」

「するなと言う方が無理ですわ。私《わたくし》、貴方がした事を一ったりとも忘れていませんもの」

「ぼくが悪い事をしたみたいな言い方だね。まあ普通の感覚で言えば悪いのかもね。でもそれが何？　過程の中では不幸になった人は出た。だけど、結果として皆その不幸があったからこそ最後は幸せになれた」

「幸せ？」

繰り返した私《わたくし》にネージュ殿下はそうだよ、と頷く。

「世に溢れる物語がそうだ。途中、辛い出来事があっても最後は皆幸せになる。幸福な結末を迎えるんだ。不満を抱く必要、ある？」

「ええありますわよ。幸福な結末？　笑わせないで下さいまし。なら何故、前回はあの様な結末《さいご》になってしまったのでしょうか？」

私《わたくし》が訊くとネージュ殿下は嫌そうに顔を顰《しか》めた。

「ぼくも予想外だった。考えもしなかった。兄上のことは大好きだけど……あの一瞬だけ、世界で一番大嫌いな人に変わったよ」

忌々しげに吐き出す姿が最後の光景と重なる。何故私《わたくし》達が前の記憶を持って再び同じ生を歩んでいるのかは――この第二王子は知ってるかもしれないが――分からない。分からないなら、分からないなりに同じ運命にならないよう足掻けばいい。

ネージュ殿下はにっこりと綺麗に微笑んだ。

「アエリア。君は王太子妃になりたい？」

「冗談じゃないわ。貴方達とんでも兄弟に関わるのはもう真っ平ゴメンよ」

「あはは！　そっか。でもそれは無理だよ。ファウスティーナと兄上の婚約は正式に発表はされてなくても、殆どの貴族は分かっている筈だ。王太子の婚約者はファウスティーナだと」

「暗黙の了解ですものね」

「うん。でも今日ファウスティーナが倒れてしまったから、もしかすると王太子の婚約者から外される可能性が出てくる。実際、兄上との顔合わせの日に一度倒れているからね」

「！」

今日だけじゃなく、前にも倒れていたの？　ひょっとするとその日に記憶を取り戻した可能性があるわね。私《わたくし》も前の記憶を取り戻したのは、丁度お母様方のお祖父様やお祖母様達が来ている時に倒れ、その後に目覚めた時だったから。

「そうなると王家は泣く泣くファウスティーナを手放すしかない。次に兄上の婚約者として白羽の矢が立つのは君だアエリア。今日のお茶会の目的は子供達の交流となってるけど実際は王子二人の婚約者候補を探す為の茶会でもある。兄上にはファウスティーナがいるけど万が一ってこともある。その万が一が起こってしまったから可能性が最も高いのが君だアエリア。君の評価は非常に高い」

「……」

「君もファウスティーナも馬鹿だね。王太子妃になりたくないなら、手を抜いても良かったのに」

言葉では私《わたくし》達を嘲笑っているのに、感情を消したネージュ殿下の顔は……悲しんでいる様に見えた。

ファウスティーナが前を覚えていない、リセットされたファウスティーナだと思うと手を抜くことは出来なかった。必死に令嬢としてのマナーや勉学に励みながら、ラリス家の為と偽って王妃教育の真似事をした。出会った時、今度こそ王太子の婚約者の座から蹴り落とす為に。――……でも、ファウスティーナは覚えていた。覚えていながら、王太子の婚約者に相応しくあろうとしたのは。

「……飢えていましたもの」

「……」

「ファウスティーナは、愛情に飢えていましたもの。悋気《りんき》を起こせば起こす程、周囲から人は遠ざかっていくと理解していても」

「兄上から聞く限り今のファウスティーナは、どうも兄上から逃げ回っているみたいだけど？」

「本人に直接聞かないとそこは分かりません。だけど、王妃教育を真面目に受けるのは多分――」

『頑張り続けたら、何時かお母様も誉めてくれる。殿下も私を婚約者と認めてくれる。そう信じていたの』

最後に会った時に言われたファウスティーナの言葉。

自分でも気付いていないのかもしれない。

前の記憶が無意識にトラウマとなっているのなら、手を抜かない理由にも納得がいく。

「ねえ、アエリア」

「何ですか」

「君はぼくの味方？」

「……殿下。ベルンハルド殿下とファウスティーナの婚約が破棄されれば、以前と同じ事はしないと約束してくださいますか？」

「質問に質問で返さないでよ」

そう言いながら気分良さげに微笑を浮かべ、ネージュ殿下は約束すると誓ってくれた。

「兄上はまたエルヴィラ嬢を好きになればいい。好きになって……ふふ……あ、ははは」

「……」

「あははは……。……はあ……思い出し笑いって端《はた》から見たらどう見えるの？」

「どこかが可笑しくなったと思われますわ」

「じゃあ、君の前だけにするよ。ぼくが可笑しいと知っているのは君だけだから」

いらないわよそんな役目。

「そろそろ戻ろうか。君の兄君達が君を探してる声がする」

「……そうですわね」

どうぞ、と道を譲られ兄上様達の声がする会場へ戻って行く私《わたくし》には、後ろに続くネージュ殿下の声は聞こえなかった。

「前と同じ結末《さいご》でもぼくは全然困らないけどねえ」

二十一　物事が上手くいく時はあまりない

目を覚まして最初に見たのは黒。暗闇と静けさに包まれた世界を覚醒していない意識のまま眺める。喉が異様に渇いていた。水が、全身に冷たく巡る水が欲しい。上体を起こそうとして知った。重りを付けたように体が重かった。ベッドから降り、手を前に掲げて歩く。足元にも神経を尖らせ慎重に。手が冷たく固い物に触れた。さわさわと感触を確かめ、それがドアノブと判断し、下に動かした。音を立てないように扉を開けた。壁に飾られている灯りのお陰で薄暗くても廊下が見える。

「ふわあ～……今いつなんだろう」

喉の渇きと体の重さから、何日間かは眠っていたと推測出来る。う～ん、と体を伸ばしたファウスティーナは両頬を引っ張って眠い意識を覚まさせ、扉を閉めて厨房へ向かう。外の様子からして真夜中といった辺りか。誰も起きていない。

廊下を歩き、エントランスに出てそのまま真っ直ぐ歩く。また廊下に入って四つ目の大きな扉を開けた。厨房内は真っ暗。扉を開けたままだと薄暗いが微かに灯りが入るので、夜目がきく方のファウスティーナはある程度見える。拭かれたグラスを手に取り、前回ヴォルトに教えられた水置き場から水差しを取った。グラスに水を注ぎ一気に飲み干した。

「ふうー。はあー、生き返る」

生命の源である水を摂取したファウスティーナは使ったグラスを洗って元の位置に戻した。使ったまま流し台に置くとリンスー達侍女の仕事が増える。

厨房を出ると扉を閉め、来た道を戻って行く。ふと、下を見た。今ファウスティーナが着ているのは寝間着。お茶会のドレスのままな筈がないかと前を向いた。

「やっぱり、ちゃんと前回もお茶会あったんだ」

夢で見た。王妃の主催したお茶会でベルンハルドに親しげに声を掛けられたエルヴィラに嫉妬して、城の侍女が運んできたカシスジュースを全部エルヴィラに掛けたのだ。ベルンハルドの誕生日パーティーでは葡萄ジュースを掛けていた。ジュースを掛けるのが好きだったんだなと今更ながら思う。ジュースの材料となる果物を育ててくれた果樹園の人達に申し訳ない事をした。

そこからは、当たり前な話ベルンハルドには更に嫌われ、またジュースを掛けられたエルヴィラは泣いて、駆け付けたリュドミーラには大説教を食らった。自分は一切悪いと思わない、ベルンハルドに近付いたエルヴィラが悪いと開き直ってそっぽを向いた。間に困り顔のネージュが入るのだが……そこから先をファウスティーナは覚えていない。夢もその先を見られなかった。思索に耽りながら私室の近くまで来た時、何か違和感を覚えた。

「！　そっか、扉が開いてるからだ」

厨房へ行く前に扉はちゃんと閉めた。

窺う様に中を覗くも誰もいない。戻る途中も誰にも会わなかった。

「閉めたと勘違いして開けたままだったかも」

中に入って扉を閉めた。再びベッドに戻ると目を閉じた。

目を閉じていれば、眠くなくてもその内眠れる。

「詳しい事は朝になってからお兄様辺りに聞こう」

水分を摂取したファウスティーナはそれから十分も経たないうちに眠った。もう夢は見なかった。

●○●○●○

——いない……
——どうして、ずっと眠っていたのに……っ
——何処へ行ったのっ
キャンドルスタンドを持って真夜中の邸内を歩き回るリュドミーラは、四日前突然倒れたファウスティーナを探していた。
王妃主催のお茶会でファウスティーナは突然謎の高熱を発して倒れた。数ヵ月前、王太子ベルンハルドと婚約者としての顔合わせをした当日にも倒れている。国随一の医師が診察しても原因は分からず、今回も原因が分からないと首を横に振られた。
原因不明の高熱で二度も倒れている。遠い昔、王家と姉妹神が交わした誓約の為とは言え、ファウスティーナを王太子の婚約者のままにするのは難しくなったかに見えた。この四日間、夫シトリンは王シリウスと王妃アリスと、秘密の話し合いをした。ヴィトケンシュタイン家に空色の髪と薄

黄色の瞳の女性が生まれたら、必ず王族と婚姻させる。それが王国の決まり。

ファウスティーナはずっと健康だったがベルンハルドと出会ってから急に倒れる様になった。頻度は多くはない。たったの二回。だがその二回がどちらも命に関わるもの。ヴィトケンシュタイン家の当主ではなく、父親として娘の為にベルンハルドとの婚約を白紙に戻してほしい。これがシトリンの願い。だが——結果は婚約継続。

ファウスティーナ以外にも次期王太子妃になるに相応しい令嬢はいる。ラリス侯爵家のアエリアがファウスティーナの次に相応しい。もしもファウスティーナが誓約に組み込まれた要因を持っていなければ、とっくにベルンハルドとの婚約は破棄され、次にアエリアが選ばれたであろう。

どんな事情があろうとファウスティーナとベルンハルドの婚約を継続させる。これがシリウス——王が下した判断。隣に座るアリスは苦しげで悲しげな表情でシトリンに対し謝罪した。ごめんなさい——と。

今日の夕刻戻ったシトリンの疲労にまみれた様子にリュドミーラは言葉を失った。でも、すぐに気持ちを切り替えシトリンを労《ねぎら》った。王が下した決定には逆らえない。

分かっていても……憤りを消し去ることは出来ない。ヴィトケンシュタイン家の娘はファウスティーナだけではない。エルヴィラもいる。シトリンにファウスティーナの代わりにエルヴィラを王太子殿下の婚約者に勧めてはとリュドミーラは言った。けれど、王家が欲しいのはファウスティーナ。それ以外は認められない。

「此処にもいない……っ！」

リュドミーラはファウスティーナが行きそうな場所を探し回る。じぃーっと花を見つめるのが好きなファウスティーナは、庭にいる時も多い。

念の為、庭も探したがいなかった。

邸内に戻り、一旦自分を落ち着かせるべく深呼吸をした。最初に倒れた時ファウスティーナの看病もしなければ見舞いにも行かなかった。リュドミーラ自身、ケインやエルヴィラに比べてファウスティーナにだけ厳しいとは自覚していた。生まれた時からあの子は将来王妃となると決まった子。なら、母親として自分が出来るのは王妃になるに相応しい子にすること。次期公爵であるケイン同様、かなり早い内から淑女教育、厳しく辛い王妃教育を耐え抜く為の教育を施した。何度も隠れて泣いているファウスティーナを見ていた。傍《そば》に駆け寄って慰めてあげたかった。けれど、その辛さを乗り越えてほしいという気持ちが勝ってしまい、只の一度もファウスティーナを慰めた事も褒めた事もない。その代わりをするようにシトリンがファウスティーナを慰め、褒めていた。

シトリンから何度も苦言を呈されていた。

『エルヴィラのようにとは言わないが、もう少しファナにも優しくしてあげなさい。あの子は十分努力しているよ』

ケインは歳の割に大人びており、何事もそつなくこなすので褒める部分はあっても叱る所が殆どない。

エルヴィラは……ファウスティーナを甘やかせない分を補うように甘やかしてしまっていた。ケインやファウスティーナが年齢の割に出来が良すぎるせいでエルヴィラは駄目な子の印象が強い。

違う、エルヴィラは普通の子。普通だから、上二人とはペースが違う。あの子はあの子のペースでやらせればいい。そう思っていた。

「……」

現実は違った。

ファウスティーナは母親に何か言われる度に噛み付く様に反論した。だがそれも、ベルンハルドとの顔合わせの日に倒れて以降はなくなった。その代わり、母親に対して無関心になった。顔を合わせれば挨拶はする、話し掛ければ対応はする。でも、それ以外は無関心だった。ファウスティーナに話し掛けようとしてもあの無関心な瞳を思い出し、また、何を話せばいいのか分からず出来ないでいた。

お茶会で着るドレスだって本当はリュドミーラ自身が用意したかった。だが、ファウスティーナは王妃にデザインを頼んでしまっていた。

晴れた冬空のような青銀のドレスとファウスティーナの髪色はとても似合っていた。リュドミーラは春の色を取り入れたドレスにしたかった。ファウスティーナは春の季節が好きだから。さらに、ファウスティーナはエルヴィラに対しても何処か無関心になっていた。何度かエルヴィラがファウスティーナのせいで泣いていたと思い、将来王妃になる子が実の妹を虐めるような人間にはなってほしくなくて叱っていた。叱られる度に自分は悪くないと睨んでいたファウスティーナはいなくなり、逆にもう関わるなと突き放された。それどころか、母親以外にも頼れる大人の女性はいると言う始末。思い当たる人物はいる。ヴィトケンシュタイン家に仕える使用人も当てはまるが王妃アリスの事を言っている気がしてならなかった。王妃教育が始まってから、夕食の席で毎日アリスとのやり取りを聞かされた。

お茶会当日エルヴィラに泣き付かれた際、現場を目撃していたリンスーに話を聞くもあまりにもエルヴィラが泣いて「お姉様がっ、お姉様がっ」と叫ぶのでファウスティーナが何かしたのだと判断してしまった。

その判断で……母娘の溝は深まった。

埋める機会は来るのだろうか。リュドミーラは来た道をもう一度戻ってみた。ひょっとするとファウスティーナと出会うかもしれないからと。

最初に倒れた時は出来なかったファウスティーナの看病を今回はずっとし続けていた。何を言っても言い訳にしかならないが、ファウスティーナが最初に倒れた時はエルヴィラの様子が可笑しくなっていた。寝ても覚めても怖い夢に追われている。助けてお母様と毎日泣いていた。

ファウスティーナも心配だがエルヴィラも心配。

ファウスティーナはリンスーを初めとした侍女達が交代で看病をしてくれている。エルヴィラが頼っているのは母親である自分。この子を一人にはしておけないと、エルヴィラに付きっ切りになりながらファウスティーナの容体を聞くだけとなった。これについては後からシトリンに指摘されるも、どうしてもエルヴィラを放っておけなかった。

「あ……」

ファウスティーナの部屋の近くまで来た。扉は閉められていた。違和感を覚えた。

少し前、不意に目を覚ましたリュドミーラは、こっそりとファウスティーナの様子を見るべく部屋を訪れた。しかし、眠っているはずのファウスティーナがベッドからいなくなっていた。血相を変えて部屋を飛び出した。その時、扉は閉めなかった。閉めるという動作が頭にはなかった。

音を立てないよう扉を開けて中に入った。蝋燭に灯る炎が室内の様子を映した。先程はいなかったファウスティーナが眠っている。駆け寄って額に手を当てた。熱はもう下がっている。嫌な汗も出ていない。呼吸も安定している。顔色も良い。

ほっと息を吐いたリュドミーラはファウスティーナの唇が濡れているのに気付いた。まだ目覚める気配がないと医師が診断した為ここには水差しを置いていなかった。目を覚まし、水分を求めて厨房へ行ったのではないだろうかと推測する。

「……」

きっと朝にはまた目覚めてくれるだろう。ファウスティーナの体調が戻れば、今後の事を話さないといけない。夜眠る前にシトリンはこんな事を話してくれた。

『ファナとベルンハルド殿下の婚約の件を、明日もう一度陛下と話してみるよ』

『ですが、陛下が下した決定なら貴方がいくら説得しても』

『僕と陛下は幼馴染なのは知ってるよね？　陛下の事はよく知ってるつもりだよ。あまり使いたくないけど、陛下の苦手なあの人を呼び戻すと言えば耳を傾けてくれると思うんだ』

『あ、あの方をですか？』

『うん。ああ、リュミーも苦手だったね。僕は身内だから慣れてるけどやっぱり他の人はどうしても苦手意識を持ってしまうみたいだね』

シトリンの言うあの人を苦手としない人は果たしているのか。シトリンとシリウスが幼馴染なのは同年代の貴族は皆知っている。知っているからこそ、あの人を交渉の材料に使われるシリウスに同情した。

決して悪い人ではない。ないのだが……性格と言動に問題があり過ぎるので、まともに付き合えるのは身内であるシトリンや先代公爵夫妻だけ。

「陛下が話し合いに応じて下されば良いのだけれど」

眠るファウスティーナの頬を数度撫でて、リュドミーラは部屋を静かに出て行った。――翌日、目覚めたファウスティーナはまず第一に「お嬢様あぁ～！」と泣きながらリンスーに抱き付かれた。慌てつつも、心配掛けた事を謝った。聞くと四日間眠り続けていたのだとか。前の時より日数は短くても二度目。大いに心配された。

「あ！　お嬢様が目覚めたと旦那様達に知らせて来ます！」

「その前に水をちょう……行っちゃった」

水が欲しかったものの、大慌てで部屋を飛び出したリンスーには最後まで言えなかった。次に入って来た侍女長は目覚めたファウスティーナを見て心底安堵した顔を見せてくれた。

「お嬢様、お体に異変は？」

「ちょっとだけ体が重い以外は大丈夫よ。後、お水が欲しい」

「ずっと眠り続けていたせいでしょう。すぐに持って参りますね」

丁寧に頭を下げて部屋を出た侍女長を見送ると体を後ろに倒した。

「アエリア様とお話できないかしら……」

初対面の相手に対し、久し振りに会った顔見知りのように話し掛けたアエリア。彼女はファウスティーナが探している、自分と同じ前回の記憶持ちかもしれない。どうして彼女がと考えるが、公爵家を勘当された後のことは知らないし覚えていない。もしかすると自分が死んだ理由をアエリアは知っているかもしれない。

それに、二度も倒れ眠り続けたのだ。王妃からの評価が良かろうと体調が不安定な令嬢を何時までも王太子の婚約者にはしておかないだろう。

もうすぐリンスーが呼んだ父シトリンが来てくれる。その時に聞こう。ベルンハルドとの婚約がどうなるか。また、万が一婚約継続と返されたらこんな体で次期王太子妃を務める自信がないと言い切るのだ。

「……これよ。泣いて直談判するよりよっっっぽど効果的よ。よし、これでいこう」

ベッドの中で早く父が来ないかと待ちわびるファウスティーナだが、この後、婚約は継続、解消は決してしないと王が決定を下したとシトリンに告げられて暫く石化したのは言うまでもない。

自身に与えられている部屋に入った執事ヴォルトは扉を閉めると鍵をかけた。仮眠を取りたいと上司の執事長にお願いしたので誰か訪ねてくることはないかもしれないが万が一ということもある。

眼鏡を外した。レンズが反射して窺えない瞳の色は、この国では大変珍しい薔薇色だった。

「あ、はは……ほんっと……面白いよね、この家の人達」

普段のヴォルトの声とは全く違う他者の声。発しているのは、間違いなくヴォルト本人。

彼はテーブルに近付き、置いてある水差しとタオルを取った。

タオルに水を染み込ませ、丁寧に顔を拭いた。施していた化粧を取ったのだ。

次に、自身の黒髪に手を伸ばすと思い切り引っ張った。鬘《かつら》の下から現れた髪の色は瞳と同じ薔薇色。左襟足だけ肩に届く長さ、右側は顎に届くくらい。アンバランスな髪型なのに、彼の恐ろしいまでの美貌を増幅させる装飾品となっていた。

ヴィトケンシュタイン家の長女が謎の発熱で倒れた。今回で二回目。原因は不明。幸いなのは、目が覚めた彼女にこれといった後遺症はなく健康に過ごせている事くらい。

ベッドに腰掛けた彼は、下に隠していた何枚かの手紙を取り出した。羅列されている文字を追い、凄絶な美貌に微笑を浮かべた。

「実行したら、あのお嬢様はどんな反応をするかな。この家の人達、特に公爵夫人なんかは傑作な顔をしてくれる気がする」

お腹を抱えて笑いたい。その時を見ることは出来なくても想像くらいは出来る。

「……でも最後は……お嬢様を貴方のところへ……」

手紙をゴミ箱へ放り投げた彼は窓越しに空を見上げた。

どこまでも続く空を、飽きるまで見つめ続けたのだった。

二十二　兄と妹（上）の小さなお茶会

「ぽへ〜……」

気の抜けた声を気の抜けた顔で漏らした。普通、体調が不安定な者を王族の婚約者にしたままにするだろうか。相手は王太子。この国を統治する未来の王でもある。重責を担う王太子を支える王太子妃も相応の実力と家柄、そして健康が要求される。

ファウスティーナはどうすれば婚約者の座から外されるか考える。

王妃主催のお茶会で倒れてから二カ月が経った。意識を失っている間見た過去の夢。やはり前回もお茶会はあったのだ。そこでエルヴィラのドレスを汚し泣かせたのはファウスティーナであった。今回はフワーリン公爵家の令息クラウドの不注意によってジュースがエルヴィラのドレスに掛かってしまったらしい。フワーリン家からは既に謝罪は受けているし、シトリンやリュドミーラも受け入れている。エルヴィラだけは根に持っていたらしいがリュドミーラが新しいドレスを与えたので機嫌は直った、らしい。

らしいばかりなのは、全部ファウスティーナが目覚めてから兄ケインから聞いた話だから。

一度シトリンに、もうベルンハルドの婚約者である自信はない、何時また倒れるか不安だから婚約を解消してほしいと訴えた。

シトリンは難しい顔をした。

『ファナの気持ちも分かるよ。何度か陛下とは話してみたがファナとベルンハルド殿下の婚約は継続となった』

『ですがっ』

『言いたい事は分かる。でも、これればかりはどうしようもないんだ。ただ、ある程度此方の条件を飲んではもらった』

条件というのは、ファウスティーナの体調が安定するまでの間王妃教育をお休みする、というものであった。予想以上にファウスティーナの飲み込みが早く、努力も怠らないと評価しているアリスから、数年単位で休んでも大丈夫だろうとお墨付きを頂いた。

『でも、今後も倒れたら』

『その時はもう一度陛下に掛け合ってみるよ。だからファナ。ベルンハルド殿下との婚約の件については気にしなくても大丈夫。今は自分の体を最優先に考えなさい』

『はい……』

この時シトリンは言わずにいたが、もしも今後ファウスティーナの体調が安定せず、王太子妃になるには不十分だと判断された場合は、第二王子ネージュと婚約を結び直されることになった。

ヴィトケンシュタイン家を継いだ際聞いていた。遠い昔王家と姉妹神が交わした誓約に合致した女の子が生まれたならば、必ず王族と婚姻させなければならないと。ただし、王太子でなくても良いのだ。王家にその血を残せばいい。

ただ、生まれたタイミングでベルンハルドとの婚約が決まっただけ。

私室の机に向かって【ファウスティーナのあれこれ】を開いた。実を言うとあるイベントが目前に迫っている。ファウスティーナの八歳の誕生日である。前回起きた事を書いていく。

「えーと、確か前はベルンハルド殿下からは当日に誕生日プレゼントが届いて。でも誕生日パーティーには来てくれなかった。プレゼントにパーティーに出席出来ない旨の手紙が添えられていたんだけど、思い切り忘れてた前の私はずっと不機嫌だったわねえ。うわー嫌な奴。折角の誕生日パーティーが台無しじゃない」

ファウスティーナが主役だったので誕生日パーティーでは特に誰かに何かをした記憶はない。

後日、王城へ行った際にはベルンハルドに詰め寄った。何故誕生日パーティーに来てくれなかったのかと。思い出せば思い出すだけダメージを受けるが同じ過ちを繰り返さない為には必要な事である。

今回の誕生日は既にシトリンにお願い済みである。パーティーをしない方向で、と。

「公爵家の娘がパーティーを開かないなんてってお母様には言われたけど、今の私は一応何時また倒れるか不安な状態だからする方が却《かえ》って心配されるわ。お父様も残念そうな顔してたけど納得してくれたし、これはこれで大丈夫」

その代わり、誕生日プレゼントはしっかりとリクエストした。王妃教育をお休みするのだから、以前お願いしたコールダックが欲しいと強請《ねだ》るものの、却下された。

「期限付きのお休みだから、再開されたら私がお世話出来なくなる。……私だって分かってるわ。でもお父様が駄目って言ったら仕方ないわね」

はあ〜と大きな溜め息を吐いた。

が、駄目だった場合のお願いもちゃんと用意していた。休みの日にリンスーが開店一時間前に行っても買えなかったというお店のアップルパイが食べたいと告げた。アップルパイなら料理長に頼めば作ってもらえるがどうしてもその店のアップルパイが食べたいファウスティーナは、コールダックが駄目ならそれがいいと譲らなかった。

ドレスや宝石等は？　と聞かれたが、元々そういうものに興味はなく、必要な時にあればいいというのがファウスティーナである。

『ファナはお洒落よりも食べ物への興味が強いね』

『私の歳だったら全然問題ないですわ』

『はは。そうだね。リンスーにその店の名を聞いておくとしよう。他に欲しい物は？　アップルパイだけでは味気ない』

『そう言われても……うーん、あ、でしたら私ぬいぐるみが欲しいです！』

いいぬいぐるみのリクエストをすると苦笑されたがオーダーは通った。後は誕生日当日を待てばいいだけ。

「ふふ、楽しみ」

【ファウスティーナのあれこれ】を閉じ、机から離れてベッドの下に隠した。

さて、とベッドに座った。

「一応、王妃教育がお休みになっても普段の勉強があるんだけど、そっちも暫くお休みになったのよね。それはそれで暇だわ」

本を読むにしても興味を引く本が——

「あ、ある」

あった。

以前読もうと思って、読む時間が足りなくて諦めた、あのタイトルからしてドロドロしてそうな本。早速部屋を出て書庫室へ向かい、以前それを見つけた本棚を見た。

しかし……

「あれ？　ない」

前は此処にあったのにと落胆した。

膨大な量の本から、一冊の本を見つける高等技術はファウスティーナにはない。そんな技術がある人がいるのかさえ謎。

早々に諦めて部屋へと戻った。

読みたかった～！　とベッドにダイブした。

足をバタバタさせていると扉をコンコンとノックされた。

「ファナ」

「うが～！」

「……何やってるの」

「お、お兄様⁉」

本を読みたい衝動をベッドにぶつけていたファウスティーナを現実に引き戻したのは、妹だけど関わりありません的な冷めた瞳を寄越すケインだった。

顔だけをケインに向けているから段々と体勢がキツくなってきた。起き上がったファウスティーナは恐る恐る兄に近付いた。

「時間を持て余してるみたいだね」

「うぐっ……はい」

「なら、俺とおいで」

「何処へ行くのですか？」

「庭。天気は良いし、風もそんなにないからお茶にしよう」

「はい！」

差し出された手を握る。

兄妹の仲良しな光景を使用人達はほのぼのとした気持ちで見つめた。

「エルヴィラも呼びます？」

「エルヴィラは語学の授業を受けている最中だよ。呼ぼうと思って部屋の近くまで行ったけど止めた。珍しく文句を言わずに受けてたから」

「それがずっと続くと良いですね」

切実に。

エルヴィラとは挨拶程度のやり取りはするがそれ以外の交流はない。母とも然り。母の場合は向こうは話し掛けたいオーラ満載だが、無理に話題を作らなくても同じ屋敷に住んでいるのだからその内話す機会はある。なのでファウスティーナはリュドミーラの前や近くを通る時は視線に気付かない振りをする。

長い廊下を歩き、エントランスに来ると出入り口の大きな扉を開いて外へと出た。

「わあ！　お兄様の言った通り良い天気ですねえ。お昼寝にピッタリです」

「そういえば昔、晴れているからって芝生の上で寝てたことあったよね」

「だって、とても気持ち良かったんですよ」

「ファナだから風邪引かなかったけど、普通の人がしたら漏れなく体調を崩すよ」

「どういう意味ですか⁉」

「昔話でね、何とかは風邪を引かないってあったんだ。ファナもそれだったりしてね」

「……」

ジト目で兄を睨むも涼しい顔をしてスルーされるので無駄だった。

前回もそうだったが、ケインはファウスティーナに対しては少し毒舌で、エルヴィラには容赦の無さが目立つ。基本は優しいが二人が何かをしでかすと前述の様になる。

（前回は私が悪いのが殆どだったけど、その割にお兄様は優しかったな）

王太子の婚約者として、未来の王太子妃として、寝る間も惜しんでひたすら努力した。初対面の印象から報われない日々を送ることとなってもこれだけは譲れなかった。ギリギリまで気持ちが折れなかったのは少数ながらも理解を示してくれた人がいたから。なのに最後にその人達まで裏切ってしまった。罪悪感を忘れず、今回は手遅れになる前にベルンハルドを本当の想い人と一緒にさせる。

（婚約にケチがついた娘に次はないわ。あ、ならこの休止期間を使って貴族として生きる以外の道を探しましょう。元々、殿下との婚約を破棄したら家を出るつもりだったし）

たとえ公爵令嬢と言えど、一度婚約破棄となった娘を欲しがる家はいない。余程の物好きか高齢貴族の後妻くらいだ。

ずっと、ベルンハルドに認められたい、母に誉めてもらいたい一心で頑張っていたので自分が本当に好きな事が未だよく分からない。強いて言うならコールダックを飼いたいという気持ちがあるだけ。ファウスティーナは何となく隣を見た。前回と合わせると二十年以上見続けた兄の横顔。今は子供なので勿論幼い。

「うわっ、なに急に」

「えへへ。なんでも」

無性に抱き付きたくなってケインの腕に抱き付いた。手を繋いだまま腕に抱き付かれたケインは突然の行動に驚きながらも引き剥がそうとはせず、嬉しそうなファウスティーナを怪訝に思うだけでそのままにした。

「こういうの、殿下にしてあげなよ」

「お兄様にだから出来るんですよ」

「うわあ損な役回り」

「どういう意味ですか！」

口では嫌そうにしておきながら、じゃれてくる妹を優しく見つめる紅玉色の瞳があった。

「お兄様はどう思いますか？　私と殿下の婚約」

「どうって？」

「私は二度倒れてしまってます。お父様は、私の体調が安定するまでは王妃教育はお休みすると言っていましたが、早目に婚約を白紙に戻すべきだと思うんです」

「俺にはどうこうする権限はないよ。意見を言ってもいいなら言うけど。でもね、ファナはどうなの？」

「私ですか？」

「そう。ファナは殿下が来る度に毎回逃げ回ってはいたけど、殿下の婚約者として王妃教育は真面目に受けていた。王妃殿下が絶賛するくらいだって父上はいつも言っていた」

ファウスティーナ自身、励めば励む程婚約者としての地位が固まっていくのは感じていた。本当に嫌なら手を抜いたり、王太子から逃げるように王妃教育から逃げ回る事だって出来た。

だが、出来なかったのではない。しなかった。

王妃アリスの期待に満ちた眼差し、ファウスティーナの努力を認めてくれるあの微笑みや頭を撫でてくれる手の温もりを求めてしまった。婚約破棄を望んでいながら手を抜かないのは、前回与えられなかった温もりを求めてしまっているから――とは気付いていない、無意識にしてしまっているファウスティーナはケインに、選ばれたからには役目を全うしますと答えた。ケインはこてんと首を傾げファウスティーナの頭に頭突きをした。

「痛っ⁉」

「うん痛い。ファナ石頭過ぎるんじゃない？」

「いきなり人に頭突きをしてきたお兄様だって石頭じゃないですか！　とっても痛いです！」

「知ってたファナ？　人の頭って、一回叩く度に脳細胞が沢山死ぬんだって」

「私の脳細胞殺して楽しいですか⁉」

「俺の脳細胞も死んだよ」

「それ、どんな相討ちですか！」

「さあ。あ、着いたよ」

時折、こうやってファウスティーナをからかうのがケインである。

恨めしげな眼で睨むも促された方を見て表情が変わった。

よくリュドミーラがエルヴィラとお茶をしている庭園の広い場所に、多種類のスイーツが用意されたテーブルが置かれていた。柔らかいクッション付きの椅子は二脚。

執事服に山高帽を被った優しそうな相貌の少年がファウスティーナとケインが来ると椅子を引いた。

「どうぞ、ケイン様、ファウスティーナ様」

「用意してくれてありがとうリュン」

「いえ」

リュン＝アンダーソン。

代々ヴィトケンシュタイン家に仕えるアンダーソン男爵家の次男に生まれたリュンは、ケインよりも五つ歳上である。

青色の瞳がファウスティーナとケインを映した。普段妹（上）に小言を言ったり、訳の分からない行動やおっちょこちょいな事をして兄に叱られている姿をよく見掛けるものの、仲が良いからこその光景なんだと彼は微笑ましく思った。

リュンの引いた椅子に座ると予め用意されていたティーカップに紅茶が注がれていく。琥珀色の飲み物から発せられる湯気と芳醇な香りと目の前のスイーツ。キラキラと薄黄色の瞳を輝かせるファウスティーナに苦笑したケインは、紅茶を注いだリュンにお礼を言うとファウスティーナを促した。

「リュンが用意してくれたから、沢山食べなさい」

「はい！　ありがとうリュン！」

「いえ。そうだ、ファウスティーナ様がお好きなマドレーヌがお勧めですよ」

「わーい！」

リュンが選んだマドレーヌを受け取って食べた。

大好きなスイーツを夢中になって食べるファウスティーナと、普段と変わらない表情で紅茶を飲み、時たまクッキーを摘まむケイン。

王妃教育がお休みとなり、更に普段の勉強も休止となって時間を持て余しているファウスティーナの為にケインが計画してのお茶会だった。

そうと知るのはリュンだけ。セッティングをするのに苦労はなかった。あるとしたら、お兄ちゃんらしいことをしたがるケインをからかって絶対零度の眼差しを食らったくらい。八歳の子供がする眼差しじゃなかった……半眼で遠くを見ていると、ケインとファウスティーナの両方にお茶のお代わりを要求された。慌てず、慣れた手付きでお茶を注いでいく。

ファウスティーナももうすぐ八歳の誕生日を迎える。ファウスティーナの次はケイン、その次はエルヴィラ。一ヵ月の間隔を開けて、この三ヵ月は三兄妹の誕生日期間となる。今年のファウスティーナの誕生日にパーティーはしない。二度も原因不明の高熱で倒れてしまったのだ。何時また倒れるか不安という理由の為とリュンは聞かされている。

従者であるものの、姉妹からは歳の離れたお兄ちゃん的扱いを受けているので誕生日にプレゼントがないと文句を零される為毎年用意している。ケインも同じだとよく愚痴を聞かされる。他に吐き出す相手がいないのとリュンを信用してのことなのでケインはリュンに何でも話す。愚痴の五割はファウスティーナのおっちょこちょいな所だったり時折起こす問題行動、三割はエルヴィラの事、残りの二割はその他に分類される。

「ふふ、美味しい。これが毎日食べられるならずっとこのままでいいかも」

「毎日沢山食べて子豚になっても知らないよ？」

「子豚とはなんですか……！」

「え？　良いじゃないですか子豚。可愛いですよ。ファウスティーナ様も見たらきっと気に入ります」

「だって」

「……」

リュンは本心から子豚が可愛いから言っているのだろう。

怒るに怒れないファウスティーナは、ぶつける宛もない怒りをスイーツに向けた。一日くらい沢山食べたってどうということはない。

「リュン！　紅茶お代わり！」

「慌てて飲まなくても紅茶はまだまだ沢山ありますよ」

「リュン俺も」

紅茶を飲み過ぎて、動くとファウスティーナのお腹が苦しくなるのももうすぐ――。

二十三　姉と妹。最後に……

「あ～、お腹苦しかった……」

「紅茶の飲み過ぎですよ」

楽しいお茶会はあっという間に終わってしまった。調子に乗って何杯も紅茶を飲んだファウスティーナのお腹は動く度に中からちゃぷちゃぷという音が聞こえていた。

今は時間も経ち、最初のような苦しさはもうない。紅茶だけではないが限度というものがある。

部屋に戻り、ソファーに座っているファウスティーナは読んでいた絵本をテーブルに置いた。

「これも読んじゃったなあ。書庫室に返してくるわ」

「でしたら、私が行きます。新しい本をお持ちしましょうか?」

「ううん。もうすぐ夕食だからいいわ。あ、でも、庭にいるから時間になったら呼んで」

「はい」

数冊の絵本をリンスーに渡した。

ファウスティーナは庭に出て紫色の花を見つめた。お茶会で髪飾りに選んだアザレアが咲いていた。

ドレスが汚れないよう、スカート部分を膝裏から巻き込むようにしてしゃがんで花を見つめる。

こうして一人で花を見つめると気分が落ち着く。誰もいない場所でたった一人。普通の人が見たらどう思うのだろう。

寂しい?

一人ぼっちな子?

変わった子?

どうにも捉えられる。

「お姉様」

今日の夕食は何だろうと花を見ながら考えていたファウスティーナを呼んだのは、二ヵ月前のお茶会からまた距離が出来て必要最低限の会話しかしていないエルヴィラだった。真っ白なフリル付きのドレスを着熟《きこな》せるのはエルヴィラくらいだろう。ファウスティーナは白いドレスは自分には似合わないと思っている。それと白は小さな汚れでも目立つので、動き回るのが好きなファウスティーナが着るとすぐ汚れてしまうこともある。因《ちな》みに今ファウスティーナが着ているドレスの色は地味な紺色。動き易さを重視したシンプルなデザインである。

ファウスティーナは顔だけエルヴィラに向けた。

「どうしたの」

「お姉様。いい加減我儘を言ってお父様やお母様を困らせるのはやめてください」

「へ？」

困らせる？

エルヴィラは何を言っているのだろう。確かに原因不明の高熱で倒れ慌てさせ、困らせた自覚はある。だが、二ヵ月前の話。他に思い当たる節はないが、ひょっとすると目前にまで迫った誕生日のことを言っているのだろうか。誕生日パーティーを開かないと言ってリュドミーラに公爵家の娘なのにと苦い顔をされたことなら、それも二ヵ月前の話だ。公爵である父が納得したなら誰もそれ以上言う必要はない。

それとも、誕生日に強請ったものが問題だっただろうか？

だが、それこそ有り得ないのではないだろうか。ファウスティーナがリクエストしたのは、ぬいぐるみと平民に人気な店のアップルパイ。全然贅沢はしていない。公爵家の娘が安物を欲しがるとは……と逆に頭を抱えられたとか？　とそんな疑問が湧く。

両親を困らせている理由が見えないファウスティーナが困惑していると、エルヴィラが先に答えを教えてくれた。

「ベルンハルド様のことです！」

「殿下？」

嫌な予感。

「お身体が弱いくせに何時までも婚約者の座にしがみつくなんてみっともないですわ！　幾ら王妃様からの評判が良くても図々しいですわ。さっさと婚約者の座から降りてください！」

「……」

…………………。

…………。

……。

長い、長い、沈黙が訪れる。

目を大きく見開いて固まるファウスティーナ。黙ったままのファウスティーナにエルヴィラの苛立ちが募る。

何を言えと言うのか。というより、何を言ってほしいのか。ある程度見当はつくが口にしたら面倒。相手を逆上させない言葉を頭をフル回転して探しているが丁度良いのが見つからない。

「お父様は未だにお姉様をベルンハルド様の婚約者のままにすると言っていますが、そんなの可笑しいです！　お姉様は二度もベルンハルド様の前で倒れているのですよ！」

正確に言えば、二度目は同じ空間で倒れた、である。

「お姉様以外にもベルンハルド様の婚約者になるに相応しい相手はいます！」

「……そうね。いるわね。例えば、ラリス侯爵家のアエリア様とかね」

「え」

アエリアの名前を出すと瞬時に勢いを無くしたエルヴィラに、やっぱり……と吐きたくなった溜め息を直前に飲み込んだ。ファウスティーナ以外にベルンハルドの――王太子の――婚約者に相応しいのは、大方自分だと思っていたのだろう。また、それをファウスティーナの口から言ってほしかったのだろう。

「アエリア様は非常に優秀な方だと噂は耳に入っているもの。今後、私の健康が安定しないなら次の婚約者はアエリア様の確率が極めて高いわ」

「ま、待ってくださいっ！　何故わたしではないのです……」

「私が王太子殿下の婚約者に選ばれたのは我が家と王家が決めたことよ。詳しい理由は知らない。ただ、能力で選ぶならアエリア様が次の候補よ」

（これ全部前回を覚えてるから言えるのであって、覚えてなかったら私しか相応しい婚約者はいない！　とか断言してるわ。うん、絶対言ってる。他の誰でもない、本人が断言してるもの）

心の中で納得してエルヴィラを見た。ショックから小刻みに身体を震わせている。自分こそがベルンハルドの隣に立つに相応しい婚約者と思い込む自信は何処から来ているのか。このまま此処にいたら、この後のエルヴィラの行動次第でまたファウスティーナが悪者にされる。

花の観察を止め、立ち上がる。

「もうすぐ夕食の時間だから早く屋敷に戻りましょう」

「……お姉様は」

「ん？」

「お姉様は……どうしてわたしからそうやって奪っていくのです」

「……へ？」

本日二度目のへ？　が出た。

奪う？　何を？

「奪うって、私はエルヴィラから何も奪ってないでしょう。他人の持ち物に興味はないもの」

「嘘です！　なら何故、ベルンハルド様の婚約者から外されていないのです！」

「だからそれは」

「お姉様がお父様に泣き付いたのでしょう！　お父様は、わたしには厳しいことしか言わないのにお姉様やお兄様には甘い。特にお姉様に対しては顕著ですわ。不公平です！」

「……」

前と同じ過ちを繰り返さない。

二度と大事な人達を傷付けたくない。

だから、過ちの原因である王太子との婚約を早く破棄したい。殆どの行動が空回ってばかりながらも同じ末路を迎えたくないファウスティーナは、厳しい淑女教育にも泣き言は言わず、更に上を行く王妃教育にもへこたれなかった。婚約破棄になっても、学んだことは無駄にはならない。何時か自分に役に立つ日がくる。

エルヴィラは父に甘やかされるファウスティーナが不公平だと叫ぶ。ならエルヴィラは？　母にひたすら甘やかされ、ファウスティーナが欲しかった愛情《もの》をリュドミーラだけではなくベルンハルドからも与えられていたエルヴィラは不公平ではないのか？

（ああ怒るな。怒っちゃ駄目。ここで怒ったらどうせまた来るんだから）

思い出しても反面教師にしようと努力をして感情に蓋をしていたのに、前回の感情も合わさって身体の奥から怒りが沸き上がる。拳を作って強く握り締めた。爪が長ければ皮膚に食い込み血を流す程に。

数度深呼吸をし、無理矢理気持ちを落ち着かせる。ファウスティーナは怒気を通り越して温度の無くなった薄黄色の眼を妹にぶつけた。

エルヴィラは二ヵ月前怒らせた時以上の氷の眼差しを向けてきた姉に勢いを無くし、顔を青く染めた。

「私がお父様に頼んで殿下の婚約者の座にすがっている、そう言いたいのね？　分かったわ。私からお父様にお願いしておくわ。普段の家庭教師との勉強も満足に出来ないエルヴィラが王太子殿下の婚約者になりたいと我儘を言ってると」

「そんな言い方、あんまりです……！」

「事実でしょう。言っておくけど、王妃教育は屋敷で受けている授業よりも何倍も覚える量も多くて厳しいのよ？　貴女は出来なかったらすぐに泣いてお母様に助けを求めるけど、お城には貴女が泣いてもすっ飛んで来てくれる味方はいない。未来の王太子妃、王妃に相応しくない娘が送られてきたと逆に我が家が恥をかくのよ」

戸惑いもなく容赦のない台詞がペラペラと口から出ていく。心に溜まっていたんだろう。エルヴィラやリュドミーラに対する不満が。ファウスティーナの言葉に傷付き怖がって涙を流すエルヴィラが大声で叫び声を上げれば、リュドミーラがすっ飛んで来る。

来るなら来たらいい。

ファウスティーナは嗚咽《おえつ》を繰り返し顔を腕で覆って泣き始めたエルヴィラの横を通る。

通り過ぎる間際――

「でもお父様が以前言っていたように、苦手な勉強をエルヴィラの得意なピアノのレッスンだと思って受ければ上達していくと思う。本当に殿下のことが好きでどんなに辛い目に遭っても諦めない覚悟ならそれくらい乗り越えなさい」

無関心を装っても、前回愛しい人を奪った相手でも、血の繋がった妹。完全に切り捨てるのは無理で。辛口なアドバイスを残してファウスティーナは邸内に戻った。途中、通り掛かった侍女に庭にエルヴィラがいるのを伝えて部屋へ戻ろうとした。

「お嬢様」

途中リンスーに声を掛けられた。夕食の時間になったら呼びに来てと頼んでいた。

「もう夕食？」

「いいえ、もう少し先です。それよりお嬢様、先程のエルヴィラ様に対してのことですが」

げっ、とまずいという顔をしたファウスティーナにリンスーは眉を八の字に下げた。

「ケイン様にも言えますが、お嬢様は年齢と性格の割に妙に子供離れしている所があります」

「性格の割にってどういう意味？」

「ついついケイン様やお嬢様が大人びた雰囲気があるのでエルヴィラ様の幼さが目立ちますが、あれではまたお嬢様が悪者にされますよ」

「人の質問はスルー⁉」

何時から見られていたのか不明なので聞いてみると、エルヴィラの不公平発言辺りから見ていたらしい。リンスーはエルヴィラの荒くなった感情的な声を聞き、気になって庭へ来た。盗み聞きしてしまったことを詫びられるもファウスティーナは首を振った。

「誰に聞かれたって文句はないわ。お母様に聞かれててもね。でも、そう言われても今更変えられない。お兄様は公爵家の跡取り、私は王太子殿下の婚約者って決められていたから、普通の子達よりもずっと早く教育が始まったもの。あれでエルヴィラがお母様に泣き付いて私が悪者にされても私は何とも思わないわよ。それこそ今更だしね」

「お嬢様……分かりました。でしたら、私からはこれ以上は何も言いません」

「うん」

「けれど、お嬢様に伝えておかなければならないことがありまして」

「何？」

「先程のお嬢様とエルヴィラ様のやり取り、ケイン様も聞いていました」

「……へ？」

本日三度目のへ？　が出た。

「隅の方で息抜きをされていた時お二人の声が届いたらしく、私が盗み聞きをしている場所にいらっしゃいました」

「い、一緒に聞いていたの？」

「はい。お嬢様が邸内に戻るのを見届けるとエルヴィラ様の所へ行かれました。きっと慰めているかと」

「……」

エルヴィラを慰め終わったら次はファウスティーナの所へ来る。説教はないかもしれないが何を言われるか予測は不可能。

部屋に戻るか、書庫室に逃げるか、それとも別の部屋に逃げるか――。

ぐるぐる、ぐるぐるぐると逃げ場所を思案していれば「ファナ」と背後から聞きたくない声が。恐る恐る振り返ると普段通りの涼しい顔をした兄ケインがいた。

「お、お兄様」

「ファナ」

近付いたケインは手を伸ばした。先にはファウスティーナの手がある。大きさの変わらない手を掴まれた。

「手。ずっと握ったままだと傷付けるよ」

「あ……」

言われて気付いた。ファウスティーナはずっと手を握り締めたままにしていた。開かれた掌《てのひら》は真っ赤だ。

「爪が短くて良かった。長かったら最悪血が出ていたからね。エルヴィラには、ファナにあれだけ言われても泣くだけなら、寝言は寝てから言いなさいって言っておいたから」

「……」

ファウスティーナもファウスティーナだが、ケインもケインでキツい。

次に何かあれば、父だけではなく兄にも甘やかされていると罵倒されそうだ。

　ケインなりに発破を掛けたつもりだろうが後が怖い。しかし、そこはもうエルヴィラを信じるしかない。ケインの言った通り、あそこまで言われて泣くだけで終わるなら王太子の婚約者など所詮夢の話。


「まあ、起きていたら寝言とは言えないね」

「そうですよ。寝ている時に言うから寝言なんです」

「そうだね。ああそうだ。ファナに手紙が届いてるよ」

「手紙ですか？」

「うん。ラリス侯爵家のアエリア嬢から」

「！」


　アエリアの名を聞いた途端身体が強張った。

　手紙はリンスーが持っており、その場で受け取り封を切った。内容はファウスティーナをお茶会に招待したいというもの。アエリアは恐らくそこにファウスティーナしか呼んでいない。

　嘗てのライバルも前回の記憶持ち。彼女が覚えていることを知りたいと願っていたファウスティーナにとっては舞い込んできた機会《チャンス》。


「どうする？」

「行きます！　すぐに承諾の返事を書きます！」

「お嬢様⁉」


　ピューンと走り出して部屋に戻り、大急ぎで返事を書き終えると追い掛けてきたリンスーに手紙を渡した。

「はい！　書けたわ！」

「もうですか⁉　お嬢様はラリス侯爵家のご令嬢と面識はなかった筈ですが……」

「いいから早く！　お願いねリンスー！」

「は、はい！」

疑問を抱きながらも、迫力ある表情に気圧《けお》されてリンスーは頷くしかなかった。

（アエリア様が何を考えているか知らないけど、やっと見つけた私と同じ記憶持ち。どんなことを覚えてるかにもよるけど、私が死んだ理由をアエリア様なら知ってそうな気がする）

その他にも公爵家勘当となったファウスティーナが知らないその後も知っている筈。知りたい。ベルンハルドとエルヴィラが婚約したのか、エルヴィラが王太子妃になったのか。ケインやネージュのその後も知りたい。

手紙を受け取ったリンスーが去って行く後ろ姿を、ファウスティーナは満足げに見届けるのであった。

●○●○●○

――その日の真夜中、王城にある王太子の部屋。

王妃主催のお茶会明けから体調を崩し、ずっと寝込んでいたネージュも漸く安定した。夜眠る前にお気に入りのクマのぬいぐるみを抱えて兄ベルンハルドの部屋を訪れた。

「兄上。一緒に寝てもいい？」

「いいよ。けど、ちゃんと誰かに伝えてから来たのか？」

「うん。ラピスに言ってあるよ」

専属の侍女にきちんと伝えてベルンハルドの部屋に来たようだ。丁度寝るところだったベルンハルドはベッドの上で読んでいた本を閉じたばかりだった。おいでと隣を叩かれ、そこへ座った。本は枕の横に置いて、幼い二人の王子は仲良く眠りに就いた。

数時間後――。

不意に目を覚ましたネージュは上体を起こして、抱いて眠ったクマのぬいぐるみを暗闇の中じっと見つめた。このクマのぬいぐるみは特注品で五歳の誕生日プレゼントとしてネージュが強請ったものだ。暗闇の中でも光る薄黄色の瞳には本物の宝石《シトリン》が使用されている。クマのぬいぐるみの色は空色。

「ふふ……」

長く見つめた後ぎゅうっと抱き締めた。

「今度は絶対に奪われたりしないよ」

隣に眠るベルンハルドを無情の紫紺の瞳が射貫《いぬ》く。

「兄上もちゃんとエルヴィラ嬢を好きになってね？　最後まで……。ファウスティーナを捨てたのは兄上なのに、どうして捨てられたような顔をしたんだろうね」

当時の事情を全て把握しているネージュは、兄の紫がかった銀糸に触れた。

「ねえ兄上……ぼくのお願い、叶えてね。ファウスティーナを欲しいのはぼくなんだ。兄上が欲しいのはエルヴィラ嬢。これは変えちゃいけないんだ」

手をベルンハルドの髪から離して再び寝転んだ。何も見えない暗闇を視界に映した。

――だって、兄上とエルヴィラ嬢は〝運命の恋人たち〟なんだもの。

二十四　元ライバル令嬢との会話は静かでした

桃色一色の部屋に花柄のベッド、ソファー、テーブルクロス、ベッドに置かれているウサギのぬいぐるみ。可愛いものの大好きが強く主張されている室内にて、朝からずっとそわそわと落ち着かない様子でうろうろするのは、部屋の主であるアエリア。ドレスもピンクゴールドの髪に似合う薄いピンク色。

今日はファウスティーナが来る。先日出した手紙の返事は了承だった。自分で出しておきながら、いざ本人が来る当日となると気分が落ち着かなかった。

今日ファウスティーナと会うのをあの第二王子は知っている。何しろ、ファウスティーナに会えという指示を出したのは彼だ。二カ月前の王妃主催のお茶会で第二王子ネージュにお友達認定されたので、彼から手紙が届いても家の者は騒がなかった。予め、ラリス侯爵家から王家にアエリアは王族以外に嫁がせると伝えてあるので、アエリアとネージュが婚約させられることはない。母ノルン＝ラリスは、王国で最強と名高い辺境伯家の長女。辺境伯家を敵に回したくない王家はラリス侯爵家の願いを聞き入れるしかなかった。

貴族なら知っている。ヴィトケンシュタイン家に女神と同じ容姿の娘が生まれたら、必ず王族との婚姻が結ばれると。公にはされていないがファウスティーナがベルンハルドとネージュ、どちらかと婚約していると思われている。そのファウスティーナが原因不明の高熱で倒れた。幾らヴィトケンシュタイン家でも体調が安定しない令嬢を王太子の婚約者にしたままなのは不安だ。他の貴族の家は、ここぞとばかりに自分の娘を王子達の婚約者にと王に勧めている最中だ。

その中でラリス侯爵家は娘を王子に嫁がせることは絶対にしないと告げた。

本音で言うとアエリアにこそ王太子妃になってほしいラリス侯爵だが、それでは愛する妻に世界で一番だと言っても過言ではないクッキーを二度と作ってもらえない、愛娘のアエリアには目も合わせてもらえないとなると諦めるしかなかった。片腕で目元を覆って涙を流すラリス侯爵を双子の息子達は慰めた。

そわそわ、そわそわ。

何度時計を確認しても一向に時が進まない。すぐに確認するからそう見えるだけで実際にはちゃんと進んでいるのだが。

アエリアは心を落ち着かせようと大きく深呼吸をした。何度か繰り返し、少し落ち着きを取り戻した。

桃色のソファーに座り、一緒に座らせているお気に入りのウサギのぬいぐるみを抱いた。

「落ち着け、落ち着くのよアエリア。貴女はアエリア＝ラリス。こんなことで心を乱してどうするの。らしくもない」

自己暗示をかけ平静を保つ。

アエリアがファウスティーナに聞きたいことは山のようにある。

一番聞きたいことは。

ファウスティーナが自分が何時死んだかを覚えているか、だ。

これを覚えているか、覚えていないかで話は変わってくる。

アエリアは覚えている。

若干朧気《おぼろげ》な部分はあるものの、ファウスティーナがいなくなった後のことを覚えている。

全部を知っている訳じゃない。

それを知るのはネージュと、あと……。

「……絶対に王太子の婚約者の座から蹴り落としてやるわ」

だが、次の王太子の婚約者の座に自分が、とはならない。

あのエルヴィラ《スカスカ娘》が収まったらいいと思うものの、そうなったせいで前回自分は側妃として無理矢理王太子に嫁がされ、要らない苦労を背負った。王太子妃となったエルヴィラが処理しなければならない書類、手配等は全てアエリアがした。

ラリス侯爵もアエリアを守ろうとしたものの、結局無理だった。当時、母ノルンの生家である辺境伯家で、ある問題が起きていたからだ。それを解決する代わりに王家はアエリアを寄越せと要求した。

「側妃になったとは言え、バカ王子はスカスカ娘に夢中で初夜も何もなかったから、仕事以外では楽だったわね」

　王太子妃の代わりに執務を熟すだけだった。なので、妻としての役目を求められることはなかった。あっても全力で拒否しただろうけど。

王城での生活も悪いことだけではなかった。お喋りだが仕事を手伝ってくれていたネージュや王妃アリスの気遣い。特にアリスは、ベルンハルドの仕出かしたことに非常に腹を立てていて、ファウスティーナから婚約者の座を奪ったエルヴィラに一切の優しさは見せなかった。アエリアには本来エルヴィラのすべきことを肩代わりさせている罪悪感から、何かあった時の為にと色々と力になってくれた。

——ネージュに対する感謝は、その本性を知った瞬間幻となって消えるが。

アエリアはウサギのぬいぐるみを抱き締める腕の力を強めた。

「でも……もしファウスティーナが前回のことを覚えていながらまだ王太子を好きだったら……私《わたくし》のしようとしていることは全部無駄に終わるのでは……」

一抹の不安を抱きながら待っていると、使用人がファウスティーナの来訪を報せに部屋を訪れた。

「お嬢様。ファウスティーナ様がお見えになりました」

「分かったわ」

ウサギのぬいぐるみをソファーに置き、前回ライバル関係にあった令嬢を迎えに行った。

玄関へ向かう際、双子の兄達がこっそり様子を窺っているのを目撃した。お茶会の場で初対面の相手に刺《とげ》のある話し方をしたのを余程気にしているらしい。

アエリアが目を向ければ兄達は素早く姿を消した。

無駄に身体能力が高いのは多分母方の血のせいだろう……。

●○●○●○

ファウスティーナは緊張していた。

目の前に座るアエリアに。

彼女が自分と同じ記憶持ちだとは直接は聞いていないが、あのお茶会での発言で確信していた。

今日は付き人も付けず、一人でラリス侯爵邸を訪問した。ファウスティーナが一人で来ると予想していたアエリアも、お茶のセットを運ばせると使用人を応接室から追い出した。室内にいるのはファウスティーナとアエリアだけ。

ファウスティーナの前にはオレンジジュース、アエリアの前にはラリス領で作られた茶葉で淹れられた紅茶。砂糖をたっぷりと入れた紅茶をアエリアは優雅に飲む。

「召し上がらないの？」

座ったまま微動だにしないファウスティーナに問う。

「頂くわ。でもその前に、アエリア様。貴女に聞きたいことがあります」

「そう慌てなくても私《わたくし》は逃げも隠れもしませんわ」

「じゃあ頂きます」

「……」

開き直ったファウスティーナはオレンジジュースの入ったグラスを持って飲んでいく。

ジト目で見てくるアエリアの視線をものともせず、ピョロンと一本だけ垂れている前髪が邪魔ではないのかと思いつつ、ファウスティーナは再び口を開いた。

「貴女は私が知るアエリア様で間違いないですか？」

「それはどういった意味で？」

「……前回の、王太子妃の座に拘っていたアエリア様です」

「ええ。合っているわ」

「……」

アエリアは前回の記憶を持っている。

これは確定した。

紅茶を飲んだアエリアはティーカップをテーブルに置いてファウスティーナを真っ直ぐと捉えた。

「私《わたくし》からも聞きたいわ。ファウスティーナ様。貴女は何を覚えていらっしゃいますか？」

「何を？」

「ええ。貴女が過去にしたこと、王太子殿下に婚約破棄をされて公爵家を勘当されたこと、色々です」

「ほとんど覚えてるわ。エルヴィラを殺そうとして、でも失敗して、お父様や王妃様の嘆願で法に裁かれる代わりに家を勘当されたことも」

「他には？」

「勘当された後は、お兄様が持たせてくれたお金で街の何処かの宿に泊まった」

「そこからは？」

「覚えてない。寝て、起きたら殿下との初顔合わせの日に戻ってた」

「……つまり、ご自分がどうして死んだかは知りませんの？」

「全然。……やっぱり、私死んだのね」

覚悟していたが、いざ言われると凹んだ。

ファウスティーナはオレンジジュースを飲み、アエリアに乞うた。

「アエリア様。私の死んだ理由を教えてください」

「知らないわ」

「え」

「知らないわよ。私《わたくし》、風の噂で貴女が死んだと聞いただけだもの。どうして死んだかまでは知らないわ」

「そ、そうですか」

考えてみればそうだ。貴族籍を抜かれ追放された元公爵令嬢と現侯爵令嬢。ファウスティーナとアエリアの住む世界は大きく変わった。関わりを持たないアエリアにどうしてファウスティーナの死の原因が知れる。

自分が死んだ理由をアエリアなら知っていると期待していただけに、知らないと返され肩を落とす。

目に見えて落ち込むファウスティーナに喉元までせり上がった言葉を無理矢理飲み込んだアエリア。目の前で落ち込み続けられるのも鬱陶《うっとう》しいので違う話をした。

「でも、貴女がいなくなった後の周りのことくらいなら話せるわよ」

「あ、それでも良いです！　殿下やエルヴィラのその後が知りたい！」

「先ず、バ……王太子殿下と貴女の妹の婚姻の儀が行われたのは一年後。彼女の貴族学院卒業を待ってからとなったわ」

「うん」

「貴女の兄君も一年後に爵位を継いで新公爵となったわ」

「そっか。流石お兄様だわ」

ケインが無事父の跡を継いで公爵になっていたのを知りファウスティーナは嬉しくなった。

「でも、その代わり先代公爵夫妻は早々に領地に引っ込んだと聞いたわ」

「え？　どうして。お兄様は優秀だけどいきなり一人で公爵の仕事をするのは難しいんじゃ。どうしてお父様達は早々に領地へ……」

「さあ？　詳細は私《わたくし》も知らないわ。ただ、事実を言っているだけよ」

「そう……。ねえ、貴女はどうしたの？」

「私《わたくし》？　ス……貴女の妹の代わりに執務を熟す為に王太子殿下の所に側妃として嫁がされたわ」

「‼」

プライドの高い彼女が側妃？

それもエルヴィラの仕事の肩代わりをする為？

王太子妃としての能力がないエルヴィラの代わりとして、側妃となったアエリアが仕事を処理していったとか。姉として申し訳なくなった。ラリス侯爵がよく了承したなとは思うも、それ以上はラリス侯爵家と王家の問題になるだろうと敢えて聞かなかった。

「私《わたくし》からも聞いて良いかしら？」

今度はアエリアがファウスティーナに問う。

「前のことを覚えているなら、当然殿下から受けた仕打ちも覚えているわよね？」

「……うん」

「どうして未だに婚約者の座に収まったままなの？」

「……」

彼女なら幾らでも理由を作って婚約者の座を辞したいと訴えられるだろうと考えるも、すぐに発言を取り消そうとした。自嘲気味な笑みを作ったファウスティーナはそのアエリアの声を遮った。

「前の十一年間。ずっと殿下を好きだった。刷り込まれた気持ちを消すのって、簡単には出来ないのよ」

「……」

アエリアは黙ってファウスティーナの話に耳を傾ける。

「記憶を取り戻して、今回は殿下に穏便に婚約破棄をしてもらう為に動いたつもりだけど全然。空回ってばかり。エルヴィラに何もしないだけで殿下に嫌われずに済むなら……なんていうのもちょっとだけ考えたりもした。でも、やっぱりあの二人は結ばれる〝運命〟にあるんだと……改めて実感した」

「……例えば？」

「うん？　うん。初対面でも会話が弾んだり、私といる時よりエルヴィラといる方が殿下は嬉しそうだったり、後はこの前の殿下の誕生日パーティーでエルヴィラに見惚れてたり、かな」

「……」

またアエリアは黙った。

前と同じだ。ファウスティーナはベルンハルドにひたすら嫌われていても視線はいつもベルンハルドを追っていた。

ファウスティーナの口にした〝運命〟という単語に背筋が凍りついた。

ネージュの嗤う姿が脳裏に蘇る。彼はよくベルンハルドとエルヴィラを〝運命の恋人たち〟と称していた。

そして——

「ベルンハルド殿下とエルヴィラは〝運命の恋人たち〟なのよ。だから、何もしなくてもあの二人は惹かれ合うのかもしれない」

ファウスティーナの口からもそれは出てしまった。

半分残っている紅茶を飲み干したアエリアの口内が潤うことはなかった。カラカラに乾いた状態で声を発した。

「本気でそう思ってるの？」

「ええ」

「そう……。なら、ファウスティーナ様。貴女には王太子妃になる気はないということ？」

「そうよ。でも、今のエルヴィラだとてもじゃないけど殿下の婚約者に選び直される可能性は低いの。今日、アエリア様の招待に応じたのは」

「ごめんね」

「へ」

最後まで言い切る前に台詞を予想外な言葉で遮られ、ファウスティーナはきょとんと首を傾げた。

「私《わたくし》、もう王太子妃の座には興味ないの。元々、あの王太子を好きだった訳でもないし」

「顔を合わせる度に人に嫌がらせしてきた貴女が……?」

「お互い様よ。とにかく、私《わたくし》は王太子妃にはならないし、興味もないわ。それにラリス家は王族との婚姻は絶対にしないと辞退もしたわ」

王家との婚姻は貴族にとっては非常に有益な話。

ヴィトケンシュタイン家は王家と姉妹神が交わした誓約の為にファウスティーナを王家に嫁がせなければならないという立場だが、王族と姻戚関係を結びたい貴族家は山のようにあるだろう。

前回アエリアは王太子との婚約に執着していたので、意外過ぎるその話に目をパチクリさせるファウスティーナ。

「貴女本当にアエリア様? 私が知ってるアエリア様と全然違う……」

「それは私《わたくし》の台詞よ。……でも、今の貴女が本来の貴女なのかしら」

ベルンハルドに振り向いてほしくて、認めてもらいたくて、報われない努力を必死にしてきたファウスティーナをライバルだったアエリアはよく見てきた。王太子に見向きもされない嫌われた婚約者と陰で笑われながらも、ファウスティーナは決して手を抜かなかった。唯一の過ちは嫉妬でおかしくなってエルヴィラに危害を加え続けたことくらいだろうか、とアエリアは考えるが、本人に言わせると追加で性格の悪さが挙げられる。

二人の飲み物が空になった。呼び鈴を揺らしたアエリアが部屋に入った侍女に紅茶とオレンジジュースのお代わりを要求した。手際よく侍女が紅茶とオレンジジュースを注いだ。

「ありがとう」

「ありがとうございます」

仕事を終えた侍女が一礼して部屋を出ると再び会話が始まった。

「ネージュ殿下はあの後どうなったの？」

一瞬アエリアの身体が強張ったのを見逃さず、体調に異変が起こったのかとファウスティーナは焦った。とても親身になってファウスティーナを気に掛けてくれたネージュは幸せであったと聞きたい。恐る恐る声を掛けるとアエリアは平静を装い話した。

「ネージュ殿下は貴女が公爵家を勘当されてちょっとしてから体調を崩されたけどすぐに元気になったわ。私《わたくし》も暇ではなかったから、ネージュ殿下とは頻繁には会ってなかったけどいつも元気そうだったわ」

「そっか……良かった」

心底安堵した表情を浮かべるファウスティーナを、紅茶を飲む振りをして観察する。元が整っているから、本心からくる笑顔は非常に綺麗でどんな宝石や花にだって負けていない。真正面から見つめたのは初めて。アエリアが知る限り、当時のファウスティーナがこの笑顔を向けていたのは兄ケインにだけだった。常に不機嫌で笑っても相手を見下すような嫌な感情が多分に含まれていた笑顔とは比べ物にならない程に――綺麗だと言える。それをベルンハルドにも向けていれば、違う未来があったのでは？　と口から出かかるもエルヴィラしか見ていなかった当時の彼が彼女を見る筈もなかった。

美味しそうにオレンジジュースを飲むファウスティーナには話さないでおこうと決める。最初に聞かれた、彼女が死んだ理由。元々、今日は言うつもりはなかった。日を改めて話そうと思っていたが——止めた。話してはいけないと直感が警鐘を鳴らす。ネージュが寄越した手紙に死亡理由を話してはならないという旨は書いていなかった。

言わないのはアエリア自身の意思。

「ねえアエリア様」

不意に話し掛けてきたファウスティーナは綺麗な笑みを浮かべながらこう告げた。

「私達がどうして前の記憶を持ってるかは分からないけど、これも何かの縁。お互い王太子妃の座に興味がないなら、お友達になれないかな？　私、自分で言うのも何だけどお友達って少なかった気がするの」

「あれだけ苛烈《かれつ》な性格の貴女とお友達になりたいっていう物好きはいないわよ。余程の度胸と下心がないと無理よ」

「うぐっ……人の古傷に塩を塗らないでよ」

「事実よ」

——でも……お友達……ね。

「……まあ、いいわ。ライバルじゃない貴女と関わるのは楽しそうだもの」

ファウスティーナは内心断られるのではないかと危惧していただけに、頷いてもらえてとても安心した。良かった、と胸を撫で下ろすファウスティーナを見ながら、アエリアの新緑色の瞳はずっと遠い所を見ていた。

●○●○●○

「へえ……話さなかったんだ」

――夜。

伝書鳩が届けてくれた手紙をベッドの上で読むネージュ。達筆で書かれた手紙を読み終えると折り畳み枕の下に置いた。翌朝回収すれば問題ない。ベッドに寝転んだネージュは「ふふ」と微笑んだ。

「ぼくは話しちゃいけないとは書かなかったのに。言っちゃえば良かったのに。アエリアが知っているのは結末だけ。何故そうなったかの経緯は知らないから、ぼくは書かなかった」

あーあ、と声を出し、でも、と瞳を閉じた。

「ファウスティーナは兄上とエルヴィラ嬢は今回も惹かれ合ってるって思ってるんだ。そっか。兄上には、ファウスティーナよりもエルヴィラ嬢が相応しいと誘導しよう。どうせファウスティーナだってそうするよね。アエリアも、ファウスティーナと兄上の婚約破棄を願ってる。……うん、よし、ファウスティーナの誕生日プレゼントに未だ悩んでる兄上に前と同じ物を贈ってもらおう。きっとファウスティーナはそれで更に、兄上はエルヴィラ嬢のことが好きだと思ってくれるよね」

子供が面白い悪戯を思い付いて誰かに披露したい時のような様子でベッドから降りた。向かうのはベルンハルドの部屋。扉の前で待機していた騎士はネージュが出てきて驚くも、怖くて眠れないから兄上の所に行くよ、と言えば苦笑しつつ案内してくれた。ベルンハルドはまだ起きている時間だ。

騎士に続いてベルンハルドの部屋へ向かうネージュは、ふと忘れていたことを思い出した。

（そういえば、アエリアの手紙にはファウスティーナの記憶が結構あやふやっぽいって書いてあったな。当たり前だけど、何を覚えているかもうちょっと情報が欲しかったな）

二十五　誕生日当日の朝

——好きな相手からのプレゼント程嬉しいものはない。それが誕生日プレゼントとなると特に。

朝起床したが、まだ少し早かったのか外は薄暗い。太陽を雲が覆い隠していた。頬を両手の人差し指でツンツン突き、幾分か意識をはっきりとさせたファウスティーナは、ベッドから降りて下に隠してあるノートを引っ張り出し、大きな欠伸をしつつソファーに腰掛けた。ページを捲っていく。八歳の誕生日パーティーの時の様子を書いたページに目を通していくが、今回パーティーはしない。なのであまり役に立たないのだ。一応、重要な項目としてはベルンハルドからのプレゼントくらいだろうか。前回は可愛い花の刺繍が施された真っ白なリボンだった。ベルンハルドからのプレゼントが嬉し過ぎて毎日それで髪を結んでいた。ファウスティーナは自分の髪を一房手に取った。

「髪の色的には合ってても、やっぱり私に白は似合わないわ」

前回は初対面の印象が悪くて早くから嫌われていた。嫌いな相手でも婚約者となったからには誕生日プレゼントは贈らないとならない。勘当される十八歳までプレゼントは届いたがどれもベルンハルドが選んだ物じゃないことくらい今のファウスティーナには分かる。

「あっはは～。まあそもそも、途中から殿下からのプレゼントに何が贈られてきたかあんまり覚えてないのよね……」

それに、である。感想を言わなくても、身に着けていなくても、ベルンハルドから何か言われた覚えはない。

どこまでも、どうでも良かったのだ。ファウスティーナのことは……。

視界に入るだけで瑠璃色の瞳に睨まれ続け、声を掛けようものなら他者が聞いたら震え上がる程の冷気に満ちた声色で返された。めげずにベルンハルドに接触し続け、声を掛け続けた前の自分の精神力に拍手を送りたい。

「今の私じゃ絶対無理……」

そんなことをするくらいなら自分から婚約破棄を申し出る。一度ベルンハルドに好きな人が出来たら何時でも婚約破棄をしていいと言ったものの、彼は王太子。そうほいほい婚約者を変更することは無理である。

「やっぱり、私の後にエルヴィラが選ばれたのは殿下に愛されていたからだもの。それが大きいのよねえ……」

ノートを閉じ、再びベッドの下に隠したファウスティーナはリンスーが起こしに来るまでにはまだ時間があるからと庭に続く窓を開けた。冷たい空気がファウスティーナの肌に触れる。

「今日は八歳の誕生日、か……」

前回勘当されたのは十八歳。貴族学院に入学するのは十五歳。

貴族学院に入学するまでにはベルンハルドとの婚約を破棄したい。

相変わらず良案は思い付かない。一番の近道は前回のようにエルヴィラを虐げることだ。婚約破棄と公爵家勘当がセットだが。

「うう……勘当されるのだけは嫌。何とかして、早く殿下にエルヴィラが好きだと気付いてもらわないと」

眼前に咲き誇る花々を眺め今日も考えるのであった。

それから、リンスーが起こしに来た。普段より早く起きて外を眺めているファウスティーナに驚きながらも今日は年に一度の特別な日だから待ちきれなくて早起きしたのでしょうと言われるも否定しなかった。嘘でもないので。リンスーに髪を梳いてもらい、普段着のドレスに着替え部屋を出た。

行き交う使用人達にお祝いの言葉を貰った。素直に嬉しいと感じられる。もちろん一番最初にくれたのはリンスーである。

前を歩くリンスーが顔を少しファウスティーナの方へ向けた。

「お嬢様の次はケイン様のお誕生日ですね」

「そうだね。エルヴィラやお兄様のお誕生日は例年通り誕生日パーティーは開くわよね」

「お嬢様の誕生日だけパーティーを開かないことに奥様は納得していませんでしたから、きっとエルヴィラ様やケイン様の時はお嬢様の誕生日パーティーを補う意味でも盛大にしてしまうかと」

「仕方ないわ。今の私は体調が不安定で何時また倒れるか分からないもの。パーティー当日に主役が倒れたら大変でしょう」

残念そうな顔をしていたシトリンも今回は仕方ないと納得していた。ただ一人、納得していない人はいたが当主が決めたのだからそれ以上はあまり言わなかった。

食堂の前に着くとリンスーが扉を開けた。中には既にファウスティーナ以外の家族が揃っていた。

「おはようファナ」

「おはよう御座いますお父様」

まず一番にシトリンと朝の挨拶を交わす。次に母リュドミーラ。何か言いたそうな顔をしているが気にすることなく、次はケインに挨拶をする。ここでん？　と首を傾げた。

「あれ？　エルヴィラはどうしました？」

エルヴィラだけいなかった。

「エルヴィラ様は今日はご気分が優れないと、まだお休み中です」

答えたのはエルヴィラ付の侍女トリシャ。焦げ茶色の髪を後ろに一括りにし、同じ色の瞳が特徴の垂れ目な女性。

「そっか」

この間の件もあってファウスティーナの誕生日の朝からは顔を合わせ辛いのだろう。その内外に出てくるだろうとエルヴィラのことは頭の隅に追いやった。

ファウスティーナ、と普段愛称で呼ぶシトリンがフルネームで呼んできた。

「八歳の誕生日おめでとう。ファナの欲しがっていたぬいぐるみだよ」

「わあ！　ありがとうございます！　お父様！」

控えていた執事長から大きな箱を受け取ったシトリンはそれをファウスティーナに手渡した。空色の包み紙、薄黄色のリボンで結ばれた大きな箱を嬉しげに見つめ、頬ずりした。ずっと楽しみにしていたぬいぐるみ。

全身から嬉しいオーラを放出するファウスティーナを慈しむように見つめていたシトリンは、もう一つの誕生日プレゼントであるアップルパイはおやつの時間に食べなさいと告げた。

「夜は料理長の作った特大ケーキがあるからね」

「ふふ。誕生日にしか見られないケーキですもの。アップルパイもですがケーキも楽しみですわ」

まだ朝食を食べていないのに、もうアップルパイが楽しみでならないファウスティーナを微笑を浮かべて見つめるリンスーは、この件《くだん》の店にアップルパイを取りに行く予定である。事前に店に行き、誕生日当日にアップルパイが買えるよう予約していた。公爵令嬢がご所望ということで大変恐縮されたが特別感が好きじゃないファウスティーナの為に、飾り付けは普段通りでお願いしますと付け加えた。

「リンスー。プレゼントを私の部屋に運んでおいて」

「はい」

「今見ないのかい？」

「朝食の後のお楽しみにします」

「ファナ」

おいでと手招きされケインに近付くと、お祝いの言葉と一緒にファウスティーナの髪の色と同じ包み紙でラッピングされた一冊の本をプレゼントされた。

「ありがとうございます！　どんな本ですか？」

「『落ち着きのある令嬢の心得』」

「うぐっ」

「嘘だよ。ファナが好きそうな内容だから、後で読むといいよ」

「もう……」

どんな日でも兄は通常運転である。

ジト目で睨めば頭をぽんぽんと撫でられる。いつもなら髪が乱れると怒るが今日は特別な日なのでそのままにした。リンスーが持つ箱の上に本を置くとリュドミーラの硬い声がファウスティーナを呼んだ。

振り向くと緊張しているのか、表情まで硬い。母親が娘に対しこうも緊張するのはきっと……。

「誕生日おめでとう」

「はい。ありがとうございます」

「これは私からです。……使うも使わないも貴女の自由よ」

そう言って渡されたのはぬいぐるみの入った大きな箱と比べるととても小さい箱。

何故か、リュドミーラからのプレゼントだけは気になってこの場で包み紙を開いて箱を開けた。

「……」

中身は紫色のアザレアを模した髪飾り。意外だった。ファウスティーナには春の色が似合うと毎回ピンクなどの可愛らしい色を強要していたリュドミーラが紫色を選んだ。王妃主催のお茶会でファウスティーナが着けたアザレアの色は紫色。あれを見て紫を選んだのだろうか。

小振りで派手さを抑えているが、かといって地味でもない。動き回るのが好きなファウスティーナに配慮して邪魔にならない程度の装飾しかない。派手好きのリュドミーラからするとかなり控えた方である。

髪飾りを手に取って意外そうな顔を向けてくるファウスティーナにリュドミーラはつっかえながらも言った。

「あ、貴女が、自分が似合う色だと言っていたから、そ、その色にしただけよ」

「……」

あの時の言葉を覚えていてくれた。

胸がじんわりと温かい。この感覚はなんだろうか。

前回の八歳の誕生日は何を貰ったか。覚えていない。

何故覚えていないかは取り敢えずは措《お》いておく。プレゼントを覚えていなくても、未来に関わるような重要項目は無かった筈。

ファウスティーナは髪飾りを取り出して自分の髪に当てた。空箱を床に置いて髪飾りを着けようとするものの、リンスーがしてくれるように上手に出来ない。手こずっているとしゃがんだリュドミーラが着けてくれた。

ファウスティーナは久し振りに母親と正面から向き合った。

「どう……ですか?」

「とても、似合っているわ」

眉間に皺を寄せていない、表情も険しくない、声色も穏やか。何時以来だろう、自分をこんな風に優しく見つめてくれた母を見たのは。

うっすらと頬を染めたファウスティーナは――

「ありがとうございます。お母様」

今日一番の笑みを浮かべた。

「っ……」

ファウスティーナが久し振りにリュドミーラの優しい表情を見られて嬉しくなったのと同じで、リュドミーラも久しく見ていなかったファウスティーナの笑顔に強い衝撃を受けて表情を強張らせてしまった。

え？　と目を丸くするファウスティーナからさっと顔を逸らすと自分の席に戻って行った。

ファウスティーナに笑顔を向けてもらって嬉しくて泣きそうになったのを無理矢理抑えたせいで折角の貴重な機会を台無しにしてしまった。

ファウスティーナは瞬きを繰り返し、一応前進した？　と内心疑問を抱きつつ空箱を侍女に渡し、席に座った。

見守っていたシトリンは苦笑し、ケインもやっぱりこうなったと言いたげな顔で母と妹を見比べたのであった。

食事は恙《つつが》無く進んだ。

デザートのリンゴになった辺りで侍女長が「ファウスティーナお嬢様。先程、お城から使者の方が参りました」とプレゼント用にラッピングされた箱を持って現れた。

お城ということは、贈り主は限られている。リボンに挟まっている手紙を貰った。差出人はベルンハルドである。

ファウスティーナは侍女長からプレゼントを受け取ってリンスーを見るも、彼女は両手にぬいぐるみの入った大きな箱を抱えているのでそれ以上は持てない。

（……ま、まあ、今開けてみよう。どうせ前回と同じだろうけど）

覚悟はしている。

丁寧に包み紙を開いて蓋を開けて驚いた。

中にあったのはリボン。前と同じ。

だが、驚いたのはリボンの色。

「殿下の瞳と同じ色だね」

ケインの言った通り、リボンの色は瑠璃色。ベルンハルドの瞳の色と同じ。見目から最高級感が漂うリボンを恐る恐る手に取った。

「前と違う……」

ぽつりと呟いた言葉は誰の耳にも届いていない。

食い入るように見つめた後、リボンを丁寧に箱に戻した。

――食堂でファウスティーナがベルンハルドからの誕生日プレゼントを受け取っていた頃、私室でシロクマのぬいぐるみを抱き締めているエルヴィラ。ぎゅっと抱き締める姿は、何かを怖がっている風にも見えた。

「またあの夢……」

ファウスティーナが謎の高熱で初めて倒れた時からエルヴィラは悪夢を見るようになった。頻繁ではない、稀に。だが、目覚めるとどんな内容だったか忘れてしまうのだ。

起きると悲鳴を上げてリュドミーラに助けを求めた。見なくなるまで側にいてと泣き付いた。エルヴィラに甘いリュドミーラは、悪夢に泣くエルヴィラの側に居続けてくれた。

「……」

今朝も悪夢を見て目が覚めた。ハッと起きると大量の冷や汗をかいていた。

起こしに来たトリシャが拭いてくれたので不快感は今はない。服も着替え済みでシーツも新しいものに替えてもらった。

今までだったら悪夢の内容は覚えていないのに――今日は朧気だが覚えている部分があった。

「誰かが……助けを求めるわたしを見て……ずっと……わらってた……」

とてつもない恐怖が迫っている状況で夢の中のエルヴィラはずっと助けてと叫んでいた。

相手はそんな自分をずっと嗤って、何かを言って、見ているだけ。

「っ……」

シロクマのぬいぐるみを抱く力を更に強めた。

エルヴィラの脳裏に浮かぶのは――ファウスティーナの婚約者ベルンハルド。

初めて目にした時の感動は忘れられない。胸に大きな衝撃が走った。

紫がかった銀髪、瑠璃色の瞳の美貌の王太子に一目で恋をした。

公爵家と王家の事情で婚約者に選ばれたファウスティーナが嫌いになった。

ベルンハルドが会いに来ると逃げ回って会わない時が多いくせに、自分が一番仲良くなれていると自信があるのに、ベルンハルドが一番の笑顔を向けるのはファウスティーナにだけ。寧ろ、自分が来ると毎回残念そうな顔をされる。

「わたしの方が、ベルンハルド様を好きなのにっ」

どうしたらファウスティーナから婚約者の座を奪い取れるかを考える。謎の高熱を二度も出して倒れたファウスティーナは、現在王妃教育をお休み中。王太子の婚約者に相応しくないと判断されれば良いのだ。

しかし、エルヴィラが訴えても誰も耳を傾けてくれない。リュドミーラにお願いしても困ったように笑みを浮かべて別の話に誘導される。

「絶対、ベルンハルド様に好きになってもらう……！　わたしの方がお姉様よりも何倍も好きなんだもの。きっとわたしの気持ちに気付いてくれるっ。でも、そうするにはベルンハルド様に会わないといけないわね」

ベルンハルドの来訪予定がないか、不本意だがファウスティーナに聞こうとエルヴィラはシロクマのぬいぐるみを置いて部屋を出た。

悪夢の中に出てくる彼は嗤いながらこう紡ぐ。

『助けて？　どうしてそんなことを言うの？　君は王太子妃なんだ。王太子妃としての仕事をしなくちゃ。全部アエリア嬢に任せきりにも出来ないんだよ？　難しいことは何もしなくていい、君にピッタリな仕事だから頑張って』

二十六　遠い眼

朝食を終え、出掛ける準備をするべくプレゼントを持ったリンスーを連れて私室へと戻り、それらをテーブルの上に一つずつ置いてもらった。シトリンにお願いしたプレゼントのリボンを解き包み紙を開いた。真っ白な大きな箱の蓋を開けると――

「わあ！　とっても可愛い！」

ファウスティーナは両手で、真っ白で丸くてもこもこなコールダックのぬいぐるみを取り出した。オレンジ色の嘴と足、円らな黒い目、愛嬌のある姿。本物でなくても伝わる可愛さ。周囲に向日葵を撒き散らしながらくるくる踊るファウスティーナを温かい眼差しで見守るリンスー。欲しいぬいぐるみを与えられたのともう一つ、嬉しい理由がある。ファウスティーナの髪で揺れる髪飾りがそれだ。

動くのが好きなファウスティーナの邪魔にならない髪飾りを選ぶのに、どれだけ悩んだのか。

「奥様の趣味とは全然違いますから、相当時間は掛かったでしょうね……」

「ん？　何か言った？」

「いいえ、何も」

そう？　と不思議に思いつつもまたコールダックのぬいぐるみと踊り始めた。これから出掛ける為の準備をしないといけないのだが、今日はファウスティーナの誕生日。主役が浮かれたって良いじゃないか。もう少しだけこのままにしておこうとリンスーは見守るのだが、不意に後ろから視線を感じた。ちらっと見て声が出そうになったのを必死で堪えた。

少し開いた扉の隙間から、リュドミーラが心配げにファウスティーナを見つめていた。食堂での反応からファウスティーナが喜んでいたのは明白なのに、やはり心配だったのか。ぬいぐるみと楽しげに踊る姿に安堵しているように見える。

ここで声を掛けたら、何となく（リンスーが）気まずい空気になってしまいそうなので見なかったことにした。

「さあお嬢様。そろそろ教会へ行く準備をしましょう」

「そうね」

リンスーに言われ、ファウスティーナはコールダックのぬいぐるみをソファーに置いた。

王国の住民は、誕生日を迎えると姉妹神を主神とする教会で祝福を受けるのが通例となっている。平民、貴族、王族関係なく。

「今日はどの様なお召し物で向かわれますか？」

「とても天気が良いから、水色のドレスがいい！」

「はい。すぐに準備をしますね」

リンスーは衣装部屋に向かう前に再度扉の方を見た。リュドミーラの姿はもうなかった。安心して部屋へ戻ったのだろうと判断した。が、その時扉をコンコンとノックされた。リンスーが出る前に訪ね人が入ってきた。

朝食の場にいなかったエルヴィラが寝間着姿のまま立っていた。

「エルヴィラ？」

急な訪問にファウスティーナが目を丸くする。

母親譲りの黒髪は所々跳ねている。寝間着姿だけあって、朝の支度は何もしていないのが丸分かりだ。

「お姉様」

些か不機嫌な顔《かんばせ》で室内に入ったエルヴィラの目が、ふと瑠璃色に染色されたリボンを捉えた。

「そのリボンは？」

「これ？　今朝、王城からの使者の方が届けてくれたの」

ベルンハルドからのプレゼント、とは敢えて言わず。

「……そうですか」

「で、どうしたの？」

「ベルンハルド様は今日いらっしゃいますよね？」

「来るって手紙は来てないから来ないわよ」

「今日はお姉様の誕生日なのに？」

「殿下はとてもお忙しい方よ。会えなくても、こうやってプレゼントを贈って下さるだけで私は十分よ（この台詞を前の私にも言ってやりたい）」

プレゼントに添えられていた手紙は部屋に戻る途中で読んだ。

ファウスティーナの八歳の誕生日を祝う言葉と、会いに行けないことを謝罪する旨が書かれていた。それとファウスティーナの体調を気遣ってもいた。全然元気ではあるが二度の前科があるので大丈夫ですとは強く言えない。

エルヴィラはきっと、今日はベルンハルドに会えると楽しみにしていたのだろう。思惑が外れ落ち込んでいる。

「それより、いつまでも寝起きの格好をしてないでトリシャを呼んで着替えていらっしゃい。エルヴィラの朝食はちゃんとあるから」

「……はい」

「リンスー、付いて行ってあげて」

「分かりました。さあ、エルヴィラ様」

トボトボと戻って行くエルヴィラをリンスーがトリシャの所へ送って行ったのを見送り、やれやれと息を吐いた。

テーブルに置かれたプレゼントの内、ケインから貰った本はまだ包みを解いていないが夜の楽しみにしておこうと置いたままにすると決め、瑠璃色のリボンは箱の蓋を閉めて机に置いた。

前回の記憶と違うプレゼント。これが何を意味するかファウスティーナには分からないが、一つ違った所で大部分はきっと変わらない。

リンスーが水色のドレスを持って部屋に戻り、ファウスティーナは着替えをした。次に化粧台の前に座った。髪飾りは一旦外し髪を梳いてもらう。

「髪型は如何致します？」

「下ろしたままでいいわ」

「王太子殿下からのリボンは使われないのですか？」

「また会う時に使えばいいわ。今日はこれだけでいい」

これとは、言わずもがな母から贈られた髪飾りのこと。

リンスーはそれ以上のことは言わず、ファウスティーナの髪を梳き終えると髪飾りを右耳の上辺りに付け直した。

「準備万端だね」

「お時間まではゆっくりしていてください」

「うん。何かあったら呼ぶね」

準備を終えたリンスーは部屋を出ていき、残ったファウスティーナはベッドの下に隠してある【ファウスティーナのあれこれ】を開いた。

前回も教会に行った。

特に問題は起きていない。

ケインやエルヴィラの誕生日にも問題行動は起こしていない。ちゃんと大人しくしていた。

ならば、次のイベントは何だったろうかと腕を組んだ。

「あ」

ファウスティーナは思い出したように声を出すとペンにインクをつけノートに書き込んでいく。

「これだ……」

次に自分がやらかしたことを書き終えるとガクッと項垂れた。

「行動力のある人間だったわねホント……」

もう嫌になる、と過去の自分に嫌気がさしつつ、ファウスティーナは詳細を書いていく。

王妃アリスの生家フワーリン公爵家のお茶会。フワーリン公爵家はアリスの兄が継いでおり、子供は王妃主催のお茶会でエルヴィラのドレスを汚してしまったクラウドと妹君が一人いる。ヴィトケンシュタイン家の三兄妹が招待されるのだが、お忍びで王子達も来る。

「舞い上がった前の私は殿下にずーと、ずうっっっと引っ付き虫してすっっっごく迷惑がられてたのよね……」

で、エルヴィラにベルンハルド様が可哀想と言われ、……お決まりのように側にあったグラスの中身をエルヴィラにぶちまけた。

「あっはは、ワンパターン……でもやるのが私だもんね……」

これを全部婚約が結ばれた年にやっているのだから目も当てられない。

八歳以降のことも書いていくか、とファウスティーナはペンを持ち直した。順調とは言い難いがペンを走らせていくと、ふと、動きを止めた。

十一歳になった辺りのことを書き始めると急に頭が痛み出した。締め付けられるような痛みに堪らず、一旦思い出すのを止めてペンを置いた。すると、痛みはあっという間に消えた。

ん？　と首を傾げ、再びペンを持って思い出そうとすると同じ目に遭った。

「どうして……」

十一歳で何か大きな出来事はあっただろうか？　十一歳が駄目なら、十二歳以降を思い出そうとしてみる。

「……」

これも同じだった。

最後の勘当される前後のことを思い出してみる。

これはしっかり覚えている。

貴族学院卒業間近になってもベルンハルドは自分を見ず、エルヴィラだけを見続けていた。それに我慢ならず、邪魔なエルヴィラがいなくなれば寵愛を得られると暴走したファウスティーナはエルヴィラを害そうと企てるも、企《たくら》みに気付いたベルンハルドに阻止された。

そして最後は王妃の嘆願と父の恩情によって公爵家から勘当処分となった。

「長い期間のことを覚えてないのはかなり痛いな……」

アエリアに手紙で訊ねてみるか、と一瞬考えが過るも、彼女と多く関わり始めたのは貴族学院に入学してから。それまではほぼ関わりはない。

空白の十一歳以降、一体自分は何をやらかしたのか――。

これから必要な記憶を思い出せず、リンスーが呼びに来るまでファウスティーナは机に突っ伏していた。

●○●○●○

ファウスティーナ好みの衣服は、動き易さを重視したシンプルなデザインが多い。今日着ている水色のドレスもそれだ。上位貴族らしい高級生地を使用しているが派手な装飾はない。靴は踵《かかと》に小さなリボンがついたブラウンのショートブーツ。

リンスーに呼ばれ、門前まで案内されたファウスティーナは待っていたシトリンに抱き上げられて馬車に乗せられた。シトリンは見送りをする使用人達に振り向き、先頭に立つ執事長に昼前に戻ると告げて馬車に乗り込んだ。中にはファウスティーナの他にリュドミーラもいる。ケインとエルヴィラはお留守番。ファウスティーナ自身、教会へは誕生日以外に行くことがないので膝立ちして窓に手を当てて、早く教会に到着しないかとわくわくしている。

「ファウスティーナ。ちゃんと席に座りなさい」

「大丈夫ですよ。揺れも少ないですし」

「ファナ。危ないからリュドミーラの言う通り座りなさい」

「はい……」

両親に言われてしまえば聞かない訳にもいかない。

きちんと座り直すも、視線は外へ向けられたまま。食い入るように流れていく景色を見つめるファウスティーナをシトリンはどこか懐かしそうに見ていた。

「旦那様？」

「うん？」

「どうされました？　ぼうっとして」

「うん。いやなに、あの人も昔、ああやって外を見ていたなと思ってね」

「リオニー様ですか？」

「いいや、アーヴァだよ」

「アーヴァ様が……」

二人が紡いだのはシトリンの従姉妹の名前。

懐かしむように薄黄色の瞳を細め、ファウスティーナを見守る姿はどこか寂しげに見えた。

ファウスティーナが外に夢中になっている間、二人は会話を続けた。

「陛下とは、あれからもう一度話したがやはりベルンハルド殿下の婚約者はファナでないと駄目だと言われたよ。大昔に結ばれた誓約を破ることは出来ないと」

「ですが、またファウスティーナが倒れれば……」

「そうなったら、婚約者をネージュ殿下に替えるだけだとも言われている。重要なのは、王家に女神の血を残すこと。アーヴァのことがあるから、此方は強く言えない」

「……アーヴァ様のことは、もう十年以上も前になりますのに」

「仕方のないことなんだよ。未だ、アーヴァの魅力に囚われたままの人もいると聞く。僕達に出来るのは、あの子を……ファナを王太子妃、王妃になるに相応しい子にするということだよ」

「それだけ、王家にとって女神様の生まれ変わりは大事、ということですわね」

「一応、最後の手段としては陛下の天敵リオニーを呼び戻すことも考えているとは伝えてある。あちらが強硬手段には出ないと信じよう」

姉妹神と同じ髪色と瞳の色を持って生まれた娘はフォルトゥーナの妹リンナモラートの生まれ変わり。リュドミーラが嫁入りする際、王家とヴィトケンシュタイン家、そして姉妹神のことに深く関わらせて苦しい思いをさせたくなかったシトリンは詳しくは教えていない。ただ、リンナモラートの生まれ変わりが誕生すれば、例外なく王族に嫁がされるとしか言っていない。

シトリンはまだかまだかと到着を待ち侘びているファウスティーナを、誰かの姿と重ねた遠い眼で見つめるのであった。

二十七　兄と手のかかる妹（下）

王城内にある、第二王子の部屋――

ベッドに座ったまま、むすっとした顔でスプーンで掬われた緑色を睨み続けるネージュに、食事を食べさせている侍女は困った顔をして食べて下さいと促す。微熱が続くネージュの為に栄養価が高い食べ物を摂らせようとするが中々食べてくれない。困った侍女はスプーンを一旦引っ込めた。

「殿下、お願いですから食べて下さい」

「だって美味しくない」

「殿下のお体を良くする為に栄養価の高い食材を使用しております。今暫くの辛抱です。どうか、食べて下さい」

「……分かったよ」

渋々と再度侍女が向けたスプーンを口に含み、緑色を飲み込んだ。子供でも食べやすいように料理人が工夫して調理してくれてはいるが美味しくないものは美味しくない。拗《す》ねたままの顔で全て飲み干すと侍女は安堵した表情を浮かべた。最後に苦い薬を煎じたお茶を飲むと、侍女は食器を下げた。

「はあ」

何度繰り返しても、あの不味く苦い料理や薬だけは慣れない。身体が弱いのは持って生まれた体質《もの》だからどうしようもない。ネージュはベッドに仰向けに倒れると真っ白な天井を見上げた。

今日はファウスティーナの八歳の誕生日。

「ファウスティーナが今までと違うから、兄上のプレゼントまで違う物になっちゃったなあ。まあ良いけど」

前回——否、ずっと真っ白なリボンだったプレゼントは瑠璃色のリボンに変わった。

「白は一番無難な色だから、銀髪とかじゃない限りは白は誰にだって合う。……ううん、違うか。嫌々だったもんね。〝何故あんな性格の悪い相手の為にプレゼントを選ばなきゃいけないんだ〟って。それで、従者の無難な色のリボンはどうかっていう提案で白のリボンにしたんだっけ」

でも、とネージュは天使のような愛らしい微笑で紡いだ。

「ファウスティーナの行動が同じだろうが変わろうが何も変わらないよ。結局は、兄上はエルヴィラ嬢を好きになってファウスティーナを捨てるんだから」

——そうしたら、〝運命〟で結ばれた兄上とエルヴィラ嬢は幸せになれるんだから。

たとえそれで彼の大事な女性が捨てられる形になっても。

「そうなっても、どうせ幸せになれるのだから……」

●○●○●○

——ヴィトケンシュタイン公爵邸——

誕生日を迎えた姉ファウスティーナは、両親と共に馬車で教会へ行ったので私室には誰もいない。

朝食を食べ終え、トリシャに朝の支度をしてもらったエルヴィラは、そっと姉の部屋に入った。誰にも見つからないように。

ソファーの前に置かれているテーブルに近付いた。先程入った時に見た瑠璃色のリボンの入った箱がない。出掛ける際、瑠璃色のリボンは着けていないと聞いたのに。何処だろうとキョロキョロと部屋を見回す。ファウスティーナが勉強する時に使用する机の上にその箱はあった。

「これだわ……！」

瑠璃色のリボンには使用された痕跡がない。むすっと頬を膨らませた。

「これじゃあ、わたしが使ったらすぐにバレちゃう！」

何故使わないのか。

リボンの贈り主はファウスティーナの婚約者であるベルンハルド。心底羨ましいと思った。エルヴィラがお願いしても、きっとプレゼントはもらえない。ファウスティーナは婚約者だから贈られた。

皺一つないリボンを自分の髪には結べない。でも結んで姿見の前に立ちたい。

「お姉様もお姉様だわ。折角ベルンハルド様が贈って下さったプレゼントを身に着けないなんて。わたしなら、その場で身に着けるのに」

ベルンハルドが来る度に毎回逃げてリンスーに追い掛け回されているんだから、本当は婚約が嫌で嫌で仕方ない筈。なのに、王妃教育は真面目に受けて王妃からの評判はかなり良い。自分の姉のことなのに意味が分からないとエルヴィラは首を横に振るが、次の瞬間何故か落ち込んだ表情を浮かべた。

「お姉様もだけど、お兄様もよく分からないわ……」

ファウスティーナもケインも、生まれた時から将来が決まっていた。

ファウスティーナは未来の王妃。

ケインは公爵家の跡取り。

エルヴィラはよく母リュドミーラと一緒に色んなお茶会に参加する。兄は、同年代のどの子よりも落ち着きがあって頭が良い。大人びているとよく聞くがそんな一言では済まない何かがある気がする。

それに、一緒に暮らしているのにケインが笑った場面に遭遇したことがほぼない。呆れるか、怒り顔か、普通の顔。それくらいしかない。

ファウスティーナはというと、随分と変わった。最初に倒れた前と後では。そのせいか、リュドミーラはよくファウスティーナに話し掛けたい空気を出すものの、本人から拒絶されているせいで遠くから眺めることしか出来ないでいる。エルヴィラ自身は、姉とは元からあまり接点がなかったので、よく兄に小言を言われたりからかわれたり、母にはよくお説教されている人くらいにしか思わなかった。だが、それもベルンハルドとの婚約が決まるまで。

ファウスティーナといる時よりも、絶対に自分といる時の方がベルンハルドは嬉しいに違いない。周囲が何と言おうと自分の方が彼は似合っている。

エルヴィラは瑠璃色のリボンを箱から取り出した。結ばなくても髪に当てるだけならバレる可能性は低い。姿見の前に立ってリボンを広げ髪に当てた時だった。

扉が開いた。

ファウスティーナが外出していることは屋敷にいる者は皆知っているので、ノックはない。

入ってきた人物——ケインの従者リュンは、中にエルヴィラがいることに驚いた後、ケインに聞いていたベルンハルドからの贈り物を勝手に使おうとしているエルヴィラに慌てて近付いた。

「エルヴィラお嬢様っ、それはファウスティーナお嬢様の物です。勝手にお部屋に入って触ってはいけません」

「べ、別に良いじゃない！　汚そうとしてた訳じゃないんだから！」

「そういう問題ではありません。人の物を許可なく使おうとしていることが問題なのです。さあ、それを置いてお部屋に戻りましょう。今見たことは旦那様達には内緒にしてあげますから」

「——それは駄目だよ？　リュン」

ギクッとリュンとエルヴィラの肩が大袈裟な程跳ねた。

後ろを向くと分厚い本を二冊両手に抱えたケインが冷たい紅玉色の瞳で二人を捉えていた。特に、勝手に——姉と言えど——人の持ち物を使おうとしたエルヴィラには殊更冷たい視線を寄越した。

エルヴィラは泣き出しそうな表情になった。

「リュン。怒らないといけない時はちゃんと怒らなきゃ。エルヴィラ。そのリボンはファナに許しを得て取り出したの？」

「ち……違います……っ」

「だよね。いくらファナでも、誰かが贈ってくれたプレゼントを他人に使わせたりしない。ねえエルヴィラ、他人の物を勝手に使っていいと誰に教えられたの？」

「っ……」

「ケイン様、そこまで仰らなくても」

「少しキツいことを言われたくらいで泣くなら、そもそもやらなければいい」

エルヴィラは黄色のドレスの裾を強く握った。瞳からは大粒の涙が流れ落ちているが、説教をしているのは泣いても容赦のない兄。リュンが言い過ぎだとケインに諫言《かんげん》するも、「リュン」と冷めた声で名を呼ばれた。

「甘いよ。こういうのはね、癖になる前に言って聞かせないと駄目なんだよ。後から困るのはエルヴィラだ。ねえエルヴィラ、エルヴィラが姉の持ち物を勝手に使う妹だと知ったらベルンハルド殿下はどう思うかな？」

「っ‼」

エルヴィラの顔が真っ青になる。そんなことが知れたら幻滅されて嫌われてしまう。

「い、いや、いやですっ、ごめんなさい、ごめんなさいお兄様！　もう二度とお姉様の部屋に勝手に入りません……！　お姉様の持ち物にも触りません……‼　だ、だから、ベルンハルド様には……‼」

嫌われたくない。

嫌われたら、二度とお話出来なくなる。それ以前に会ってすらもらえなくなる。

必死に謝るエルヴィラが可哀想に思えてきたリュンが「ケイン様」と困った表情で主を呼ぶ。

「はあ……。なら、そのリボンをリュンに渡して。リュン、元通りの場所に戻して」

「はい」

ケインはエルヴィラがリボンをリュンに渡したのを見ると、もう一度溜め息を吐いた。

「全く……。エルヴィラ、ちょっとはその自分勝手な性格を直さないといつか痛い目を見るよ」

「お兄様はっ、どうしてわたしにだけ、そのように厳しいのですかっ」

「そう？　ファナには更にキツいことを言ってるけど。それこそ、エルヴィラに言ったらギャン泣きされるくらい」

「お、お姉様がそうやって泣いている所なんて、見たことありません！」

「ファナだからね」

「答えになってません！」

「ケイン様、戻しましたよ」

最初からずっとそこにあったように綺麗に戻したリュンに礼を言うと、エルヴィラを部屋へ連れていってと言い残し、ケインは二冊の分厚い本を抱えたままこの場を去った。

一人長い廊下を歩く。

ベルンハルドから贈られたプレゼントを見て嫌な予感はしていた。そこまではしないだろうと少しの期待を抱いてファウスティーナの部屋を訪れれば、その期待は跡形もなく砕け散った。

予想通りの行動をしてくれたよ、と三回目の溜め息を吐いた。

「どうしたらもう少しマシになるんだろう。ファナよりも、エルヴィラの方がやっぱり問題か……」

ケインは私室に戻り、抱えていた本を一旦ベッドに置くと机に向かった。引き出しから便箋を取り出し、椅子に座ってペンで素早く何かを書き付けると四つ折りにして封筒に入れた。

「やれやれ……手のかかる妹達だよ……」

エルヴィラを部屋に送り届けたリュンが戻って来ると、封筒に封蝋《ふうろう》を押して出しておいてと渡した。

届け先を聞いたリュンが手紙を持って出て行く。

椅子から降りたケインはベッドに置いた二冊の本を取るともう一度座り、必要なページを開いたのだった。

「そういえば、なんでリュンはファナの部屋に行ったんだろう？」

リュンが飲み物を届けに来てくれた時、ファウスティーナの部屋に行っていた理由を訊いた。

「ねえリュン」

「はい」

「ファナの部屋へは何をしに？」

「ああ、忘れていました。ファウスティーナお嬢様への私からの誕生日プレゼントを置いて行こうと思いまして」

「直接本人に渡したら良いじゃない」

「ファウスティーナお嬢様には是非驚いてほしくて！」

「どんなプレゼント？」

「ファウスティーナお嬢様に子豚の可愛さを知って頂きたくて、子豚のマグカップにしました。ピンク色でとても可愛いですよ！」

「……そう」

二十八　教会との繋がり

「――ああ……今日は、あの子が来る日か……」

陽光をたっぷりと浴び、教会の中庭に植えられた凛と咲き誇る赤い薔薇の花弁を撫でる男性。流麗な銀糸は風にさらさらと靡《なび》き、宝石のように美しい青水晶の瞳は赤い薔薇を愛おしげに見つめていた。天上人の如き美貌の男性は、自身を呼びに来た黒髪の少年の声で薔薇から手を離した。

「司祭様。本日、祝福を授かる方が到着されました」

「今日は四人だったたね」

「はい。子爵家が一人、伯爵家が二人、公爵家が一人です」

「そうだね。行こうか、ジュード君」

ジュードと呼んだ少年に振り向いた司祭は、一年に一度しか会えない待ち人が早く来ないかと……心を躍らせた。

●○●○●○

ラ・ルオータ・デッラ教会――
王国建国と同時に建てられた姉妹神を祀《まつ》る教会。王都の南端に立つそこは、自然に囲まれ綺麗な空気に満ち溢れている。教会関係者が育てている多数の花を車内から眺めていたファウスティーナは、父シトリンに声を掛けられると馬車を降りた。馬車は貴族専用の車寄せに停まっており、ヴィトケンシュタイン家以外の馬車も数台停まっている。また、正門を通った際見えた教会の入り口には、沢山の平民がいた。

「私以外にもお誕生日の人が沢山いますね」

両親の後ろを付いて歩くファウスティーナがそう言うと、シトリンは「誕生日の人もいれば、参拝に来ている人もいるよ」と言う。

「どんなことをお祈りしているのでしょうか」

「それは人によって様々だよ」

商売繁盛を願う者もいれば、恋愛祈願に訪れる者もいる。恋愛という言葉を思い浮かべたファウスティーナは、これだ、と一つのアイディアを思い付いた。女神頼みになってしまうが、自分がベルンハルドとエルヴィラの恋の成就を願ったら良いのだと。祝福を受ける際、その者の抱く願いを女神が聞き入れてくれるという伝承がある。実際に叶った者もいるらしい。

脳内に嘗てのベルンハルドとエルヴィラを思い浮かべる。周囲が〝運命の恋人たち〟と称賛する程お似合いだった二人。ファウスティーナが入り込む隙間は何処にもなかったのに、ベルンハルドに自分を見てほしくて数々の馬鹿をやらかした。

（うう……泣けてきた……）

アエリアには、王太子妃になる気はないと告げた。だが、その時こうも言った。十一年間好きだった気持ちは簡単には消えない、と。ファウスティーナがベルンハルドとエルヴィラをくっ付けようと奮闘していても、心の奥にある気持ちは決して消えず、ちくちくと痛む。

魚の小骨、魚の小骨と念じても消えてくれない。

正面に回るとシトリンは出入り口付近にいた神官に声を掛けた。二言三言言葉を交わすと神官を先頭に三人は教会に入った。爵位を持たない平民は下層礼拝堂、貴族・王族は上層礼拝堂を使用する。

中に入ると艶やかな空色の天井が目に入った。上層礼拝堂は下層礼拝堂の奥にある階段を上がった先にある。ちらちらと平民達の視線がファウスティーナ達にいく。貴族を見る機会は滅多にないので珍しいのだろう。特にファウスティーナは、姉妹神と同じ髪の色と瞳の色をしているので平民からの注目度も高く、視線の数が多い。

奥に行き、左側にある階段を上がった。下層礼拝堂にはなかった、美しいステンドグラスがファウスティーナ達を出迎えた。ステンドグラスは王国誕生の物語を表している。それぞれのステンドグラスがどの場面を表しているかは、前回の記憶を持つファウスティーナはしっかりと覚えている。

他の貴族も来ているので、順番を待つ必要がある。礼拝堂の右隣にある控え室に案内された。

「順番が来たら呼びに参ります」

「よろしく頼むよ」

三人に紅茶を淹れた神官が去るとシトリンとリュドミーラは隣同士座り、ファウスティーナはその向かい側に座った。テーブルには多種類の茶菓子が用意されていた。

「あ」とファウスティーナは声を出した。テーブルに置かれているティーポットに『ヴィトケンシュタイン家』と書かれていたからだ。

ファウスティーナの視線に気付いたシトリンが「ああ」と説明をしてくれた。

「教会はね、毎日どの家が誕生日の祝福を受けに来るか事前に調べて控え室にお茶の準備をしておくんだよ」

「そうなのですね。初めて知りました」

「教会関係者以外には、あまり知られていないからね」

「お父様が詳しいのはどうしてですか？」

「我が家と教会は昔から色々と関係があるんだ。その繋がりで僕は教えられただけだよ」

繋がりがある。

まあそうだろうとファウスティーナは納得した。代々、女神の生まれ変わりが誕生する家だ。姉妹神を主神とする教会と繋がりがあったって可笑しくはない。

ティーカップを持って紅茶を飲んでいく。

順番が回ってくる間ファウスティーナは紅茶とお菓子を堪能することにした。

鳥の形をしたクッキーを珍しげに見つめ、パクりと一口齧った。貴族の為に用意されたのだろう、普段食べている上等なクッキーと何ら遜色がない。上機嫌にクッキーを食べるファウスティーナを見つめつつ、シトリンはそっとリュドミーラに言う。

「ファナの祝福が終わったら少しだけ待っていてくれないかい？　司祭様と話があるんだ」

「分かりました。……ですがそれは」

「うん……きっとね」

「ファウスティーナが生まれた時に、教会はファウスティーナには関わらないと約束した筈では」

「そうだね。でも、それは我が家と王家が無理矢理納得させただけ。教会側はファナを諦めてない。

アーヴァのことがあるから、教会側も王家に強くは言えない。これに関しては我が家も同じだがね」

「……」

毎年ファウスティーナの誕生日になると必ずアーヴァの名前が夫妻の会話に出る。

リュドミーラは三日月形のクッキーを食べて笑うファウスティーナを心配げに見つめたのだった。

――それなりの時間が経った後、神官が控え室に現れた。ファウスティーナは神官の後に続いて上層礼拝堂の最奥《さいおう》に行った。夫妻は後ろの方で見守る。

最奥には優しげな微笑みを湛《たた》える、銀髪に青い瞳の男性の司祭がいた。かなり若い。両親と然程《さほど》変わらない印象を受ける。ファウスティーナが来るとゆっくりとお辞儀をし、ファウスティーナもそれに倣《なら》った。

「ファウスティーナ様は今日で八歳になられますね」

「はい」

このやり取りも二回目。

決められた受け答えを終え、司祭が祝福の言葉を述べる。跪き、瞳を閉じ、胸の辺りで両手を握ってその言葉を聞き終えるとゆっくりと目を開けた。

「この一年、貴女に幸福があらんことを……」

姉妹神にはしっかりと願った。

ベルンハルドとエルヴィラが結ばれるように、と。自分は早く婚約破棄をしたいと。そう願うと心のチクチク感が強くなったが気付かない振りをした。

姿勢を正したファウスティーナは司祭を見上げた。優しげな青い瞳と目が合うと、ふわりと微笑まれた。

「司祭様。終わりましたかな？」

タイミングを見計らい、後ろにいたシトリンがこちらへ来た。

何故か、声色が少しいつもと違った。不思議そうな表情でシトリンを見ていると、視線に気付かれ苦笑された。

「ああ、ごめんねファナ」

「？　いえ」

「すまないが僕は司祭様と少し話があるから、リュドミーラと一緒にさっきの控え室で待っていてくれないかい？」

「分かりました」

気のせいか、と思考を振り払い、ファウスティーナはリュドミーラと一緒に控え室に戻った。

一人残ったシトリンは苦い顔で司祭を振り向いた。

「そんな顔をしないで公爵様。王家と公爵家が決めたことに不満があると言えど、今更どうこうするつもりはありません」

「不満は消えないかい？」

「ずっと消えないでしょう」

それだけのことを王家と公爵家はした。

暗にそう言っている司祭にシトリンは何も言えなかった。

二十九　過去の夢を教訓にします！

司祭とシトリンの話はそう長くならなかった。シトリンが迎えに来るとリュドミーラの後に続きファウスティーナは控え室を出た。

階段を降りて、下層礼拝堂を通る。中にはまだ沢山の人がいる。すると、人々が頭《こうべ》を垂れ始めた。ファウスティーナが目を瞠ると「驚かせたかな？」と柔らかな声が頭上から降ってきた。見上げると先程祝福を授けてくれた司祭がいた。

「司祭様」

——今日のお父様はどこかおかしいわね。

普段はどんな相手にも穏やかな態度を崩さないのに、あの司祭に対してだけは少し苦々しい表情をする。チラッとリュドミーラを見ると、彼女も同じ表情をしている。ファウスティーナは司祭を見上げた。視線を感じた司祭は気付いてふわりと微笑んだ。

「公爵家御一行をお見送りしない訳にはいかないでしょう」

尤もらしいことを言うが、司祭には別の理由があるような気がしてならない。両親の様子からして、昔何かあったのかと思うも、ファウスティーナの覚えている記憶の限りではなかった。

結局そのまま司祭の見送りを受けて車寄せまで行き、馬車に乗り込んだ。

窓越しに司祭が手を振るのでファウスティーナも振ってみた。

「やめなさいファウスティーナ！」

急にカーテンを閉めてファウスティーナを厳しい声色で叱責したリュドミーラ。貴族の子女がする振る舞いではないと言われた。気分が急降下していく。馬車の中から手を振るくらい良いのではないかと反論したくなるも、リュドミーラの「あ……」という反応を見ると、どうも教会――というより、あの司祭と昔何かあったのだなと睨む。

動き出した馬車の中、反対側の窓に手を当て過ぎ行く光景を眺めることにした。

――前の私にとって、教会って誕生日に祝福を授かりに行く所程度にしか思ってなかったのよね。教会でベルンハルドへの想いが実るようにとか、祈った覚えがない。女神に頼むよりも自分自身の力でなんとかしたかったのだ。

帰りの道中誰一人として喋らなかった。妙に重い空気が漂うだけ。ファウスティーナは窓の外を見ながらずっと考え事をしていた。

馬車が公爵邸に到着した。執事長や侍女達の出迎えを受け、屋敷に入った。

リンスーにただいまと声を掛け、部屋への廊下を歩く。

「教会は如何でしたか？」

「平民の人達が大勢来ていたの。皆、どんなお祈りをしたのかしらね」

「それは内緒というものですよ。昼食までもう少し時間がありますので、お部屋でゆっくりして下さい」

「うん。あ」

「どうしました？」

「リンスー。後で便箋を用意してほしいの。殿下にお礼の手紙を送りたいの」

「分かりました。どの様な便箋をご用意しましょう?」

「そうね……」

ベルンハルドはどんな花が好きだったかを思い出す。王城の南側の庭園に咲いている赤い薔薇が一番綺麗だと話していた。

エルヴィラに。

(ああ……また泣けてきた……)

ベルンハルドの好きな物はなんだって答えられる自信はある。が、そのどれにもエルヴィラが関わっていることをうっかり忘れていた。

泣きそうになるのを堪え、リンスーに薔薇柄の便箋を用意してと伝えた。

部屋に戻り、はあ~と深い溜め息を吐きながらソファーに座った。

「ん?」

テーブルに見覚えのないピンク色の包装紙に包まれた小さな箱が置いてあった。今朝もらったプレゼントにこんな箱はなかった。

同じ色のリボンを解き、丁寧に包み紙を開いた。真っ白な箱の蓋を開けた。

「マグカップだ」

一体誰からだろうと思いつつ、マグカップを取り出し――目が点になった。

マグカップの色はピンク色。描かれている小麦の実のような縦長な目。そして、特徴的な豚の鼻。取っ手の下には尻尾らしきものがある。

「……」

マグカップの贈り主はひょっとして……

ふと、視線を感じて扉の方を見た。

隙間から、期待の籠った眼でファウスティーナを見つめるリュンがいる。

……いつぞやの、ケインとのお茶会でのやり取りで子豚の可愛さを全面的にアピールしていたが、まさか誕生日プレゼントで子豚をモチーフにした物を贈ってくるとは……。

リュンの、子豚に対する愛着が感じられた。ケインのようにからかい等はなく、純粋にファウスティーナも子豚のように可愛いと信じているので怒るに怒れない。

ファウスティーナは再度マグカップに視線を移す。ずっと見ているととても愛嬌のある顔。ファウスティーナが飼ってみたいコールダックとどちらが可愛いかは分からない。ファウスティーナにしてみたら、コールダックが一番可愛いので。

「ふふ」

これがもしも兄からのプレゼントだったらプリプリ怒っていただろう。またからかわれたと思って。リュンにはそれがないので嬉しいと感じられる。

「ありがとう！　リュン！」

「はい！　ファウスティーナお嬢様！」

こっそり覗き見ているのがバレたのに、可愛い笑顔でお礼を言われたリュンはそのまま返事をしてしまった。

だが、ニコニコと子豚のマグカップを今日から使おうと決めたファウスティーナは知らない――

「……お嬢様の部屋の前で何をなさっているので？」

「リ、リンスー⁉」

ファウスティーナに頼まれた便箋を用意したリンスーが、扉の隙間から中を覗き見しているリュンに向けて、般若《はんにゃ》の形相をしていたことを。

●○●○●○

机に向かい、薔薇柄の便箋を広げてペンを走らせていく。前回のファウスティーナは、ベルンハルドが誕生日パーティーに来ない理由は何かと延々と書き綴っていた。今回はパーティーそのものがない。文章は丁寧に、多忙な王太子に時間を取らせないよう簡潔にまとめた。便箋を綺麗に三つ折りにし、お揃いの柄の封筒に入れた。

「よし。リンスー。封蝋を押して、王太子殿下宛に届けてもらって」

「はい」

手紙をリンスーに渡した。

リンスーは一礼して部屋を出ていった。

リュンに貰った子豚柄のマグカップを持ち、ソファー前のテーブルに置かれたオレンジジュースの入ったピッチャーを反対の手に取った。

オレンジジュースがマグカップに注がれていく。液体の注がれる音を聞くと妙に落ち着く。

オレンジジュースを入れ終わり、ソファーに座った。

「美味しい」

オレンジジュースを飲みながら時計を一瞥《いちべつ》した。昼食まで多少の時間はある。

目蓋《まぶた》が少し重い。マグカップをテーブルに置いて仰向けになって寝転がった。

「時間になったら起こしてくれるよね……」

睡魔に従順なファウスティーナは眠った。


――眠った筈のファウスティーナは、何故か外にいた。

見覚えのあり過ぎる王城をバックに、人の気配がない緑豊かな場所にいた。

「ここって……」

覚えがあった。

ここは、前回の自分が王妃教育が終わった後よく来ていた場所だ。人が殆ど来ないここは、一人になりたい時打ってつけの場所だった。

ファウスティーナの前に大きな木が生えている。子供一人隠れられる太い幹。何となく、後ろに回り込もうと足を踏み出した時だった。

『ファウスティーナ嬢』

「！」

横からネージュがやって来た。危うく転びそうになるも踏み止《とど》まった。ネージュは幹の後ろにいたファウスティーナの手を引いて表へ連れ出した。

今のファウスティーナが着ている空色の動きやすいドレスとは違う、薄桃色のフリルが多くついたドレス。ベルンハルドの瑠璃色の瞳に少しでも可愛く映りたくて、全く似合っていないドレスをよく着ていた。

　確か此処で泣いている所をネージュに見つかったのは十歳くらいの時だった筈。

　ネージュは薄黄色の瞳を濡らしているファウスティーナの目元を、そっと袖で拭った。

『やっぱり此処にいた。前も此処で泣いていたからすぐに分かったよ』

『す、すみません……』

『ううん。謝らなくていいよ。悪いのは兄上なんだから。ファウスティーナ嬢は必死に悪い所を直そうとして、王太子妃になる為に努力しているよ。それを見ないで、君の悪い部分を何時まで経っても根に持ち続ける兄上がいけないのさ。ほら、こんな所で泣いてないでぼくとおいで。ファウスティーナ嬢の好きな甘いお菓子を用意したんだ』

『で、でも、私にお気を遣ったらネージュ殿下がまた……王太子殿下に怒られてしまいます』

『そんなのどうでもいいよ。ぼくが勝手にしているんだから。さあ、おいで』

「……」

　前の自分の記憶を夢として見ているだけなのに……ファウスティーナは泣きそうになっていた。

「いつもそうだった……私が泣いていると必ず来てくれたのはネージュ殿下だった」

　ベルンハルドはきっと知らない。

　ファウスティーナがいつもこの場所で泣いていたことを。

　時に王妃教育の厳しさに耐えきれず泣いて。

　時にベルンハルドの冷たすぎる態度に耐えきれず泣いて。

　王城で泣いて、泣いて、沢山泣いていると、いつもファウスティーナに手を差し伸べて温かく迎えに来てくれたのはネージュだけだった。

公爵邸で泣いている時来てくれたのはケインやシトリン、リンスーといった、ファウスティーナをずっと見てくれていた人達だけ。……その中に母がいたことは一度もない。

この頃から少しずつ、ベルンハルドとネージュの仲は悪くなっていった。ファウスティーナが絡まないと普段通りなのに。それを言っても、ネージュは「ぼくが勝手にしていることだから、気にする必要はないよ」と微笑みを浮かべるだけだった。

元々良好な兄弟の仲を自分のせいで悪くした。心の底から申し訳ないことをしたと、ずっと反省していた。

記憶の中の二人がファウスティーナの前を通った。

『ファウスティーナ嬢の好きなオレンジジュースも用意してるから、沢山飲んでね。後、もう泣いちゃダメだよ。ファウスティーナ嬢の笑顔はとても綺麗なんだから』

『私にそんなことを言うのはネージュ殿下くらいですよ』

『ぼくは嘘は吐かない。ファウスティーナ嬢の笑顔はとても綺麗で可愛いよ』

『……ありがとうございます』

（これがベルンハルド殿下だったらどれだけ良かったか……って思ったんだっけ）

瞳は涙で濡れながらも、ネージュの真っ直ぐな気持ちが嬉しくて前の自分は笑った。

二人の姿が見えなくなるまで見続けようとファウスティーナはそこを動かなかった。だが、何故か他に誰かいるような気がした。周囲を見回し、上を向いて顔をギョッとさせた。

「え……ええ？」

二階の開いている窓からベルンハルドが見下ろしていた。

新事実発覚にファウスティーナは何度も瞬きをした。

ベルンハルドの瑠璃色の瞳がかなり険しい。視線は後ろ姿が遠くなった二人に向けられていた。

ベルンハルドの後ろから従者が声を掛けた。何を言っているかは聞こえないが、ある程度の読唇術を身に付けているファウスティーナは従者の口の動きで言葉を読み取り、首を傾げた。

「〝お茶の用意が出来ました〟……。ってことは、殿下はお茶をする筈だったのに、外を見たら大嫌いな私がネージュ殿下と一緒にいるから機嫌を悪くしたってとこかな……」

タイミングが悪いとはこの事か。

知らない所でベルンハルドの機嫌を損ねていたなんて、と頭を抱えたくなった。ベルンハルドが何を言うか気になったので視線は外さなかった。

「〝そんなもの頼んでない〟……。ああ……そりゃあ、ご機嫌斜めになっちゃうわよね」

ベルンハルドはそれだけ言うと窓から姿を消した。

「今日は折角の誕生日なのに、こんなショックを受ける夢を見なくても……ううん、違うか。これを教訓に、ベルンハルド殿下とネージュ殿下の仲を壊すなってことよね。その為にも、早く殿下との婚約を破棄しないと」

片手を挙げ、絶対にやり遂げるぞー！　と意気込んだファウスティーナであった。


——という所で目を覚ましたファウスティーナは、目を開けて視界に最初に入ったリンスーに驚き悲鳴を上げた。うっかりソファーから落ちそうになるも、一緒に起こしに来てくれていたリュンに間一髪キャッチされた。

「あ、ありがとうリュン」

「いえ」

「もう、リンスー！　ビックリするじゃない！」

「起こそうとしたら、お嬢様の瞼がピクリと動いたので起きるかと期待してつい……」

「もう……。え、もうお昼？」

「はい。旦那様達がお待ちになっているので食堂に参りましょう」

リュンに立たせてもらい、リンスーにドレスを整えてもらって、ファウスティーナは昼食を食べに向かった。

三十　王太子の見る悪夢

――……――だった？　――――と今更どの口が言っているんだか。

誰か知っている筈の顔と声。見えていないのに、相手が地獄の底のような冷徹な瞳を自分に向けていると感じられる。

何も言えない、発せられない。

ただ、目の前の光景を脳が受け入れない。

違う、違う、違う。

これは夢だ、夢、夢、夢だ。と。

──馬鹿な──。そんな──がぼくは大好きだよ。だって、最後はこうやって必ず──はぼくにくれるんだ。

昏く嗤う相手は最上級の謝意を自分に向ける。

──ほら、君も──に感謝しなきゃ。──が君を──たから、ぼく達はこうして──────だ。

塗り固められた笑みを浮かべる彼女が、絶望に染まった自分に水晶玉のような瞳を向けていた……。

●○●○●○

──王城の王太子の私室──

「うわっ」

「っ‼」

がばり、と。

机に突っ伏して眠っていたベルンハルドは飛び起きた。

大量の汗を流し、呼吸が荒く、顔色も悪い。

暫く呆然と呼吸を整えていると、横からひょっこりとネージュが顔を見せた。ネージュ？　と力なく呼ぶと顔を顰められた。

「大丈夫？　酷い汗だよ。あと、すごく魘《うな》されてた」

「あ、ああ、大丈夫だよ」

「全然大丈夫じゃないよ」

ネージュは真っ白なタオルでベルンハルドの汗を拭う。

ベルンハルドと三時のおやつを食べようと誘いに来たネージュが、珍しく机に突っ伏して寝ている兄を起こそうと近付くと、今のような状態で魘されていたらしい。ネージュがタオルを持って戻ると同時にベルンハルドは飛び起きたのだ。

汗を拭き終わったタオルを侍女に渡したネージュは、兄上、と話し掛けた。

「どんな夢を見ていたの？」

「夢……」

ネージュの言葉を反芻《はんすう》する。

確かに見ていた。想像を絶する悪夢を。

なのに、いざ現実に戻ると内容を覚えていなかった。脳があまりの悪夢に記憶を強制削除してしまったのか。曖昧に微笑むベルンハルドにむすうっとネージュは頬を膨らませた。

「またそうやって誤魔化す。普段はぼくが心配される側だけど、ぼくだって兄上に何かあったら心配するんだよ」

「う、うん。すまないネージュ。けど、大丈夫。大した夢じゃなかった」

「大した夢じゃないなら、兄上の今の状態は可笑しいよ」

「本当に大丈夫だから。ああ、お茶をするんだったな。僕の部屋に用意させよう」

「しないよ」

キッパリと言ったネージュは、きょとんとするベルンハルドに向かって、ある方向を指差した。

ベッドだ。

「今から兄上がしなきゃいけないのは休息を取ること。疲れが溜まって可笑しな夢を見たんだ」

「辛いという程疲れてはないよ」

「疲れは知らない間に溜まっているんだ。ほら、早くベッドに行って」

「ネージュ。僕は」

「いいから！　早く！」

珍しく強引なネージュに腕を引っ張られ、ベッドに寝かせられた。ネージュはベッドの近くまで椅子を持ってきて座った。

「兄上が寝るまでぼくは此処を動かないからね」

「ネージュ……。でも、今日はまだやらないといけないことが沢山」

「一日くらい休んでも平気だよ。無理をして、体を壊す方が問題だよ。兄上はぼくと違って健康な人だけど、無理をし続けても壊れない体を持つ人はいない。休める時に休まなきゃ何時休むの」

生まれた時から体が弱く、一日の殆どをベッドの上で過ごすことの多いネージュだからこそ、言葉の重みが違う。今日は体調が良いようだが、何時崩すか分からない。

心配する側から、心配される側になってしまった。

ベルンハルドは拗ねた顔をする弟の頭を撫でた。

「そう……だな。今日はネージュの言う通りにしよう」

「そうして」

拗ね顔から、安堵した顔になったネージュは疲労回復に効く飲み物を持って入ってきた侍女に顔を向けた。

「兄上がそれを飲んでも、寝るまで見ててね」

「分かりました」

「信頼されてないな」

「兄上は無理し過ぎなんだ。ファウスティーナ嬢だって、今は体調が安定してないから王妃教育をお休みしているんだから、兄上も良くなるまで休んだ方がいいよ。母上や父上にはぼくが話しておくから」

「いや、そこまでしなくていい。自分で話す」

「駄目。兄上はその辺信用出来ない」

ネージュは侍女にベルンハルドの見張りを任せると部屋を出て行ってしまった。ネージュを呼び止めるも、足は止まってくれなかった。残されたベルンハルドは苦笑し、侍女に上体を起こしてもらい飲み物が入ったマグカップを受け取った。口に含むと温かいミルクとハチミツの甘さが広がった。身も心も落ち着く優しい味。

(ファウスティーナは、あのリボンを気に入ってくれたかな……)

今日は婚約者《ファウスティーナ》の八歳の誕生日。ギリギリまで彼女への誕生日プレゼントで悩んでいた。ずっと唸《うな》っているベルンハルドにネージュは助言《アドバイス》をした。リボンを贈ってはどうか、と。リボンは髪を結ぶ時に使える上、可愛い物が好きな令嬢には定番中の定番のプレゼントだ。それに、まだ幼いファウスティーナに贈るにはぴったりだと思った。

プレゼントをリボンに決め、次は色。これもまたベルンハルドを悩ませた。ファウスティーナに似合う色を考えた。普段彼女が着ているドレスの色は紺色などの地味で濃い色が多い。二ヵ月前のお茶会で着ていた青銀のドレスを思い出すも、髪に結ぶなら同系統の色は目立たない。

空色の髪には濃い色が似合う。色までネージュに助けられる訳にはいかない。

ファウスティーナに似合う色を探していると、ふと、お茶会で身に着けていた髪飾りが頭に浮かんだ。紫色のアザレアの花。

紫色と口に出そうになったがネージュの瞳の色を見て思い止まった。ネージュの紫紺色と紫色は似ている。どうせなら、自分と同じ色を身に着けてほしい。

そこでベルンハルドが選んだのが――瑠璃色。自身の瞳の色だった。瑠璃色なら、青と白の中間である空色でも映える。そう決めると素早く手配をした。

リボンと一緒に手紙も送った。誕生日パーティーは、ファウスティーナの体調が不安定な為開催されないと連絡を貰っている。パーティーがなくても会いに行けたのに、ファウスティーナの体調が安定するまでは会わないでおこうと決めた。

飲み物を飲み干したベルンハルドはマグカップを侍女に返した。侍女に言われるがまま、ベッドに横になった。寝た振りをして、侍女が部屋を出たら起きる気でいたのに睡魔が襲う。

眠そうな瞳を天井へ向ける。

ファウスティーナは喜んでくれただろうか、身に着けてくれるだろうか。

不安と期待を抱いたまま、ベルンハルドは眠った。

寝息を立て始めたのを見届け、明かりを消して侍女は部屋を出て行った。

その頃、母と父にベルンハルドの調子が悪いと告げて私室に戻ったネージュ。心配した様子の両親に、彼も気遣わしげな面持ちを見せた。私室に戻っても同じ。

だって――

「兄上があんなにも前の記憶を夢に見るなんて。ぼくは兄上が大好きだから、そう何回も嘲笑うのは嫌だ」

魘されているベルンハルドは何度も口にした。

『かえ……せ……、…………を、返して……くれ……』

「返せ、だなんて。どの口が言っているんだか」

可愛い顔からは到底考えられない冷めた声色がネージュから紡がれた。

「捨てたくせに」

吐き捨てた言葉の裏に隠された事実を知るのはネージュと、あとは……。

三十一　父の温もりと兄の……

書庫室に置かれている回転椅子に座って、くるくるくると回りながら考え込むファウスティーナ。回転が止まったら床を蹴って回り、止まったらまた蹴って回る。腕を組んでうーんと何を悩んでいるのか。リンスーがいたらお行儀が悪いと言うだろうが今はいない。

昼食後、読みたい本を探しに来たものの、これといった本はなかった。誰もいないのをいいことに回転椅子に座って回り始めた。回りながら考え事をするのも意外と楽しい。が、そろそろ気分が悪くなってきた。回るのを止め、高い天井を見上げた。

昼食時を思い出す。

三時のおやつにファウスティーナご所望のアップルパイが出る。ファウスティーナの分だけ、アップルパイの為に昼食の量を少なくしてもらった。それはいい。

普段通りに食事を進めていく中、今日はとても静かだとファウスティーナは感じた。チラリとエルヴィラを見た。気のせいか、落ち込んだ様子でナイフとフォークを使っている。次にケインを見た。相変わらず涼しい顔をしている。ケインはいつも通りだが、エルヴィラは何かあったと判断。

ファウスティーナが聞いても答えて貰えなさそうなので敢えて聞かなかった。サラダに手を伸ばした際、苦手なグリーンピースがあり眉を八の字に下げた。独特な食感が好きになれない。じぃっとグリーンピースを見つめ、良案を思い付いた。他の野菜を多目にしてグリーンピースと一緒に口に入れた。器用にグリーンピースを口内の端に避け、他の野菜を咀嚼し、グリーンピースだけ一度噛んで飲み込んだ。これなら、何とか食べられる。

これだけならグリーンピース攻略法を編み出したことになる。皆より食事の量が少ないファウスティーナは最初に食べ終えた。食後のオレンジジュースを出された時だった。

『お母様』

『なあに、エルヴィラ』

『わたしのお誕生日には、盛大なパーティーを開いてくれますよね？』

不意にエルヴィラが二ヵ月後にある自身の誕生日パーティーの話をリュドミーラに切り出した。

エルヴィラのあの落ち込んだ様子は、自分の誕生日パーティーも開かれないのではないかという不安から来ていたものだったと、ファウスティーナは思った。

（誕生日は年に一度しかない貴重な日だものね。エルヴィラが不安がるのも仕方ないか）

『ええ、勿論。ファウスティーナは仕方なかったけれど、ケインやエルヴィラのお誕生日は例年通り誕生日パーティーを開くわ』

エルヴィラはホッとしたような表情を浮かべた。

それからは何事もなく、オレンジジュースも飲み終えたファウスティーナは書庫室へと向かったのだった。

「気のせいだといいけど、なんだか嫌な予感がする」

ケインやエルヴィラの誕生日パーティーで何かやらかした記憶はない。

回りすぎたせいで気持ち悪いのが抜けて、またくるくると椅子を回し始めた。

「う～ん」

「ファナ？」

「ふぁう⁉」

不意に声を掛けられ変な声を上げてしまった。恥ずかしさから、顔に体温が集中していく。回転椅子を止めて後ろを見ると、片手に古い本を持ったシトリンが立っていた。

「目が回って気分を悪くするから、あまり回っちゃダメだよ」

「は、はい（さっきまで悪くなってました……）」

「本でも探しに来たのかい？」

「はい。でも、読みたい本がなくて……」

「ああ、そういえばアレイスター書店に連れて行くと言ってあったね」

二ヵ月前、王妃主催のお茶会当日の朝食時の会話で出た。あの時はシトリンが多忙だったのもあり、代わりにリュドミーラが付き添うことになっていたが、お茶会でファウスティーナが倒れたので有耶無耶になってしまっていた。

「お父様の時間がある時で良いので連れて行ってほしいです」

「なるべく早く時間を作るようにするよ」

「ご都合のつく時で構いません。お仕事優先ですから」

公爵という立場上、自由に出来る時間はとても限られている。それでも工夫をして家族との時間を作ってくれる父がファウスティーナは大好きだ。無性に抱き付きたくなってシトリンの腰に抱き付いた。

「おや、今日のファナは甘えん坊さんだね」

「えへへ、お父様はいつもお花のいい香りがします！」

この香りが前の自分も大好きだった。極端に甘くない、仄《ほの》かな花の甘い香り。香水特有の作られた香りじゃない、自然な香りが一番心休まる。頬をすりすりすると頭に温かい手が乗って、髪を乱さないように慎重に撫でられる。

前回もそうだが、父親とは親子らしい触れ合いが出来るのに母親となると出来なくなるのはどうしてか。自分が甘えたら良かったのか、それとも母が望む通りの公爵令嬢を演じれば良かったのか。

最後にあのような末路を辿ると知っていたら、ファウスティーナだって馬鹿な考えも行動も起こさなかった。

全ては自身の強欲と傲慢が引き起こした自業自得の末路。同じ道は通らない。通りたくない。

シトリンに甘えつつ、今後どうやってベルンハルドとエルヴィラをくっ付けるか考えた。

エルヴィラに何もしていないので今の所ベルンハルドからの印象は悪くない、筈。寧ろ、向こうはファウスティーナをきちんと婚約者として扱ってくれている。悪印象を持たれないまま、円満に婚約破棄をする道はないものか。エルヴィラといる時のベルンハルドは、ファウスティーナに向ける表情よりも楽しげで嬉しそう。二人が〝運命の恋人たち〟なのは、態々その言葉を思い浮かべなくても理解している。

ファウスティーナがこのまま、問題なく過ごせばまた王妃教育は再開される。婚約者の立場もそのままに。演技をして倒れる、という選択肢もあるも、周囲に迷惑を掛ける行為は控えたい。が、婚約破棄を選択した時点で何処かで腹を括らねばならない。

（結局、ベルンハルド殿下自身に気付いてもらうしかないのかな。エルヴィラが好きだって。まあ、私が動かなくてもエルヴィラの方からベルンハルド殿下に近付いて行っているから、そこで殿下が気付いてくれれば……ん？）

一つ、閃いた。

ファウスティーナは前回のこともあり、ベルンハルドと会っても会話も長く続かず沈黙が長くなる。ベルンハルドも何を話せばいいのか話題に悩んでいる節が多々あった。

しかし、エルヴィラはどうだろう。元々話し上手なエルヴィラが相手であれば、自然と会話は増え、話題は尽きない。

エルヴィラと長く会話をし、一緒に過ごせば、自ずとベルンハルドも気付いてくれるだろう。どちらといた方が心躍り、どちらといた方が相手から好意を向けられているか。

（よし！　長期戦になるけど、この作戦でいこう。今後殿下と会っても会話はなるべく短く。これで殿下も、自分がエルヴィラを好きだと気付いてくれる！）

鼻唄を歌って周囲に小花を咲かせるファウスティーナが、まさかベルンハルドとの婚約破棄作戦で良案を思い付いたから上機嫌とは知らず、シトリンは、三時のおやつに食べるアップルパイが余程楽しみなのだろうと勘違いした。

辞書を取りに行ったシトリンが戻って来ないので執事のヴォルトが書庫室まで来た。娘に甘えられて喜んでいる主人に申し訳なさを抱きつつも、書類の処理を促した。そうだったね、とヴォルトに向いたシトリンから離れたファウスティーナは部屋に戻りますと告げて書庫室を出た。

名作戦だと自負している円満婚約破棄作戦を思い付き、ルンルン気分で私室へ向かう。掃除をしていたり、洗濯物を運んでいたり、働いている使用人達は上機嫌で鼻唄を歌って小花を咲かせて歩くファウスティーナを温かい眼差しで見守ったのであった。

●○●○●○

部屋に戻り、早速机に向かってノートを広げた。

【ファウスティーナのあれこれ】である。

簡潔に書き纏めていき、ある程度まで書き終えてペンを置いた。

「これでいいか。あ、そうだ。フワーリン公爵家で開かれるお茶会の対策をしないと」

とは言え、前はお忍びで参加したベルンハルドにずっっっと引っ付いて迷惑がられただけ。

ファウスティーナが取るべき行動は一つ。

ベルンハルドに近寄らない。

これだけである。

「なんて簡単で呆気ない悩み……ううん、殿下の幸せを思うと呆気ないとか言っちゃいけない。それにしてもフワーリン公爵家……クラウド様か……」

王妃アリスの甥。ベルンハルドとネージュとは従兄弟になる。

王子達の側にいた、数少ない心許せる友人。

「クラウド様……全然記憶にない。私がベルンハルド殿下に夢中だったのもあるけど、他の令息って殆ど印象にない」

同じ爵位持ちの家でも、交流があるとないとでは違ってくる。王太子の婚約者であったのだから、どこかで会ってはいた筈。

が、何も覚えていない。

貴族学院時代を思い出そうにも、何もない。

覚えていないのではなく、何もなかったから何もない。

そう結論を出した。

「うーん、いいか、クラウド様にも近寄らなければ良いのよね。これでいこう」

最低限の挨拶はしてもその後は自由に過ごす。クラウドとベルンハルドにさえ近付かなければばいい。次々とノートに綴っていく。

ペンを所定の位置に戻し、ノートを閉じてベッドの下に隠した。

おやつまで時間はあるので、ベッドに仰向けになった。

教会から戻ってつい寝てしまった際に見た過去の夢。夢の中に、思い出せない記憶が垣間見えることもあるのではないか。眠気はないが瞼を閉じて体を横にしていれば、知らない内に寝てしまえるだろうとファウスティーナは眠ることにした。

体から力を抜いて、思考を手放し、意識を眠りへと落としてい――

「あれ？　寝てるの？　ファナ」

きはしなかった。

ケインが部屋を訪ねてきた。ファウスティーナは起きようか一瞬迷うも、今回は狸《たぬき》寝入りすると決めた。起きない自分に兄が何をするかワクワク半分、不安半分。

「ファナ？」

ケインはベッドで寝るファウスティーナに近付き頬を突く。身動《みじろ》ぎもしない様子から熟睡しているのだと勘違いをした。ふう、と息を吐き、ベッドに腰掛けると妹の頬を撫でた。

「ねえファナ。さっき、母上にフワーリン公爵家からお茶会の招待状が届いていると聞かされたんだ。ファナも知っての通り、王妃殿下の生家だ」

（知ってます）

「日取りは来月。あと、これは敢えて母上には言わなかったけど」

（なんだろう？）

「そのお茶会にはね、お忍びで王太子殿下達が来るんだ」

（お兄様はベルンハルド殿下と手紙のやり取りをしてるから、それで聞いたんだろうな。前にもそんなこと言ってたし）

「ファナが王太子殿下の婚約者とはまだ公表されていないけれど、殆どの貴族は知っている。ファナの容姿と年齢的に考えれば、妥当だから。まあ、ファナが倒れてからは王家に自分の娘をって勧める奴らが続出中らしいけどね」

（大変だなあ陛下も。殿下もお兄様には何でも話すのね）

「……ねえ、ファナ。ファナが王太子殿下から逃げる訳を俺なりにね、考えてみたんだ」

狸寝入りを決めこんでいるファウスティーナは知らない。

この時のケインの紅玉色の瞳が、綺麗とは程遠い、どろりとした血の色となっていたのを。

「考えて……答えは出た。答えは敢えて言わない」

（気になる言い方……！　でもここで起きたら擽《くすぐ》ったさを耐えて狸になってる私の苦労が……！）

「言えるのは、ファナが後悔しない選択をしろってこと、だけかな」

頬から手を離して、ケインはベッドから降りた。寝ている相手に語ったって声は届かないがそれでいい。聞いてほしくないから今語った。変わらない姿で眠り続けるファウスティーナを一瞥し、じゃあねと部屋を出て行った。

扉が閉まった音を聞いてファウスティーナは目を開けた。

「……」

ケインの言葉が脳内で繰り返される。

〝後悔しない選択をしろ〟――姉妹神と同じ、薄黄色の瞳が強い輝きを灯した。

「分かっていますわ、お兄様」

たとえ心のチクチク感が、いつか大きな痛みに変わって襲い掛かってきても――後悔が残らないよう、目標を達成して見せる。

上体を勢いよく起こして両腕を掲げた。

おー！　と。

三十二　黒い魔手

真っ白なテーブルクロスが敷かれたテーブルに置かれた、リンゴとシナモンの甘い香りを漂わせたアップルパイ。本日一番のキラキラをアップルパイへと注ぐファウスティーナの様子に、このアップルパイの話題を出したリンスーは心底安堵した。好奇心旺盛で、休みの日によく街に行くリンスーに、ファウスティーナは平民の生活やお店について聞きたがる。

開店一時間前に行っても買えなかったアップルパイを誕生日プレゼントに選んだと聞かされた時は、少しだけ後悔した。平民には人気でも、公爵令嬢として毎日高級食材を使った一流の料理人が作る料理を食べるファウスティーナの口に合うかは別の話となる。たとえ口に合わなくてもファウスティーナは顔にも言葉にも出さない。美味しかった、ときっと言ってくれた。

買ってすぐに食べない場合は、食べる直前に温め直すと出来立てとそう変わらないと店員に教わった。

ファウスティーナの好物であるオレンジジュースを、リュンのプレゼントである子豚のマグカップに注いだ。何故子豚なのかとリンスーは初めリュンを問い詰めた。大事なお嬢様が太っているとでも言いたいのですかと、凄まじい剣幕で迫った。たじたじになりながらも、是非ファウスティーナに子豚の可愛さを知ってほしくて子豚のマグカップにしたとリュンは説明した。受け取った本人が嬉しそうなのでリンスーもそれ以上は言わなかった。

ファウスティーナは期待を込めた瞳でナイフとフォークを流れるような動作で使い、アップルパイを一口サイズに切った。

王太子との婚約が決まってからのファウスティーナは変わった。周囲の人に聞いても、大きな変化はないと言われるかもしれない。だがファウスティーナが三歳の時から世話を任されているリンスーには解る。

まず、リュドミーラに何を言われても激昂せず、反論しなくなった。しても冷静に無感情の面を被って対処する。

次に……………特になし。

エルヴィラに対しては今とほぼ同じ。

(旦那様やケイン様に対しても変わってないので、やはり奥様にだけ対応がガラリと変わられましたね)

王太子との婚約を嫌がっている理由をリンスーは知らない。

王妃教育や普段の家庭教師との勉強は頑張って評判は上昇していくのに、ベルンハルドが来ると逃げる。

執事長が教えてくれた。一度ファウスティーナは、ベルンハルドに婚約破棄をしたくなったら何時でも言って下さい、と言ったとか。何故⁉ と驚愕する所だろうがベルンハルドから逃げ回るファウスティーナを見ていると、大きな衝撃はなかった。

只、ベルンハルドから逃げる理由、婚約破棄をしたがる理由が不明なだけ。

教えてほしいと願う。一介の侍女でしかない自分がファウスティーナに出来ることは数少ない。

それでも、ちょっとでいいから心情を明かしてほしい。

「とっても美味しいわリンスー！」

「お嬢様に喜んでいただけて良かったです」

「オレンジジュースのお代わり頂戴」

「はい」

お日様のように温かくて眩しい笑顔の裏にある、小さな主の……願いを。

●○●○●○

――夜、ファウスティーナの私室――

「はは～特別な一日っていいわね～」

今年の誕生日は、前回も含めて今までの誕生日で一番幸福な日だった。

だからこそ、前の自分の傲慢、強欲、視野の狭さが嫌になる。

「ベルンハルド殿下に好きになってもらいたくて空回ってばかりだった。誕生日に自分の好きな物を要求するって思考がそもそもなかった」

ベルンハルドが好みそうな色のドレスを欲しがった。少しでも視界に入れてほしくて、温かい笑みを見せてほしくて、好きになってほしくて。

相手ばかりに自分勝手な要求を突き付けた。性格の悪さと実の妹を虐める陰湿さに元々零の感情は更に下降してマイナスへと変化した。

「来年はどんな誕生日になるかな」

夕食も日常の中にさらに豪華さをプラスされた食事だった。

お風呂にも入り、髪も乾かした。

あとは寝るだけ。

「夢……見られるかな」

過去の夢を見て、空白となった記憶《ピース》を埋めたい。婚約破棄へと繋ぐ、重要な手懸かりもそうだが、自分が何故死んだかを知りたい。アエリアが知らないなら、他に知っている人はもう誰もいない。

ファウスティーナ自身で思い出すしかない。

……と決めたら――扉をノックされた。誰だろう、と怪訝に思いながら返事をして入ってもらった。相手は執事のヴォルトだった。夜遅くの珍しい訪問者にファウスティーナは首を傾げた。

「どうしたの？」

「お嬢様が今夜ぐっすり眠れるようにとハーブティーを淹れたのですが……もうお休み前だったのですね」

「折角淹れてくれたんだから、飲むわ。それにね、眠る前に温かい飲み物を飲むとより眠りやすくなるって本に書いてあった」

「ありがとうございます」

普段のファウスティーナが眠る時間には少々早いのでヴォルトもまだ起きていると思ったのだろう。折角の好意を無下にしたくない。ヴォルトからティーカップを受け取ったファウスティーナは、ふーふーとハーブティーを冷まし口をつけた。

「美味しい。これ、なんていうハーブを使ってるの？」

「エリザベスフラワーという、南国に生息する植物です。現地では、大昔から天然の精神安定剤として使用されていて、不眠症に強い効果を発揮します。お嬢様は不眠症ではないのでエリザベスフラワー自体は少な目にし、他のハーブも数種類混ぜて作りました」

「女性の名前みたいな植物なんだね」

「この植物を発見した方がエリザベスという学者だったと記憶しております」

ファウスティーナの抱いた疑問にすらすらと答えるヴォルトは寡黙だが仕事熱心、おまけに知識も豊富。家族も親しい友人もいないらしく、仕事一筋と言っても過言ではない。

今年の誕生日は本当に今までで一番良い誕生日だな、とニコニコしながらハーブティーを飲み干した。空になったティーカップをヴォルトに渡したファウスティーナは重い瞼を擦った。

「飲んでたら眠くなってきた……」

「私はこれで失礼します。良い夢を……ファウスティーナお嬢様」

「うん……お休み」

布団の中に潜り込み瞳を閉じたファウスティーナは数分もしない内に眠った。

「すー……すー……」

あっという間に寝息を立てて眠ったファウスティーナを、ヴォルトは布団を退《ど》かし、丁寧に抱き上げた。

大事に抱え直して部屋を出た。外に置いてあった大きな箱の中に、膝を抱えるようにファウスティーナの体を丸め仕舞った。

蓋をし、持ち上げて、移動し始めた。

屋敷の裏口から外に出て、一旦箱をそっと地面に置いた。

八歳の幼女を箱に入れて持ち運ぶのも中々の重労働だ。うっすらと汗が浮かんだ額を袖で拭い、再び箱を持ち上げた。

裏門に回ったヴォルトは、予め開けられている門の前にいる男性に箱を渡した。

「乱暴に扱わないで下さいよ」

「分かってる。大事な商品に傷をつけるような真似はしない」

「……」

ファウスティーナを商品呼ばわりされ、ヴォルトは不快そうに顔を歪《ゆが》めた。相手の男性は知らぬ振りをし、大量に積まれた藁《わら》を避け箱を置いて上に藁を被せた。

「この国じゃお伽噺も現実になる。女神様の生まれ変わりだか何だか知らないが、この娘を人質にすれば王家や公爵家から莫大な身代金が手に入る」

「……さっさと行くぞ。見つかれば面倒だ」

「おう」

ヴォルトは門を閉め、荷台を引く男性の後に続こうとした。

複雑な面持ちで公爵邸を見つめた後、男性に呼ばれ歩き始めたのであった。

――翌朝、ファウスティーナを起こしに部屋を訪れたリンスーが「お嬢様がいません!!」と血相を変えて食堂でファウスティーナを待っていたシトリン達に告げたことで、大騒ぎとなった。

自分が箱の中で寝ていると知らないファウスティーナは――

「アップルパイ……もう、食べれ……にゃい……」

「「……」」

夢の中でもアップルパイを食べていた。

三十三　はぐるまはずれていく

――ああ……時間軸《はぐるま》がずれていくのって愉《たの》しいなあ……

「兄上大丈夫？」

「あ、ああ……」

内心は、今までと出来事の起こる順番が変わって愉しくて仕方なくて、大声を上げて嗤って。

表面は、一昨日八歳の誕生日を迎えたばかりの婚約者が拐《かどわ》かされたと聞き、不安げな面持ちで一日を過ごす兄を心配している。

極端な感情を外と内で上手に使い分ける器用さは何時身に付けたかな。ああ、二度目の時か、とネージュは手が付けられていないスープに目を落とした。

「……冷めちゃうよ？」

「分かってる……ただ……喉を通らないんだ」

「公爵家が総出で捜してるって聞いてるよ」

「父上の方からも、秘密裏に捜索隊を出してファウスティーナを捜している」

ファウスティーナがいなくなったと判明したのは昨日の朝。侍女が起こしに部屋を訪れるともぬけの殻。屋敷中探し回ってもファウスティーナの姿はなく、大急ぎで公爵に報告した。

そこからは更にパニックとなった。

王城に報せが届いたのは昨日の午後。公爵家からの使者が王に大至急手紙を渡してほしいと駆け付けた。公爵からの火急の用件があると。

丁度公務が一段落した所だったのと、使者のただならぬ様子から王は謁見を許した。

渡された手紙を読み、すぐに表情が驚愕に染まった。

王は使者を帰すと騎士団長を呼んだ。

極秘の任務を言い付けた。

「ぼく達に出来るのは、無事に戻って来ることを祈るくらいだよ……」

「……」

貴族の子供、というのは狙われやすい。故に、常日頃から護衛が付けられる。時には傍《かたわ》らに、時には遠くから。

基本屋敷の中で生活をしていても同じ。誰かしらは付いている。

ファウスティーナを最後に見たのは専属侍女。時刻は夜。なら、拐われたのは夜中から朝になるまでの間となる。その間の警備はどうなっていたのか。ベルンハルド達が父シリウスに聞いた。

夜間に交代で邸内を巡回する者、警備を担う者全員に聴取を行った。

不審者の目撃情報はなし。門や壁に細工をされた痕跡もなし。

但し——執事が一人、ファウスティーナがいなくなったと大騒ぎになっている日から姿が見えない。

その執事の素性は公爵家から王家側に情報提供されている。いなくなっただけでは実際に拐ったという証拠にはならないが、公爵家も王家も彼が誘拐犯だと断定した。

理由があるせいだ。

ネージュとベルンハルドは執事が犯人としか聞いていない。

「父上が言っていたけど、姿を消した執事って七年前からヴィトケンシュタイン家に仕えてるんだって」

「聞いた。まさか、内通者がいるなんて公爵側も思わなかっただろう」

ベルンハルドはこの時、一つ引っ掛かりを覚えていた。

執事の話を終えたシリウスが去る間際、こう呟いたのを聞き逃さなかったからだ。

『アーヴァの妄信者め……』と。

(アーヴァとは何だ)

聞いたことのない言葉。

しかし、そのアーヴァと執事が繋がっているのは明白。そうでないなら、シリウスが忌々しい様子で口にはしない。

(ファウスティーナ……)

テーブルの下に隠している手をぎゅっと握り締めた。

子供のベルンハルドでは捜索への協力も出来なければ、他に手助け出来ることもない。

こうやって無事に戻ってくるのを待つしかない。

「……」

湯気は消え、温《ぬる》くなったスープに手を付けず、じっとコーン色の水面を見つめる瑠璃色の瞳に翳《かげ》りが生じ始めた。グラスを傾けて水を飲むネージュは、さて、と思考を巡らせる。

(事が起きた時期に違いはあれど、状況は同じ。なら、誘拐犯も同じだ。違ってくるのは救出方法だけ、か)

(前は兄上が助けに行ったけど、さすがに今回は無理だ。あの時は十七歳だったから。……ああでも、ファウスティーナを助けた時の兄上の顔は傑作だったな。……何をやっても手遅れなのに、今更感が満載だったもん)

――ファウスティーナの態度も問題だらけだったけどね。

ファウスティーナの空白の記憶と当時の感情を知っているネージュとしては、終わりが近付くにつれ遠くなっていく二人を思い出すだけで笑いが抑えられなくなる。

誘拐に関する手掛かりはその執事だけ。が、彼は行方不明。執事の交友関係や行動範囲を調べても糸口は見つからない。

ならどうするか？　――ネージュは執事の居場所を知っている。伝える方法はある。

結局、朝食に一度も手を付けなかったベルンハルドが従者と護衛の騎士を連れて出て行ったのを見届けた後、側に控える専属侍女ラピスに馬車の用意を言い付けた。極秘の捜索活動とは言え、王城内は緊張感が溢れていた。

今日のネージュは体調が良い。行先を聞かれ、教会へ行きたいと告げた。

「王妃殿下に聞いて参りますね」

「うん。難しいかもしれないけど、ファウスティーナ嬢の無事を祈りたいって言えば、きっと母上は許可してくれるよ」

「はい」

ラピスと共に部屋を出たネージュは長い廊下を歩く。事情を知らない者でも、息がし辛《づら》い空気に顔が強張っている。

あ、とネージュは声を出した。

前方から見知った男性が歩いて来る。

「あれは司祭様ですね」

ラピスがネージュの心を代弁した。

司祭の服装ではない、貴族然とした格好をした司祭はネージュの姿を捉えると会釈をした。

「ご機嫌如何ですか、ネージュ殿下」

「……丁度良かったよ、司祭様」

さらさらと流れる銀髪は少々乱れ、涼しい顔をしているのに皮膚にはうっすらと汗が滲んでいる。声色は穏やかで丁寧なのに、裏に隠されている感情がネージュには手に取るように解る。ラピスを下がらせ、司祭をしゃがませると耳打ちした。

瞠目《どうもく》し、絶句する司祭にだけ見えるように底無し沼の紫紺色の瞳をぶつけた。

「ぼくの言い分を信じるか、信じないかは司祭様次第だよ」

「……いいえ、信じましょう。当事者しか知らないことを貴方は知っている。それを陛下や王妃様が貴方に漏らすことは決してない」

「信用してくれてありがとう」

ネージュは純粋な笑みを浮かべた。

「……」

何とも言えない表情をした司祭は、踵を返して来た道を戻って行った。下がっていたラピスを呼び、ネージュはやはり教会へは行かないと告げた。

「行かれないのですか?」

「うん。司祭様にお願いしたんだ。どうか、女神様にお祈りしてと」

「そうですか。では、お部屋に戻りましょう殿下」

「うん」

これでいい。

司祭にばらしても問題はない。

ネージュはラピスと共に部屋に戻った。

●○●○●○

一方、ヴィトケンシュタイン公爵家では、ファウスティーナが拐かされた日から一睡もしていないシトリンが騎士団の秘密捜索部隊と情報を共有してファウスティーナの捜索を続けていた。

誘拐に関わっていると思われる執事の行方も未だ解らず。

「……」

書斎内を扉の隙間から覗き見しているケインの肩に手が乗った。冷静に振り向くと一気に数年分は老けた印象を抱かせる母がケインを扉から引き剥がした。

「ケイン。部屋に戻っていなさい」

「……ヴォルトの居所は？」

「ファウスティーナのことは旦那様や騎士団の方々が必死に捜しています。貴方がすべきなのは只ひたすら待っていることです」

「……」

真面目でそつなく仕事を熟す寡黙な男性というイメージしかなかった執事のヴォルトが、まさか仕える家の娘を拐うなどと誰が思うだろうか。

今の所、ヴォルトがファウスティーナを拐ったという決定的証拠はない。しかし、ファウスティーナのいなくなったその日に姿を消した。休暇を願い出た形跡も体の具合が悪いという話も聞いていない。間違いなく事情を知っている。

初めの感想はそうだ。

直後に発覚した事実に、その執事が誘拐犯だと断定された。

リュドミーラに部屋に戻されたケインはソファーに腰掛けた。

リュンは執事長と共にシトリンの補佐に回っている。というか、回した。睡眠を取るよう促してもファウスティーナが戻るまで無駄にする時間は一秒もないと断られた。

それに、リュンを回したのはシトリンの補佐をさせる為だけじゃない。新しく入った情報を入手する為でもある。こんな状況なので子供のケインには何も出来ない。

「はあ」

大きな溜め息を吐くと机に広げていた資料を手に取った。リュンに内緒で聞いた情報を纏めたのだ。

「大人の面倒事に子供を巻き込まないでほしいな」

資料にはヴォルトのことが書かれている。

一通り目を通したケインは資料を机に置き、引き出しを開けて便箋を掴んだ。素早くペンを走らせて便箋を封筒に入れた。

呼び鈴を鳴らした。

音に呼ばれた使用人が部屋に入ってきた。

手紙に封蝋を押して、告げた場所へ届けてほしいと頼んだ。

使用人が手紙を受け取ったのと同時に、リンスーが駆け込んで来た。どうしたのかと問うと、ケイン宛に手紙が届いたという。

非常事態ではあるが箝口令《かんこうれい》が敷かれている為、ヴィトケンシュタイン家の者と王城の一部の者以外は誘拐の事実を知らない。

リンスーの赤い目元や濃い隈が目に入った。

「リンスー、ちゃんと寝てる？　目の下、酷いよ」

「私の心配はご無用です。今はお嬢様を早く見つけることが最優先です！」

「リンスー。一度言ったけど、リンスーの侍女としての仕事に問題はなかったよ。夜間の警備や巡回は公爵家お抱えの騎士の仕事なのだから」

リンスーは今はこうして動き回っているが誘拐が発覚した当初は酷かった。最後にファウスティーナを見たのが彼女だったのもあり、取り乱し方が尋常ではなかった。ケインの言った通り、侍女としての仕事を熟したリンスーに問題はなかった。問題があるとすれば夜間の担当をしている騎士達である。内通者がいた為気付けなかった、阻止出来なかった、では話にならない。が、今責任を追及した所でファウスティーナは帰って来ない。

今はファウスティーナ捜索が第一。

ケインに諭され、ぐうの音も出ないリンスー。自分宛の手紙を受け取ったケインは内容を見て微かに目を見張った。

「……さっきの手紙、やっぱり届けなくていいよ」

「は、はい」

使用人に渡した手紙を自分の手に戻して引き出しの中に仕舞った。

「リンスー」

「は……はい」

「部屋に戻って、仮眠でもいいから取るんだ。屋敷中がバタバタしてる最中に倒れられても余計な仕事が増えるだけだから」

「はい……」

「侍女長にも今朝怒られていたでしょう？　休めって」

「はい…………」

リンスーにちゃんと睡眠を取らせる為に突き放した言葉になってしまった。落ち込んだ様子でとぼとぼ歩いていく後ろ姿が、怒られてしょんぼりとなるエルヴィラと重なった。ファウスティーナも怒られて落ち込むとこんな感じになる。

使用人にも持ち場に戻るよう告げた。一人になった部屋でケインはソファーに座って手紙を改めて読んだ。

「やってくれたねネージュ殿下。今のベルンハルド殿下じゃ助けられないからって、あの司祭様に任せるなんて」

人選は間違ってはいない。

「この状況で司祭様がファナを助けるのは不自然じゃない。事情を知ってる大人だったら、だけど」

手紙を置いたケインは天井を仰いだ。

ファウスティーナは多分今頃――……

「アップルパイが一つ……きのこパイが一つ……むにゃ……コールダックが一匹……」

「……よく効く睡眠薬でも飲ませてるのか？」

「まあね……」

二日間ずっと眠りっぱなしであった。

三十四　薔薇色の青年とファウスティーナ

ファウスティーナを拐った二人は配達人を装い、実際に引き受けた荷物を届けつつ、王都より南方へ馬車を走らせていた。途中、街を巡回する兵士に荷物を確認されたが伝票と荷物に貼られた紙片を見せ、全て実在する人間の名前と住所と分かると通してくれた。中身の確認をされても問題はなかった。ファウスティーナを入れた箱は、巧妙に造られた御者台の下の隠し場所に置いてあるから。

「……」

ヴィトケンシュタイン公爵令嬢を拐って二日が経った。

二人は南端に位置する宿に一旦馬車を停めた。休憩と食糧調達を兼ねて。御者台の下に隠してあった箱の蓋を開け、麻袋にファウスティーナを詰め替えて『ピッコリーノ』と掲げられた看板の宿に入った。受付を済ませ、指定された部屋に入り鍵を閉めた。

麻袋からファウスティーナを取り出した。幸福に満ちた寝顔を晒《さら》し、時偶《ときたま》パイを食べているかのような寝言を漏らす。

幸せな夢を見ているのだろう。

その幸せが現実世界に戻ったら崩壊すると知ったら、幼い娘はどんな反応をするのか。

泣き叫び、絶望し、暗闇に染まった未来を想像してどん底へと蹴り落とされるだろう。

下卑《げび》た表情を浮かべ、大笑を上げたいのを堪えて肩を震わせる髭《ひげ》の濃い男を――その人は酷く冷ややかに見つめた。

見事な薔薇色の、左襟足だけが肩まで届く程長い髪と同じ色の瞳をした冷たい美貌の青年だ。

扉が控え目に四回ノックされた。

男は相手が誰か分かっているようで確認もなく扉を開けた。

切り揃えられた赤色の髪に睫毛がほぼない小さな黒い瞳の、言っては失礼だが顔の造形が残念な男。

本物の、ヴォルト＝フックス。

七年も前から、ファウスティーナ誘拐を水面下で企てていた男性である。

ベッドに寝かされているファウスティーナを見るやいなや、恍惚とした表情で両手を広げて大股で近付いた。

すると、ファウスティーナの寝顔を眺めていた青年が袖に隠していたナイフを無駄のない動作で投げた。ナイフはヴォルトの頬すれすれで飛んで行き、天井に刺さった。

硬直したヴォルトに青年は髭の濃い男に向けていたものよりも更に冷気を纏った眼をぶつけた。

「不用意に近付くな。起きて騒がれたら面倒でしょ」

「貴様……っ、元は名もない孤児の分際で」

「その孤児に公爵令嬢の誘拐を頼んだのは何処の誰？」

「っ……」

青年に痛い所を突かれたヴォルトは悔しげに唇を噛んだ。

青年がいなければ、この計画は成功しなかった。

「さて旦那。この国から脱出する為の話でも、しようじゃないですか」

「……ああ、そうだな。おい、ファウスティーナを其《そ》れ《れ》をしっかりと見張っておけ。目を覚ましたら、声が出ないよう猿轡《さるぐつわ》でも噛ませろ」

「……」

返事もせず、じっと虚空を見るだけの青年に最初から期待していないヴォルトはふんっと鼻を鳴らし、男を連れて部屋を出て行った。

「……君も不幸だね。アーヴァとかいうのに顔が似たせいで、あんな変態に目を付けられてさ」

アーヴァとは、シトリンの従姉妹の名前。

厳重な公爵家の警備の目を盗んでファウスティーナを拐うのに七年の月日が必要だったのは、それだけ本物のヴォルトが慎重だったのと絶対に失敗は許されないものだったからだ。

公爵家は必死になってファウスティーナを捜索しているだろう。それはきっと王家も。見つかる筈がないと傲慢に笑うヴォルトと髭の濃い男は気付いていない。確かに此方は七年もの月日を費やして計画を練った。しかし、相手だって馬鹿じゃない。最高位の貴族が必死になって捜索をすれば――何《いず》れ見つかる。

その場合の対策はしている。

そもそもヴィトケンシュタイン家に仕えていたヴォルトは偽物だ。

公爵家も王家も、毎日黒髪をオールバックにした眼鏡を掛けた男と認識している。実際は、切り揃えられた赤色の短髪と睫毛がほぼない黒い小さな瞳の男が真実。

それも――青年が鬘と特殊な技術を必要とした化粧を使用して作り上げた偽りの姿。実際はヴォルトの名前を使用し、姿を偽った青年である。

「シエル様……」

青年は誰かの名前を呟いた。

「ん……、んう……？」

「……」

その時ミルク色の瞼がピクリと動いた。

重々しく開かれた瞼の奥に隠されていた薄黄色の瞳がぼんやりと天井を見上げた。

ぱち、ぱち、と瞬きを二度繰り返すと顔を左へ向けた。

青年がいる方である。

「「……」」

寝惚け眼《まなこ》の薄黄色と薔薇色の瞳が見つめ合う。

ぱち。

ぱち。

ぱち。

一定のリズムを保って瞬きを繰り返したファウスティーナの目が限界まで見開かれた。

「え？　ええ？」

右、上、左、上、右、上。

動ける方向へ首を動かして室内を確認し終えたファウスティーナはがばりと起きた。口をあんぐりと開けて絶句している。ギョロッと不気味な人形のような動きで青年の方へ向いた。

「……ど……何処ですか……此処……」

「……可哀想だけど、君、誘拐されたんだよ」

「…………」

小説に出てくる登場人物がショックのあまり石化してしまう場面がある。今のファウスティーナが正にそれだ。物語の中の状態は現実でも起きるのか、と青年はぼんやり思った。

数分くらい固まっていたファウスティーナは、動き出すなり青年の服の裾を掴んだ。

「……そっか……じゃあ、貴方も被害者なんですね……」

「……」

――……は？

「誰かは知らないけど、すごく綺麗な顔をしてるもの。容姿が良いせいで誘拐されたんでしょ

「……？」

「……」

現実を理解して、泣き喚《わめ》くか、助けを求めて大声を出すとか、逃げ出すとか。どんな行動を起こすのかと思っていると――予想外の反応をされた。されて、青年の思考回路は停止した。

すぐに復活して何となく下を見た。

ファウスティーナを拐った時に着ていた執事服は既に処分済み。至って普通の平民の服を着ている。

「平民の服を着てるってことは平民なんでしょうけど、……顔が良いせいでこんな目に遭うなんて……運がないわね」

「……」

「はあ……運がないのは私も一緒か。寝てる間に誘拐されるなんて……ん？　でもよく誘拐出来たわね。見張りの騎士もいるのに」

「……」

その見張りの目を盗んで君を拐ったのは自分です――と言えば良いのか、それとも哀れな被害者を装えば良いのか。

真実を話して騒がれても面倒と判断し、青年はファウスティーナの話に合わせることにした。

「まあ……おれは君と違って、起きてる時に拐われた。拐われたというか、脅された」

「そうなの……ねえ、貴方名前は？」

「ない」

「へ？」

「平民の格好をしてるけど、元々は貧民街で育った孤児だった。だから、名前はない。そもそもこの服は誘拐犯に着せられた。みすぼらしいと目立つと言われて。風呂に入れてもらえたのはある意味幸運だったかもな」

「そ、そうなんだ……」

嘘と真実を織り混ぜて話すのは簡単だった。拐われたのは嘘。しかし、青年が語った生い立ちはある意味真実。

話を聞いて俯いたファウスティーナに青年は「お貴族様には分からないよ」と言った。

生まれた時から恵まれた環境で育った貴族とその日生きていくだけでも命懸けの貧民では、生活の質は天国と地獄。

皮肉を言いたかった訳ではないが、皮肉めいた言い方になってしまった。何も言わないファウスティーナに再び話し掛ける前に「でも」と先を越された。

「そう遠くない内に、貧民街は今よりもずっと良くなる」

「何故そう言える？」

「内緒。でも、本当よ」

「……」

確証もないのにはっきりと、力強く断言したファウスティーナの自信はどこからくるのか。これから自分がどうなるか分からなくて不安な筈なのに、強い意志の灯った薄黄色の瞳を青年にぶつけてくるのは……。

青年は「あっそ」と興味なさげにファウスティーナから視線を逸らした。脳裏に晴天の色をした青が浮かぶ。

「……私達、これからどうなるんだろう」

ファウスティーナは膝を抱えた。初めて出した不安な声色。

貴族の子供が誘拐された場合は主に身代金と引き替えにされるか、人身売買の商品にされてしまうのがおち。

移動中、髭の濃い男は身代金を要求する気満々だったので止めておけと青年は言った。危険《リスク》が大きすぎる、と。

金はヴォルトが多額の報酬を用意している。前払い分と、成功した暁《あかつき》には更に三倍の額を出す、と告げた。

ヴォルトが何故そんなお金を持っているのか。青年が七年間公爵家で働いた賃金が五割、残り五割はヴォルトの両親の遺産。七年前ヴォルトに会い、自分のことを知った上で今回の計画を持ち掛けてきた時に勝手に聞かされた。

「……大抵は、幼女趣味の年寄りとかに売り飛ばされるんじゃない？」

「!?」

「あと、誘拐犯が言ってたけど、君珍しい容姿をしてるから、女神を熱狂的に崇拝する集団に売り飛ばすのもありだって言ってた」

「!!　!?」

どれも絶体絶命の危機。売られた先での絶望的生活しか想像出来ない。

「ね、ねえ、二人で此処を脱出する方法ってあるかな？」

「ない。あったら、おれ一人でとっくに逃げてる」

「……だよね」

この世の終わりのような顔をして仰向けに倒れたファウスティーナ。口から魂的な何かが出たがすぐに戻って行った。ファウスティーナがまた起き上がったので。

「今出て行くのは？」

「見張りがいる。それに、誘拐犯がいつ戻るか分からないのに危険な行動を起こせるか」

「そうよね……」

実際外に見張りがいるかどうかは青年は知らない。多分いるだろうと憶測で言った。

ファウスティーナは窓越しに外を見た。夕焼けに染まった空が美しい。自分がもう、朱色の光景を見られる機会はないのだろうか。

ファウスティーナは掴んでいた青年の袖を強く握り締めた。

「やりたいこと……沢山見つけたかった……」

「やりたいこと？　貴族なら何だって出来るだろう」

「そんなことないわ。自由に見えて制約が多いのよ。私はこんな容姿だから、生まれた時から王太子殿下の婚約者に決められたの。毎日厳しい淑女教育にマナーレッスン、今年になって王妃教育も始まった。苦行だった訳じゃないわ。とても楽しいし、新しいことを知ったらもっと色んなことが知りたくなった」

「……」

「でも……私は王太子妃になるつもりはこれっぽっちもないの」

「何故？」

貴族にとって王族との婚姻は有益の筈。ヴォルトと名乗って執事を名乗っていた青年は、毎日王太子妃になるべく励むファウスティーナを見ていた。

ふと、王太子が来る度に逃げ回っていたなと思い出す。

勉学には励むくせに王太子からは逃げる。

矛盾した行動の意味を今、欠片でも見た気がした。

「だって、殿下が好きになる人は、私の妹なんだもの」

「……」

ファウスティーナの妹というと、エルヴィラのことだ。

王太子が来ると必ず現れてその隣をキープしていた。青年も何度か注意をしたので覚えている。

「一国の王子が婚約者の妹に心変わりすると思ってるのか？」

「見たら分かるわ。私と妹に対する、殿下の態度の差を」

「……」

言われてみれば、ファウスティーナを待っている間エルヴィラと話をするベルンハルドは楽しそうで、ファウスティーナ相手となると何故か話題が途切れる。二人揃って口を閉ざしてしまう。ただ、ファウスティーナが来ない日は王太子はいつも悲しそうな様子で帰って行く。

「まあ、無事に助かっても殿下との婚約は破棄されるでしょう。誘拐された娘と婚約関係を続けたら、他の貴族達の格好の餌食になるもの。……あれ、ってことは、もし助かったら殿下とは婚約破棄になって、で、エルヴィラが適任だって事を強調したら……念願の結末になるんじゃ……」

「？」

最後の方、長い割に聞こえるか聞こえない程度の音量で呟くので青年の耳には入らず。

だが、すぐに青年の顔色が変わった。

諦念の情が滲んだ横顔を嬌艶《きょうえん》と思ってしまった。

たった、八歳の幼女に。

ゾッと寒気が青年の背筋に走った。

ヴォルトが言っていた、アーヴァという女の話。ファウスティーナとそっくりだと熱っぽく語っていた。どの辺が似ているかは、話を聞き流していたので全く不明だが。

大人になったら間違いなく美女に育つ要素を持ち、アーヴァという女と似たものを持ったファウスティーナを……予想に過ぎないがヴォルトは……。

そこまで考えた時だった。

突然、下から大勢の怒号が響いた。慌ただしい足音や悲鳴、金属の擦れ合う音がこの部屋にまで届いた。

驚いたファウスティーナは青年に抱き付いた。

「な、なにっ」

（来たな……）

足音が更に多く、大きくなった。

男の悲鳴と何かが斬られる音。ファウスティーナはより怯えて青年にきつく抱き付いた。

「こ、こんな事だったら、パイを食べ終わって起きようとしたら、ずっとコールダックに追いかけ回されたり飛び蹴りを食らう夢を見続けていた方がマシよおおぉ！」

（そんな夢見てたのかよ）

にしては幸せな寝顔と寝言だったな、と心の中でツッコミを入れつつ、震えるファウスティーナをそっと抱き締めた。

と、同時に――扉が乱暴に開かれた。

「――ファウスティーナっ!!」

悲鳴とも思える叫び声の主に、恐る恐る顔を上げたファウスティーナは……

「……で……殿下…………?」

大人の腰ぐらいしかない背丈の子供のベルンハルドが一瞬だけ――ファウスティーナが覚えている前回の姿と重なった。


（次巻に続く）

婚約破棄をした令嬢は我慢を止めました

The lady who
broking off an engagement
stopped patience.

番外編～顔合わせ前のベルンハルド～

――僕には、生まれた時から婚約者がいる。

父である王と同じ紫がかった銀糸と瑠璃色の瞳を持って生まれた第一王子であり、王太子であるベルンハルド＝ルイス＝ガルシアには生まれた時から既に婚約者が決められていた。

王国にたった一人しかいない女神の生まれ変わり。ヴィトケンシュタイン公爵家にしか生まれない容姿を持つ少女の名前はファウスティーナ＝ヴィトケンシュタイン。姉妹神、運命の女神フォルトゥーナと魅力と愛の女神リンナモラートと同じ空色の髪と薄黄色の瞳を持って生まれたファウスティーナがベルンハルドの婚約者である。

遠い昔、王国が崇拝する姉妹神と王家が交わした誓約に則って、女神の生まれ変わり＝フォルトゥーナの妹リンナモラートが生まれたら必ず王族に嫁ぐこととなっている。物心がついた頃から聞かされ続けており、その頃から既に王太子としての教育が始まっていたので疑問は抱かなかった。それが自分に課せられた役割だと、心に言い聞かせた。

国王として国を守る父、夫を支え我が子に深い愛情を示す母、病弱で一日の殆どをベッドの上で過ごす一歳下の弟。一日の空いた時間をなるべく弟ネージュに会う為に使用している。多忙な両親に会える機会がベルンハルドよりも少ないネージュが寂しがらないように。そのお陰か、兄弟仲は良好である。

恵まれた家族、恵まれた環境、恵まれた人間関係。これらに不満を抱いたことはない。

婚約者の少女もきっと素晴らしい人に違いないと強い期待を抱いていた。両親のように、深く愛し合えたらいい。たとえそう出来なくても互いを支え合う信頼のある関係を築きたい。

ファウスティーナの肖像画を見た時の気持ちは忘れられない。

一目見ただけで大きな衝撃を受けた。そして同時に、今度こそ絶対に失敗しない、してはいけない、という謎の使命感に駆られた。

ただ、それはほんの一瞬だったせいで長くベルンハルドの胸には留まらず、初めて見た婚約者の肖像画があまりにも可愛くて見惚れてしまっただけだと思っていた。

顔合わせの日を伝えられるとその日がくるまでずっとソワソワした。

ちゃんと王太子として振る舞えるか、緊張のせいで言葉を途中で噛むという情けない場面を見せずに済むか、それ以前に上手く話すことは出来るのか、と、色々悩んだ。

また、ファウスティーナがどんな子かも色々と想像した。王妃である母に聞くところによると、勉強熱心で興味を抱いたことには真っ直ぐに突き進むらしい。花を眺めるのが好きとも聞かされた。

初対面の印象は非常に大事だ。最初を誤れば、後から信頼を得るのはとても難しい。ふと心に大きな重みが伸し掛かった。心臓に重りを載せられたかのように一瞬息が出来なくなり、時が止まった感覚に陥った。その後は何もない。あれは何だったのだろうと考えるが答えは見つからない。周囲に相談して要らぬ心配を掛けたくないベルンハルドは黙っていることにした。

ファウスティーナは花が好き。顔合わせの日、綺麗な花束を渡そうと決めた。花はなんでも好きとの情報を王妃から得たベルンハルドは、贈り物に最適な赤い薔薇を選んだ。王城で咲く薔薇は王妃お気に入りの南側の庭園で育てられている。王妃から許可を貰い、当日そこに咲く薔薇で花束を作ってもらったベルンハルドは、ヴィトケンシュタイン公爵邸へと向かう馬車に乗った。

期待に胸が膨らむのと同時に、もし性格が合わない子だったらどうしようという一抹の不安も抱き続けていた。自分に期待する両親や今朝いってらっしゃいとベッドの上で見送ってくれたネージュの為にも、たとえ合わない子であったとしても王太子教育で学んだスキルで平静を装わないと。誰に対しても平等であれ、は父の言葉。

『決して相手を自分の物差しで計るな、初対面の印象をずっと抱き続けるな、相手をよく見るんだ』

王家にとっては長い間待ち望んだ女神の生まれ変わり。もし仮に、ファウスティーナの性格が最悪だったとしてもベルンハルドには婚約を嫌がる気持ちは……多少あっても、拒否する考えはない。婚約の解消、又は相手の変更など有り得ない。

理由？　それは大昔、王家と姉妹神が交わした誓約があるから。しかし。

――なんなのだろう……この、言葉では表せない……重苦しさは……

ヴィトケンシュタイン公爵邸に向かう馬車の中、隣に従者が、前の席には護衛の騎士がいる車内にて、窓側に座るベルンハルドはずっと外を見続けた。自分のちょっとした表情の変化も外の光景に驚いているだけと勝手に解釈してくれるだろうから。

もうすぐ、肖像画でしか知らない婚約者と会う。

少しの不安と大きな期待を抱くベルンハルドはまだ知らない。

――この後、公爵邸で初めて会ったファウスティーナがベルンハルドの顔を見た瞬間瞳を大きく見開き、倒れることを……。

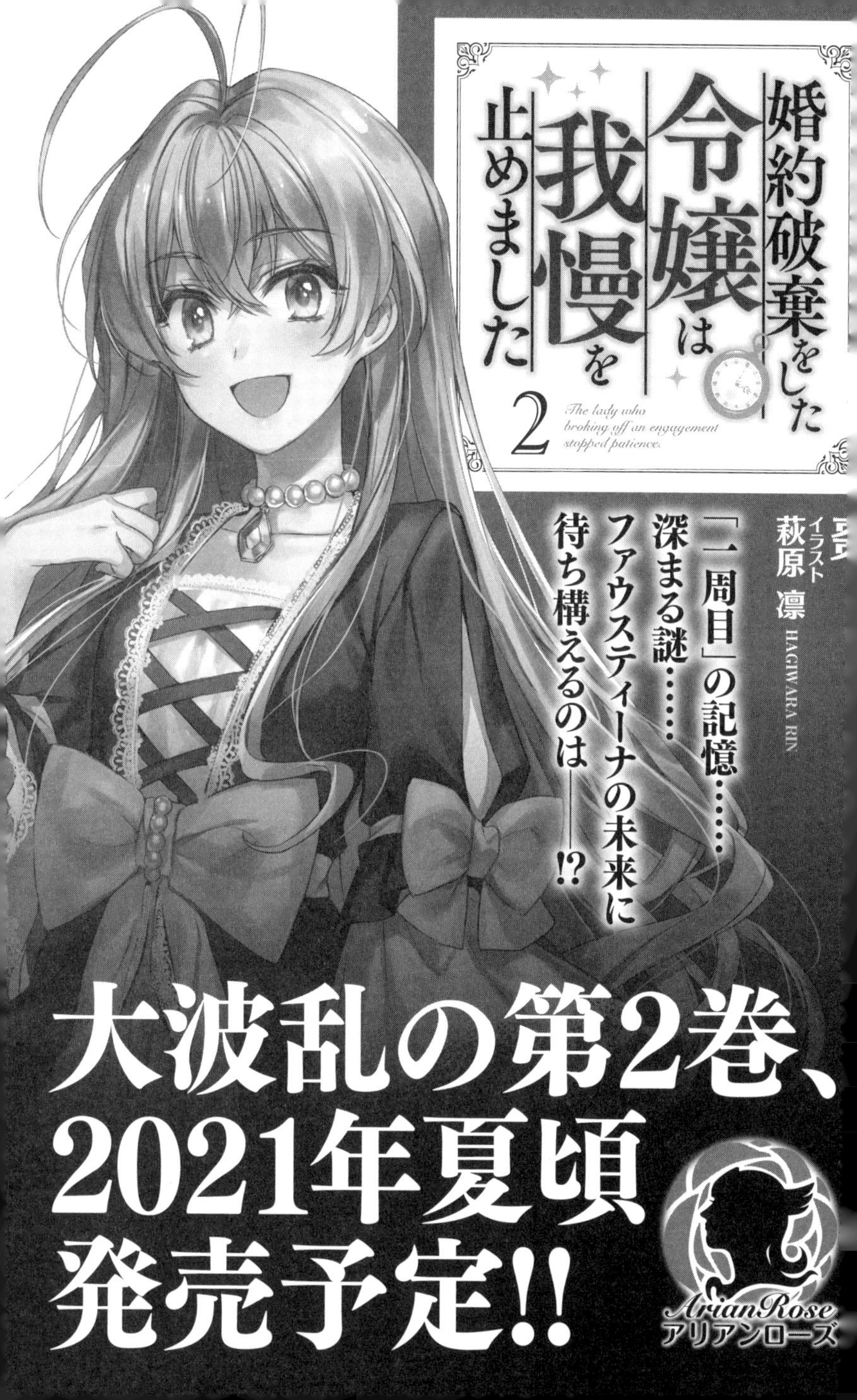
婚約破棄をした令嬢は我慢を止めました
2
The lady who broking off an engagement stopped patience.
イラスト
萩原 凛
HAGIWARA RIN
「一周目」の記憶……
深まる謎……
ファウスティーナの未来に
待ち構えるのは――!?
大波乱の第2巻、
2021年夏頃
発売予定!!
ArianRose
アリアンローズ

婚約破棄をした令嬢は我慢を止めました　1

＊本作は「小説家になろう」（https://syosetu.com/）に掲載されていた作品を、大幅に加筆修正したものとなります。
＊この作品はフィクションです。実在の人物・団体・事件・地名・名称等とは一切関係ありません。

2021年3月20日　第一刷発行

著者 …… 棗
©NATSUME/Frontier Works Inc.
イラスト …… 萩原 凛
発行者 …… 辻 政英
発行所 …… 株式会社フロンティアワークス
〒170-0013　東京都豊島区東池袋3-22-17
東池袋セントラルプレイス5F
営業　TEL 03-5957-1030　FAX 03-5957-1533
アリアンローズ公式サイト　https://arianrose.jp/
フォーマットデザイン …… ウエダデザイン室
装丁デザイン …… 鈴木 勉（BELL'S GRAPHICS）
印刷所 …… シナノ書籍印刷株式会社

二次元コードまたはURLより本書に関するアンケートにご協力ください

https://arianrose.jp/questionnaire/

● PC・スマートフォンに対応しております（一部対応していない機種もございます）。
●サイトにアクセスする際にかかる通信費はご負担ください。